이세계 여행

ISEKAI
YUSHI
TABI

치트 약사의

4

"화살을 뽑아주시겠어요?"

히아는 아픔을 견디며

겨우겨우 말했다.

Tona Akayuki
아카유키 토나

illustration
우에다 유메히토

마카벨은 신난 모습으로
쿠키를 집어서 내밀었다.

"됐어, 됐어!
유지로, 먹어봐!"

세리에와 마카벨이
접시를 들고 다가왔다.
두 사람 모두
심플한 디자인의
앞치마를 하고 있다.

쓰러진 수룡에게 다가가
가만히 얼굴을 바라본다.

세리에는 유지로의 옷깃을 잡고,
뺨에 힘껏 키스했다.

"아, 세리에."

치트 약사의 이세계 여행 4

CHEAT KUSUSHI

ISEKAI TABI

☑ *Introduction*

설마 하던 삼각관계……?!

발전해가던 유지로와 세리에 사이에 한 소녀가 끼어듭니다.

마카벨.

은빛 긴 머리카락에 하얀 피부, 레드블러드빛 눈동자를 가진 미소녀.

초등학생 같은 외모는 세리에에 비해 아직 어린아이처럼 보이지만,

실은 약 70세쯤 되는 마왕입니다.

드디어 두 사람이 평화로운 삶을 살게 되는가 했더니,

예상치 못했던 복병의 등장에 세리에의 마음속이 술렁이기 시작합니다.

양손에 꽃을 쥔 유지로.

부러워, 아니, 괴로워.

어떤 결과가 될지, 바로 보도록 하죠.

치트 약사의 이세계 여행
4

아카유키 토나 지음 | 우에다 유메히토 일러스트 | 이신 옮김

SNOVEL

치트약사의 이세계여행 4

illustration 우에다 유메히토

contents

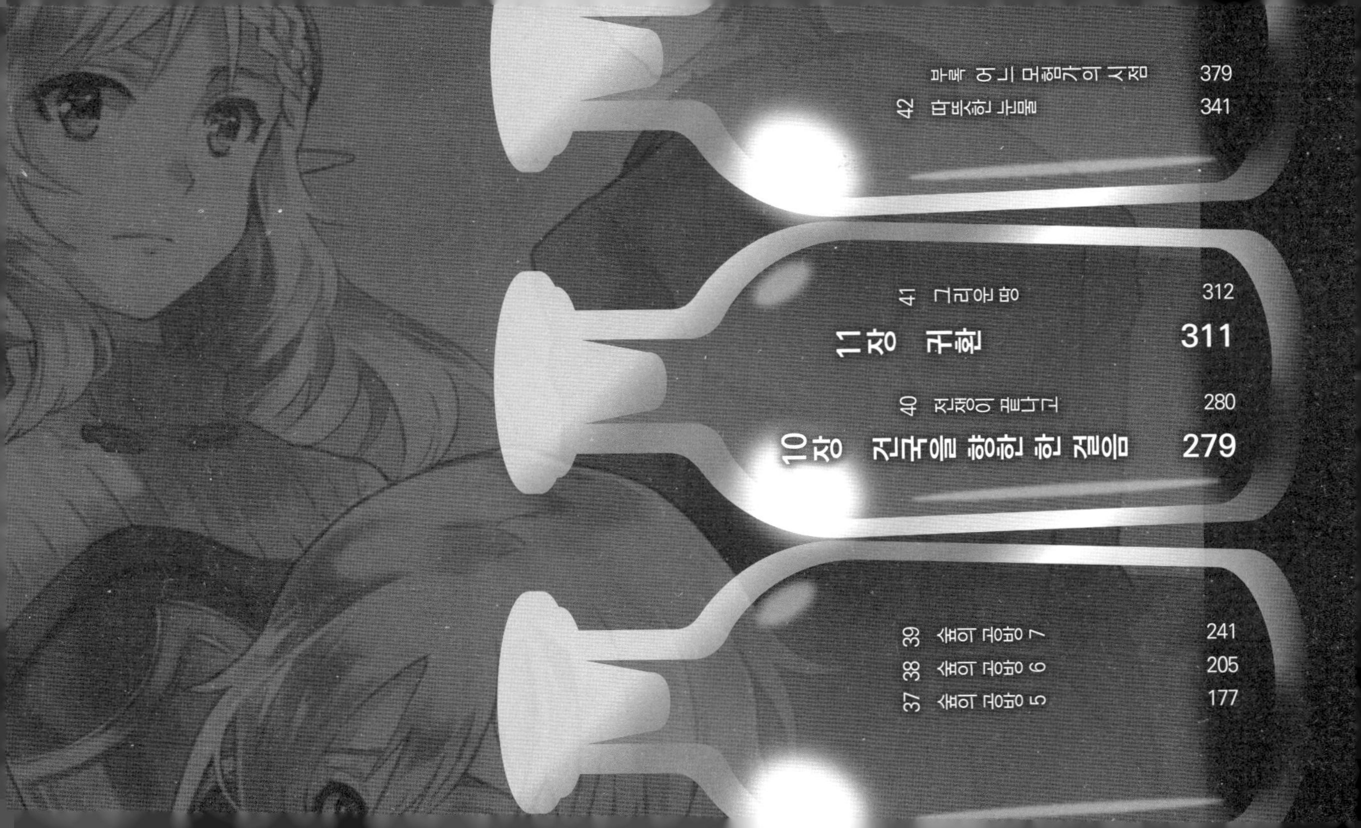

일러스트/ **우에다 유메히토**
장정 · 본문 디자인/ **5GAS DESIGN STUDIO**

이 이야기는 소설 투고 사이트 '소설가가 되자'에 발표된
동명의 작품을 단행본화하면서 대대적으로 가필 수정한 픽션입니다.
실재 인물 · 단체 등과는 관계가 없습니다.

용사의 장2

용사와 사람들

cheat kusushi no
isekai tabi

Tona Akayuki
illustration / kona

전편

마왕의 행방을 알기 위해 론타 일행은 솔비나로 돌아왔다.

녹색 달. 지구라는 곳의 5월 초를 지난 무렵으로, 솔비나를 떠날 때는 아직 추위가 남아 있었는데, 지금은 완전히 봄을 지나 따뜻한 공기가 거리를 감싸고 있었다.

숙소에 짐을 풀고 몸단장을 한 다음 점술 신전으로 향했다. 신전의 문지기에게 통행 허가를 나타내는 펜던트를 보여주고 안내 담당자가 올 때까지 기다렸다.

금세 나타난 안내 담당자를 따라 객실로 들어갔고, 얼마 지나지 않아 온화한 미소를 짓고 있는 신관장이 인사를 하러 왔다. 국가에서 파견한 이능 없는 인간으로, 신전의 경영을 담당하는 자다. 얼마 전부터는 업무에 벅스 노이드와의 교류까지 더해져 바쁜 나날을 보내고 있었다.

"용사님께서 찾아와 주시다니, 참으로 기쁩니다."

신관장은 양손을 싹싹 비빌 듯한 분위기로 고개를 숙였다.

"오랜만입니다. 카트루나 씨들께 또 점을 봐주셨으면 하는데, 괜찮을까요?"

"물론입니다. 지금 다른 분의 점을 치고 있어 잠시 기다려 주셔야 하겠습니다만."

"갑자기 찾아왔으니 기다리는 건 당연합니다."

"그리 말씀해주시니 감사합니다."

주로 론타와 신관장이 대화를 나누었고, 오로스와 바슐트는 잠자코 대화를 듣고 있었다. 칼먼드와 레라는 여행의 피로 때문인지 서로에게 기대어 잠들어 있었다.

이야기는 론타 일행이 무관리지대에 있던 동안의 일들로, 한 가지를 제외하면 특별히 이렇다 할 큰 사건은 없었다.

"숲의 민족과 산의 민족에게서 항의가 들어왔다고요?"

"예, 글쎄 성역에 침입한 자가 있었다더군요. 그 범인은 이미 알고 있습니다만, 잡아서 넘기는 일은 없을 테죠."

"어째서죠?"

"이 나라의 인간이 아니라는 점. 무관리지대에서 일어난 일에는 관여할 마음이 없다는 점. 항의의 정도가 심하지 않았다는 점. 그러한 이유로 목격 정보와 행방을 알려주는 정도로 끝났습니다. 그 침입자도 성역을 망가뜨린 게 아니라 그곳에 있는 제단을 사용했을 뿐이라고 하니, 강하게 항의하기는 어려웠을 테죠. 방비가 뚫린 건 숲의 민족과 산의 민족의 실수이기도 하고요."

숲의 민족은 성역에 침입자가 있었다는 사실에 화가 났지만, 고작 두 사람에게 돌파당했다는 사실을 부끄럽게 여겨 큰 소리를 낼 수 없었고, 강하게 항의하지 못했다. 산의 민족은 강행 돌파한 기개에 감탄하는 모습을 보이는 듯했고, 항의는 그저 형식적인 것에 불과했다.

하지만 숲과 제단을 망가뜨렸다면 가벼운 항의로는 끝나지 않았을 것이다. 산의 민족도 화를 냈을 테고, 최악의 경우 두 종족의 군대가 움직여 침입자를 넘기라는 요구를 해

왔을 가능성도 있었다.

그리되었을 경우, 침입을 도운 점술 신전도 그냥 넘어가지는 못했을 것이다.

그렇게까지 무모한 짓을 하지는 않으리라 알고 있었기에 카트루나도 도운 것일 테지만.

"누가 그런 짓을 한 겁니까?"

"용사님에게 드린 약을 만든 자입니다. 사와베 유지로라는 이름이죠. 기억하십니까?"

"카트루나 씨에게 들은 기억이 있습니다. 그 약사가 그런 짓을."

"항의가 들어온 후에 카트루나에게 자신이 그 일을 도왔다는 말을 들었을 때는 간담이 서늘해지더군요. 정말이지, 그런 일은 사전에 알려줬으면 좋겠는데 말이지요."

론타 일행은 그러게요 하고 맞장구를 치고서 잡담으로 넘어갔다.

점심 식사도 대접받고, 기다린 지 두 시간 정도가 지났을 무렵에야 겨우 카트루나들이 객실로 들어왔다.

"오래 기다리셨습니다."

카트루나 일행은 죄송스러워하며 고개를 숙였다.

억지를 부리고 있는 건 이쪽이라며 론타는 고개를 들라고 말했다.

"오랜만입니다. 건강해 보이셔서 다행입니다."

카트루나는 론타와 다시 만난 것과 그의 무사한 모습을

볼 수 있었다는 사실에 꽃이 피는 듯한 미소를 지어 보였다.

"건강한 게 유일한 장점이니까."

"곤란한 사람을 돕는 상냥함과 강함도 장점이라고 생각합니다."

"맞아! 우리도 그 상냥함에 도움을 받았으니까."

카트루나의 말에 레라가 동의했다. 지금까지는 조용히 있었지만, 카트루나가 상대가 되자 질 수 없다는 듯이 대화에 끼어들었다.

갑작스러운 발언에 론타는 다소 놀란 듯이 눈을 크게 떴으나, 곧바로 미소를 지으며 두 사람에게 감사 인사를 했다.

"론타만 인기 있다니, 치사하다고 생각하지 않아?"

"인기를 끌 만한 행동을 하고 있고 말이야."

옆에 있던 바슐트는 오로스에게 어째서 론타만 인기 있는 거냐며 자그맣게 불만을 늘어놓고 있었다. 바슐트도 인기가 없는 것은 아니다. 여자를 꾄다며 나갔다가 아침에 돌아오는 일이 종종 있었다. 그러니 론타를 진심으로 질투하고 있다기보다는 장난을 친다는 의미가 강할 터였다.

그런 모두의 옆에서 잠시 가벼운 잡담을 나누고 본론으로 들어갔다. 카트루나가 용사와 만나기를 고대하고 있었다는 사실을 아는 고벨은 대화를 방해하는 일 없이 조용히 있었다.

"마왕 토벌 쪽은 어찌 되셨습니까? 여기에는 결과를 알려 주러 오신 건가요?"

"아니, 놓쳤어. 간발의 차였다고 생각하니까, 다음에는 성공할 수 있을 거야. 그래서, 마왕의 행방을 다시 점쳐줬으면 해."

"알았습니다. 고벨, 그럼 부탁합니다."

고벨은 고개를 끄덕이더니 책을 펼치고 집중하기 시작했다.

책을 덮고 테이블에 놓인 지도로 시선을 옮긴 고벨은 손가락을 라이트루티 남쪽 무관리지대에 올려두었다.

"지금은 여기 있는 모양이다. 체재하고 있는 건 아니고, 조금씩 서쪽으로 이동 중인 것 같다."

"지금 출발한들 거기 도착했을 때는 이미 없을 테고, 무관리지대에서 이동하고 있는 개인을 찾기는 어려운데."

오로스의 말에 고벨은 고개를 끄덕이며 입을 열었다. 손가락은 지도에서 한 번 떨어지더니 더욱 서쪽으로 옮겨갔다.

"내년 초쯤에, 여기에 도착해 체재하게 될 모양이다."

"꽤 커다란 숲인데, 이름은……."

손가락 아래에 있는 숲을 보고 카트루나가 그렇게 말했다. 그 숲의 이름은 심연의 숲이라고 쓰여 있었다.

"심연의 숲이라니, 세 마역 말이야? 터무니없는 곳으로 가네. 솔직히, 나는 가고 싶지 않은데."

"나도 마찬가지야."

칼먼드가 질색하며 말하자 오로스도 동의하면서 고벨을 바라보았다.

"거기에 도착하기 전에 어떻게 잡을 방법이 없을까?"

"어렵다. 다른 땅에 머물기도 하지만, 기간이 열흘도 안

된다. 선수를 쳐서 무사히 잡을 수 있을지 알 수 없다."

무관리지대에서 계속 사람을 찾기란 불가능하다. 보급 등의 이유로 반드시 도시로 돌아가야 할 필요가 있다. 그런 문제로 시간을 잡아먹는 사이에 엇갈릴 가능성이 있었다.

고벨은 그렇게 반복해서 엇갈리는 것보다는 목적지로 곧장 가는 편이 낫지 않겠는가, 그리 생각했다.

게다가 또다시 놓칠 경우 목적지를 바꿀 가능성도 있었다. 그렇게 되면 또 멀리 이동하리라. 그런 숨바꼭질은 피하는 편이 좋을 터였다.

인해전술로 찾는다면 찾을 수 있을 테지만, 그 정도의 인원을 움직일 자금력은 없었고, 마왕과 상대하는 데 필요한 많은 약을 갖추기도 어려웠다.

"지금 바로 출발하기엔 시간이 여유롭군. 겨울에 무관리지대를 지나는 건 피하고 싶으니, 마왕과 만나는 건 내년 봄 이후가 되겠는걸. 지금부터 헤프시밍으로 가서 최남단에 있는 도시에서 머물기로 할까? 일단 세지안드로 돌아가는 것도 괜찮을 것 같고."

뮬과 만나고 싶으니까, 론타는 마음속으로 그렇게 중얼거렸다.

그러한 루트로 심연의 숲에 가려면 반년에 걸쳐서 라이트 루티로 돌아와, 눈이 내리기 직전에 헤프시밍에 도착하고, 눈이 내리는 동안 느긋하게 헤프시밍 최남단으로 향하는 여정이 된다. 봄이 되자마자 심연의 숲으로 향한다면, 이라는 조건이 붙겠지만.

좀 더 여유롭게는 세지안드에서 장기간 머물다가 반년 이상의 시간을 들여 라이트루티로 돌아온 다음, 겨울을 이곳에서 지내고 봄이 되면 헤프시밍에 들어간다는 여정이 된다.

"나는 지금 바로 헤프시밍으로 가는 편이 좋을 것 같은데. 귀찮은 일은 얼른 끝내고 싶고, 일찌감치 가서 시간에 여유가 있으면 심연의 숲 정보 수집이라든가 준비에 시간을 들일 수 있을 테니까."

레라가 타당해 보이는 의견을 말했지만, 실은 뮬과 만나고 싶다는 론타의 마음을 소녀의 감으로 간파하고 저지하려는 속셈이었다.

"나도 레라 말에 찬성이야."

오로스도 지금 바로 헤프시밍으로 출발한다는 쪽에 한 표를 던졌다. 레라의 속셈을 파악하고 지원해준 것은 아니다. 슬슬 끝나리라 생각했던 마왕 토벌이 미뤄지자, 이대로 느긋하게 있다 보면 더더욱 시간이 걸릴 듯한 기분이 들었고, 그렇게 되는 일이 없도록 움직이자고 생각한 것이다.

"오로스도 그쪽인가. 칼먼드는?"

"나는 어느 쪽이든 딱히 상관없어."

"나도 그래."

칼먼드는 어쨌든 결국에는 마왕을 쓰러뜨리리라 생각하는 만큼, 어느 쪽이든 상관없다고 여겼다. 바슐트는 마왕 자체에 흥미가 없는지라 의견이랄 게 없었다.

"헤프시밍으로 가기로 할까."

네 사람의 의견을 듣고 론타는 귀향을 포기했다.

아주 조금 아쉬운 기분이 들기는 했지만, 마왕 토벌을 일찍 끝내면 그만큼 빨리 만날 수 있으리라며 마음을 다잡았다.

대신에 오랫동안 돌아가지 못하는 것을 사과하는 편지를 보내야겠다고 생각했다.

"내년에 마왕과 만나서 어찌 되는지, 점을 치시겠습니까?"

카트루나의 제안에 론타는 고개를 끄덕였다.

론타는 손을 내밀었고, 카트루나는 내민 그 손을 통해 그의 미래를 보았다.

카트루나는 흐릿하게 노이즈가 끼어 있다는 사실에 우선 놀랐고, 검을 든 세리에와 대치한 모습에 더욱 놀랐다.

세리에가 있다는 것은 유지로도 있다는 뜻이며, 마왕에 관해 점을 쳤는데 그들이 나왔다는 것은 그들도 심연의 숲에 있다는 의미이리라 예측할 수 있었다.

론타에게서 손을 떼고 카트루나는 어째서 그들이 그곳에 있는지, 어째서 그런 상황이 되는지, 당혹스러움을 느끼며 생각을 거듭했다.

"왜 그러지?"

난처한 표정을 짓는 카트루나의 모습에 론타의 마음에 약간이지만 불안이 일었다.

그 말에 카트루나는 론타 일행의 불안을 씻어내기 위해

꾸며낸 듯한 미소를 지어 보였다.

"조금 의외인 걸 보고 말아서요."

"어떤 거지? 우리가 지는 모습인가?"

"아뇨, 그런 게 아닙니다……. 죄송하지만 오늘은 이만 마무리해도 되겠습니까? 좀 더 이야기를 나누고 싶지만, 우선은 방금 본 걸 정리해야 할 것 같습니다."

"알았어. 본 건 언제 알려줄 수 있지?"

"그러니까, 내일모레쯤에는 심부름꾼을 보내겠습니다. 그러니 숙소 이름을 알려주세요."

카트루나는 숙소 이름을 말하고서 방을 나서는 용사 일행을 문 앞까지 배웅했다.

문을 닫은 카트루나에게 고벨이 말을 걸었다.

"무얼 본 거야? 그렇게나 용사님과 만나기를 고대했으면서, 네가 먼저 돌려보낼 정도라니. 뭔가 특별한 장면을 본 걸 테지?"

"좀 전에 말했듯이, 론타 님 일행이 패배하는 모습이라든가 그런 건 아니야. 그런 건 보이지 않았어. 내가 본 건 자중지란이라 할 수 있는 장면이었어."

"무슨 뜻이지?"

고벨은 카트루나가 론타와 오로스의 사이가 악화된 모습을 본 것인가 생각했다.

"전에 분위기가 독특한 흰 머리카락을 가진 여자가 점을 보러 왔었던 거 기억해? 곁에는 검은 머리카락의 남자가 있었는데."

"얼마나 전인데?"

"눈이 내리기 전, 반년쯤 됐으려나?"

"……어머니가 있는 곳을 알고 싶다고 했던 녀석 말인가?"

고벨은 어찌어찌 기억을 떠올렸고, 자신 없이 물었다.

"맞아, 그 사람이야. 여자 이름은 세리에, 남자 이름은 사와베 유지로라고 해."

"본래 용사의 동료가 되었어야 할 녀석과 약을 만든 녀석이었지? 자중지란이라고 한 건, 그 두 사람과 용사 일행이 대립하고 있었다는 건가?"

고벨의 추측에 세리에는 고개를 끄덕여 답했다.

"게다가 장소는 심연의 숲인 것 같아."

"대체 어떻게 된 거지?"

"나도 그걸 알고 싶어. 일단 내년에 그 두 사람이 심연의 숲에 있는지 알아봐 줬으면 해."

"알았어."

유지로에 관한 것은 여전히 점을 치기가 어려웠지만, 세리에라면 괜찮은지라 그쪽 위치를 찾아보았다.

지금 두 사람은 헤프시밍 최북단에 있었다. 그곳에서부터의 행동을 따라가며 심연의 숲에 도착하리라는 것을 확인했다. 정확하게는 알 수 없었지만, 이동해가는 방향이 심연의 숲 쪽이었으므로 틀림없으리라 판단했다.

"심연의 숲으로 가는 건 확실한 거구나."

"확실하다고는 할 수 없지 않을까? 이미 몇 개나 되는 미래를 바꿨으니까."

"그랬, 지."

이번 미래도 바꿔준다면 기우에 그치련만, 카트루나는 그런 생각을 했고 나머지 이야기는 식후에 나누기로 했다. 두 사람만이 아니라 모두의 힘을 빌려서 그들이 왜 그곳에 있는지 그 이유를 알아내기로 한 것이다.

그리하여 그들은 무리 짓는 영견(影犬)이 두 사람에게 후궁 살인의 누명을 뒤집어씌우리라는 것을 알게 되었다. 모두는, 유지로를 싫어하던 이들조차도 국가에 쫓기는 몸이 될 터인 두 사람을 불쌍히 여겼다.

"그 사람들 나쁜 사람이 아닌데."

접점이 가장 많았던 피나가 슬퍼하며 그리 중얼거렸다. 카트루나는 위로하듯 피나의 어깨에 손을 올렸다.

"누명을 뒤집어쓰는 걸 막을 방법은 없을까? 무리 짓는 영견을 어떻게 해버리면."

"이쪽 녀석들을 어떻게 해보는 건 의미 없을 거다. 한다면 헤프시밍에 있는 조직의 인간이어야겠지. 하지만 때를 맞출 수 있을까? 남은 시간은 2개월 반. 이동에만도 한 달은 필요할 테고, 의뢰를 한다고 해도 모험가가 바로 움직일 거라고는 생각하기 어려워. 게다가 여기가 아니라 헤프시밍에서 수행해야 하는 의뢰니, 의뢰비를 많이 제시한다고 해도 적극적으로 받아주려는 사람이 과연 있을까?"

어려울 거라며 고벨이 고개를 저었다.

"나로서는 도망 생활을 하기 전에, 탄타가였던가? 그곳에 사정을 설명하고, 라이트루티 쪽으로 도망칠 수 있게 해달라고 하는…… 아니, 안 되겠군."

생각하던 도중에 실행할 수 없는 사정을 기억해냈다.

그 사정이란, 이능자는 정치에 관여하지 않는다는 약속이었다. 유지로와 세리에가 말려든 문제는 후계자 문제도 포함된 왕족 살해. 정치적인 부분이 얽혀 있어 그들로서는 손을 댈 수 없었다. 심지어 타국의 문제니 더욱 그러했다. 내정 간섭 같은 짓을 하는 날에는 신전에 대한 조사 같은 것이 들어와 유지로와 세리에의 걱정을 하고 있을 틈도 없게 될 터였다.

"할 수 있는 게 아무것도 없는 거야?"

피나의 말에 아무도 대답하지 못했다.

"왕에게 편지를 쓰죠. 사정을 알리고, 적어도 이 나라에서는 수배서 같은 게 나오지 않도록. 내가 생각할 수 있는 건 그 정도예요. 모두, 협력해줘서 고마워요. 나는 신관장님께 다녀올 테니 자유롭게들 있어요."

카트루나는 낙심한 피나를 다른 사람들에게 맡기고 방을 나섰다.

그녀는 일을 마치고 쉬고 있던 신관장을 만나 상황을 알렸다.

"식후에 모여 있던 건 그 때문이었나. 제멋대로 움직이지 않은 건 정답이었어. 그런 짓을 했다간 이곳의 생활이 엉망이 되었을지도 몰라. 사와베라고 했지? 그들에게는 은혜를 입었으니 내가 왕에게 편지를 쓰도록 하지."

"고맙습니다."

카트루나는 고개를 숙였다.

신관장이 말한 은혜란, 벅스 노이드와 원만하게 인연을 맺을 수 있게 해준 것을 말한다. 그들의 유적 조사와 지식은 마법 도구 발전에 큰 도움이 되었다. 기술력에 차이가 너무 커서 모든 것을 이해하지는 못했지만, 알게 된 것들만으로도 장인들에게는 좋은 자극이 되었다.

벅스 노이드와 적대했다면 이러한 진전은 없었을 테니, 편지 한 통 정도를 보내는 건 아무런 문제도 되지 않았다.

다음 날 카트루나는 심부름꾼을 보내 론타를 신전으로 불렀다.

"무얼 봤는지 알려주겠어?"

"네. 보인 것은 마왕과의 싸움이 아니라, 심연의 숲에서 어떤 사람들과 대치하고 있는 당신의 모습이었습니다."

그것만으로는 어제 카트루나가 그토록 놀랐던 이유를 알 수 없는지라 론타는 다음 말을 재촉하는 듯한 시선을 보냈다.

"그 사람들은, 여러분에게 건넨 약을 만들어준 사람들입니다."

론타 일행은 진심으로 의아하다는 표정을 지었다.

"어째서 그 사람들과 대치하게 되는 거지? 싸울 이유 같은 게 없는데. 게다가 심연의 숲에 있는 이유도 모르겠군."

"대치 이유는 불명입니다. 보이지 않았습니다."

"당신이 못 보는 것도 있는 겁니까?"

조금 놀란 듯 칼먼드가 그리 물었다.

"저도 모든 걸 알 수 있는 건 아닙니다. 게다가 이번에 점을 본 대상은 사와베 씨라고 하는데, 그분의 미래는 보기가 어렵습니다."

"점술의 힘을 방해하는 힘이라도 갖고 있는 건가요?"

오로스의 물음에 카트루나는 고개를 가로저었다.

"모르겠습니다. 사와베 씨는 이유를 아는 듯 보였습니다만, 믿어주지 않을 거라며 설명해주지 않았다고 합니다."

바슐트도 뭔가를 알고 있을지도 모르지만, 카트루나들은 점을 보기 어렵다는 것을 알려주지 않기로 정했기 때문에 묻거나 하지는 않았다.

"싸우는 건 그 약사인 건가?"

"또 한 사람, 세리에라는 숲과 평원의 민족 혼혈인 하프 여성이 있습니다. 보인 것은 그 여성과 대치하고 있는 모습이었습니다."

"하프라, 별일이군. 약사와의 관계는 알 수 있나? 억지로 끌고 다니고 있다든가?"

론타는 혼혈이라는 그녀의 입장 상 제대로 된 대우를 받지 못하고 있는 것은 아닌가 생각했다. 어쩌면 대립도 약사에게 명령받기 때문인지도 모른다 여겼다. 그리고 만약 그렇다면 해방시켜주고 싶었다.

그렇기에 카트루나의 이어진 설명에 허를 찔렸다.

"사와베 씨가 세리에 씨에게 반해서, 함께 행동하고 있는 겁니다."

한순간 정적이 실내를 지배했다.

"……뭐? 약사가 하프한테 반했다고?"

예상하지 못했던 사정을 듣고 레라는 어이없다는 듯이 되물었다. 다들 비슷한 얼굴을 하고 있었다.

"사와베라는 약사, 평원의 민족이지? 다른 종족이라든가 하는 설명이 없었던 걸 보면."

"네, 조금 특이할지도 모르겠지만 평원의 민족입니다."

"하프에게 반한다는 게 있을 수 없는 일은 아닐 테지만, 실제로 들으니 말도 안 되는 일이란 생각이 들었어."

"그게 그렇게 별난 일이야? 나는 미인이기만 하면 하프라도 꼬실 건데?"

유지로와 마찬가지로 이세계에서 전이해 온 바슐트가 그렇게 말했다. 레라는 그 말을 듣고 한숨을 내쉬었다.

"당신은 정말로 그럴 것 같네."

평소 바슐트가 여자를 꾀는 모습을 보면 하프뿐만 아니라 마물이라고 해도 꾈 것 같다며 다들 납득했다.

"하프와 사랑하는 사이가 돼서, 그것 때문에 박해를 받아 나라를 떠나 심연의 숲까지 간 건가? 그리고 우리를 추적자라고 착각했다든가? 아니, 그건 비약이 지나친가?"

오로스는 예상을 말하다 스스로 부정했다. 다른 이유를 생각해봤지만 떠오르지 않아 카트루나를 보았다.

"두 사람이 심연의 숲에 있는 이유가 상상이 안 되는데. 아무리 사랑의 도피라고 해도 무관리지대로 도망치다니, 자살 행위잖아?"

"그곳으로 간 이유는 자세히 이야기할 수 없습니다. 그러니 두루뭉술한 설명이 될 겁니다. 성가신 일에 휘말린 두 사람은 죄가 없는데도 수배서가 나붙고 나라에 쫓기는 신세가 됩니다. 변명은 불가능하다고 판단했는지, 잡히지 않도록 나라를 떠납니다. 그리고 두 사람이 이른 곳이 심연의 숲입니다."

"그 말투를 보면, 수배서는 아직 내려오지 않았나 보죠?"

칼먼드의 확인에 카트루나는 고개를 끄덕였다. 그리고 그들을 도와줄 수 없다는 것을 떠올리고 표정을 흐렸다.

"네, 아직 나오지 않았습니다. 조금 더 훗날의 일입니다. 그것을 막을 방법을 모두 함께 고민 중입니다만, 어떤 이유가 있어서 작은 도움밖에 줄 수가 없습니다."

"온 나라에 수배서가 나붙을 정도라니, 작은 일은 아닐 테지?"

론타의 말에 카트루나는 또다시 고개를 끄덕였다.

"헤프시밍에 가면 알 수 있을 겁니다. 하지만 저희는 정치에 관여할 수 없는지라, 지금 여기서 말하는 것은 피해야 합니다."

정치라는 말을 꺼내는 것으로 헤프시밍의 귀족이나 왕족과 관련된 성가신 일에 휘말렸다는 뉘앙스를 전달했다. 이 정도의 정보가 이야기할 수 있는 아슬아슬한 선이리라.

"정치? 정말로 귀찮은 일에 말려들었군. 무죄라면 어떻게든 해주고 싶지만."

론타도 타국의 인간이다. 세지안드 국왕 등의 양해 없이 끼어들어서는 안 되리라는 판단 정도는 할 수 있었다. 용사의 발언은 어디서든 무시받지 않겠지만, 그렇다고 해서 국정에까지 제멋대로 참견해도 되는 것은 아니다.

"가능하다면 만났을 때, 라이트루티로 가라고 말씀해주시겠습니까? 이쪽에서는 수배서가 내려오지 않도록 손을 쓰는 중입니다."

"싸움은 피하고 싶으니까, 반드시 전하도록 하지. 심연의 숲 같은 곳보다, 라이트루티 쪽이 훨씬 지내기 편할 테니 받아들일 거야."

"그걸로 대립을 피할 수 있을까?"

오로스가 의문을 표시했다. 론타는 그 말이 무슨 뜻인지 되물었다.

"심연의 숲으로 간 이유는 알았어. 거기서 조용히 지낼 테지. 그렇다면 어째서 우리와 대립하는 거지? 가만히 숨어 있으면 될 거 아냐? 우리가 신전에서 보낸 전언을 갖고 있다는 걸 그쪽은 모를 테니, 일부러 모습을 드러낼 필요는 없는 거잖아?"

"현상금을 노린 용병이나 모험가라고 착각한 거 아닐까? 선수를 치려고 했다든가."

레라의 말에 오로스는 고개를 갸웃거렸다. 그럴지도 모른다고 생각하는 한편, 그렇지 않을 수도 있지 않을까 하는 의문이 사라지지 않았다. 정보가 적은 탓에 의문은 명확한 형태를 갖추지 못했다.

오로스의 의문은 마왕도 언젠가 그곳으로 간다고 하는 부분에서 생겨난 것이었다. 마왕과 평원의 민족이 손을 잡을 수도 있다는 가능성은 전혀 염두에 두고 있지 않은지라 관련지어서 생각할 수 없었지만, 만에 하나라는 우려가 의문이 되어 나타났던 것이다.

"만약 전투가 벌어진다고 하면, 두 사람의 힘은 어느 정도일까?"

"저도 자세한 건 모릅니다만, 세 마역 중 한 곳에서 월 단위로 지낼 수 있을 정도이니 약하지는 않을 겁니다. 그리고 무관리지대를 두 사람과 한 마리의 래그스머그로 몇 번이고 오갔습니다."

"약하지는 않다, 오히려 나름대로 실력을 갖춘 자들이다, 라고 생각해두는 편이 좋으려나. 그보다 심연의 숲에서 체재라니, 보급도 제대로 못 할 텐데? 어떻게 지내는 거지?"

의문은 해소되지 않은 채, 더욱 쌓여가기만 했다.

우선은 만나더라도 방심하지 않는다. 그리고 카트루나의 전언을 전한다. 이 두 가지를 잊지 말고 행동하자고 생각했다.

그렇게 정한 후, 가장 중요한 마왕에 관한 대책이 전혀 정해지지 않았다는 사실에 론타는 고민스러워했다. 하지만 그것은 헤프시밍으로 이동하면서 생각하기로 했다.

이동 중에 유지로와 세리에를 먼저 찾아서 라이트루티로 유도하면 성가신 일은 벌어지지 않는 것이 아닐까 하는 사실을 깨달았지만, 그런 생각을 떠올린 것은 앞으로 하루면 무관리지대를 벗어나는 곳에 이르렀을 때였다. 여기서 다시 길을 되돌아가기에는 식량 등이 불안했으므로 일단은 헤프시밍으로 들어갔다.

이동의 피로를 풀고, 다섯 명은 다시 라이트루티로 돌아갈 것인지 이야기를 나누었다. 그리고 돌아가지 않는 쪽으로 결론을 내렸다. 위치를 묻고 점을 친들 확실한 정보를 얻을 수 있을지도 알 수 없었다. 자칫 이동에 걸리는 두 달여의 시간을 낭비하게 되고 말지도 모른다. 마왕과 만나기까지 시간 여유가 있다고는 해도, 두 달은 짧지 않은 시간이다.

다섯 명은 이대로 헤프시밍의 왕도로 향하기로 했다. 왕도라면 심연의 숲에 관한 상세한 정보가 있으리라 판단했기 때문이다.

도착한 것은 녹색 달의 끝 무렵, 6월의 끝이 가까워졌을 때였다. 용사 일행은 헤프시밍의 왕에게 인사를 하기 위해 입성했다. 세지안드의 왕에게 받은 서찰을 보여주고 알현실까지 안내를 받았다.

30대 초반의 젊은 왕을 앞에 두고 론타 일행은 한쪽 무릎을 꿇으며 예를 갖추었다. 젊기 때문인지, 세지안드의 왕이나 라이트루티의 왕과 비교하면 위엄이 부족한 듯 보였다. 그런 생각을 입 밖으로 소리 내 말하는 짓은 하지 않을 테지만.

"론타라고 했나. 용사 탄생 소식은 이곳까지 전해졌었다네. 경사스러운 일이라 여기고 있었지. 직접 얼굴을 볼 수 있게 되어 참으로 기쁘군그래."

"황송한 말씀입니다."

"그래. 자네들이 이곳에 온 목적은 심연의 숲에 관한 정보를 얻기 위함이라던데, 맞는가?"

왕이 심연의 숲이라는 말을 꺼내자 대기하고 있던 가신들의 기척이 술렁였다. 다섯 명은 그 사실을 눈치챘지만, 지금은 무시하기로 했다.

"맞습니다."

"어째서 심연의 숲에 관해 알고자 하는 것인가?"

"저는 지금, 세지안드 왕의 명령으로 마왕 토벌의 임무를 맡고 있습니다. 그 마왕이 언젠가 심연의 숲에 도착하리라는 사실이 라이트루티의 점술사에 의해 판명되었습니다."

"무어라?! 그게 사실인가?!"

왕이 몸을 앞으로 내밀며 그렇게 물었다.

"네. 실력이 뛰어난 점술사가 알아낸 정보입니다. 거의 확실하리라 여겨집니다."

"……마왕은 이미 그 숲에 있는 것인가?"

왕은 검지를 굽혀 턱에 대고 심각한 표정을 지으며 물었다.

"아뇨, 아직입니다. 겨울 무렵에 도착하는 모양입니다."

"그렇다면 숲에 도착하기 전에 토벌할 수는 없는 것인가?"

"무관리지대를 상시 이동하고 있는 것으로 보입니다. 그런 곳에서 사람 하나를 찾아내기는 어렵습니다."

"그렇, 군."

헤프시밍의 왕도 내에 있다면 모를까, 무관리지대에서 사람을 찾는다는 것이 얼마나 어려운 일인지는 이해하고 있었다. 도착한다고 확정된 곳으로 가려는 용사 일행의 생각도 이해가 되었다.

시선을 내리고 잠시 생각에 잠겼던 왕은 시선을 론타에게로 되돌리고 입을 열었다.

"사실, 우리는 내년에 심연의 숲으로 병사를 보낼 예정이라네."

"그건 조사를 위함입니까?"

야심으로 번뜩이는 왕의 눈을 본 론타는 그렇지 않으리라는 것을 알면서도 물었다.

유지로 일행과 대립하게 되는 원인은 이것인가 하고 생각했다. 하지만 군이 들이닥칠 경우, 웬만한 바보가 아닌 한은 도망치리라며 자신의 그 생각을 부정했다.

"조사가 아니라 개척을 위한 걸세. 그곳에는 귀하고도 풍부한 자원이 잠들어 있지. 용사님은 모를지도 모르지만, 40년 정도 전에 이 나라는 그곳으로 병사들을 한 번 보냈었다네. 타이밍이 좋지 않아 마물 무리와 맞붙게 되는 바람에 심연의 숲에는 이르지 못했지만 말일세. 조부가 바랐던 것을 손자인 내가 달성하리라 마음먹은 것이지."

사실은 그런 생각보다, 위업을 이뤄낸 왕으로서 이름을 남기고 싶다는 열망 쪽이 강했다.

그 명성을 통해 선선대의 실패로 잃은 왕가의 힘을 부활시키고, 독자적으로 움직이는 귀족들을 견제하고 싶었다. 선왕이 요절하고, 젊은 나이에 왕위를 이은 탓에 경험이 부족하여 제대로 지시를 내리지 못하는 일이 몇 번인가 있었다. 그로 인해 귀족들에게 더욱 얕보이게 되었다. 그런 상황에서 귀족들에게 왕의 위엄을 내보이기에 마침 좋았던 것이 선선대가 실패했던 계획을 성공시키는 것이었다.

주변 인간들 중에는 통치를 해나가며 천천히 귀족들에게 인정받으면 된다고 조언한 자도 있었다. 그러나 조급한 마음을 억누를 수 없어 차분하게 진행해나간다는 선택을 하지 않았다. 왕은 자신을 무시하는 귀족들에게 그 정도로 큰 불만을 품고 있었던 것이리라.

"그곳은 마물로 가득한 땅이라고 들었습니다. 상당한 준비가 필요하리라 생각합니다만."

"10년 정도 전부터 준비를 해오고 있다네. 서쪽 국경 너머에 요새를 세우고, 튼튼한 보급선도 확보해두었지. 마침 용사님의 목적지도 심연의 숲. 어떤가? 우리 병사들과 함께 가지 않겠는가? 그편이 양쪽 모두에게 득이라고 생각하네만."

왕국으로서는 마왕이라는 예상외의 거물을 용사에게 맡길 수 있고, 용사가 있는 것만으로 병사들의 사기가 오른다. 용사로서는 마왕과 싸울 때까지 길잡이를 맡길 수 있고, 이동 중의 보급을 신경 쓰지 않을 수 있다.

그 점은 론타도 바로 이해했다.

"받아들이고 싶은 바이지만, 동료들과도 이야기를 나눈 후에 대답해도 괜찮겠습니까?"

"지금 당장 대답해달라 하는 건 너무 급한가. 알았네. 충분히 상담하게나. 좋은 대답을 기대하고 있겠네. 그럼 객실을 준비시킬 테니, 거기서 쉬도록 하게. 그리고 심연의 숲 정보는 넘기도록 하지. 곧 방으로 가져가게 하겠네."

"감사드립니다."

다음 예정도 있는지라 이야기는 여기서 마무리되었고, 다섯 명은 알현실을 뒤로했다.

다섯 명이 물러나고, 다음 손님이 알현실에 들어올 때까지는 아주 잠깐 시간이 생긴다. 그 잠깐 동안 왕의 옆에 있던 재상이 말을 꺼냈다.

"마왕이라니, 예상하지 못한 일이로군요."

"그래. 왜 하필 이 타이밍인가 싶지만, 사전에 정보와 대응 수단이 손에 들어온 건 운이 좋다고 봐야 할지도 모르겠군."

예상외의 거물이 나타났다고 하는 불운을 한탄하기보다는 정보와 용사라는 인재가 손에 들어온 행운을 기뻐하기로 했다.

"용사님이 이쪽에 협력하리라 보십니까?"

"함께 행동할 때의 이점 정도는 알 테지. 타국의 왕의 조력을 받아 마왕 토벌을 달성한다는 점이 마뜩잖을지도 모르지만, 세지안드 왕에게 있어서 중요한 건 명성보다 용사가 마왕을 쓰러뜨리는 일이니까."

"단언하시는 겁니까?"

"그래, 각국의 왕에게만 전해지는 정보라는 게 있거든. 그걸 통해 세지안드 왕의 생각은 알 수 있지. 나로서도 타국으로서도 환영할 만한 일이야."

마왕에게는 조금 안된 일이지만, 이라는 말은 마음속으로만 중얼거렸다.

안된 일이라 생각하면서도 불쌍히 여기지는 않았다. 오히려 자신이 더 높은 곳을 향해 가기 위한 발판으로 삼겠노라며 오만한 생각을 할 뿐이었다.

"용사님들에게 병사들의 훈련을 부탁드리는 것도 괜찮을

지 모르겠군. 그들도 조사에만 매달리지는 않을 테니, 괜찮은 심심풀이가 될 터."

"그렇게 전달해두겠습니다."

"그래."

근위병이 다음 손님의 입실을 알렸고, 두 사람의 이야기는 거기서 마무리되었다.

후편

　방으로 안내를 받은 론타 일행은 잠시 그곳에서 휴식을 취했다. 그리고 심연의 숲에 관한 자료가 도착하자 그것을 보면서 대화를 나누었다.

　"당연하다는 듯이 거대종이 있는데. 수룡도 있는 거야?!"

　정말로 개척 가능한 것이냐며, 칼먼드는 의문을 잔뜩 품었다. 많은 인원을 모은들 상위 용을 상대하기는 어렵다. 그들은 그것을 잘 알고 있었다.

　론타 일행은 예전에 스톤 드라그니아라는 흉포한 중위 용과 싸워 겨우 몰아낸 적이 있었다. 고작 비기는 정도밖에 하지 못했던 것이다.

　"상위 용과 싸우게 되면 나는 곧장 내뺄 거야."

　스톤 드라그니아와의 싸움을 떠올리고 얼굴을 찌푸린 바슐트. 그 말을 나무라는 사람은 없었다. 다른 이들도 비슷한 생각인 것이다.

　"준비하고 있다고 했잖아. 수룡이 서식한다는 걸 아는 이상, 대책도 제대로 세웠을 테지. 대책 없이 개척 같은 소리를 하는 건 그저 바보일 뿐이니까."

　"그렇겠죠?"

　오로스의 말에 칼먼드는 납득한 듯 고개를 끄덕이고 왕이 했다는 준비에 기대를 걸기로 했다.

　"수룡도 싫지만, 나는 이쪽 곤충 마물도 싫어. 물리면 병에 걸리는 것들뿐이잖아."

"약 준비를 게을리했다간 바로 전투 능력이 저하되겠군. 그 약사 일행은 정말로 이런 곳에서 살 수 있는 건가? 그렇다고 한다면 서바이벌 능력이 지나치게 높잖아."

론타는 그런 곳에서 살 수 있다면, 국내에서도 어떻게든 지낼 수 있지 않았을까 생각했다. 하지만 마물에게는 마물 나름의, 인간에게는 인간 나름의 성가신 면이 있다는 생각을 했다. 국내에서 계속 도망 다니는 삶이 얼마나 힘들지를 곧바로 떠올리고, 나라 밖으로 떠난 것은 정답이었을지도 모르겠다고 다시 판단했다.

그들은 잠시 자료를 읽으며 지형 등을 확인해나갔다. 자료의 상세한 내용을 통해 개척 의지가 진심이라는 것을 알 수 있었다. 이렇게까지 조사하는 데 얼마나 많은 인간이 희생되었는지는 모르지만, 여기에 있는 자료는 앞으로 큰 도움이 될 터였다.

"정보는 입수했고, 이걸 바탕으로 해서 자력으로 갈지, 협력해서 갈지를 정하도록 하지."

장점과 단점을 생각해보자며 론타가 그렇게 말했고, 각자 생각에 잠긴 모습을 보였다.

서로 대화를 나누고 내린 결론은 왕과 비슷했다. 다소의 부탁은 들어줘야 하는 처지가 될지도 모르지만, 무모한 짓은 하지 않으리라 판단하고 협력하기로 했다.

이 사실을 전령 역할을 맡은 사람에게 전하자, 감사 인사와 함께 병사의 훈련 의뢰가 들어왔다.

훈련은 내일모레부터 시작하기로 했고, 내일은 우선 병사와 기사, 양쪽의 단장과 개척을 위해 모은 유명한 용병과 모험가를 만나 인사를 하기로 정해졌다.

우선 기사단의 단장을 만나러 갔다. 보초병에게 용건을 전하자 방으로 안내되었다.

"어서 오십시오. 저는 기사단장 에이스베르크 로테리언이라고 합니다."

들어온 인물을 확인한 에이스베르크는 자리에서 일어나 론타 일행을 맞았다. 어제 알현실에는 에이스베르크와 병사단 단장도 있었던지라 론타 일행의 얼굴은 알고 있었다.

20대 중반을 조금 넘은 듯한 여성으로, 어두운 느낌의 금발을 느슨하게 땋은 머리 모양을 하고 있었다. 서류 업무 중이었기 때문에 갑옷 대신 옅은 갈색의 제복을 입고 있었다. 몸은 단단해 보이는 것이 훈련을 거르지 않고 있다는 걸 알 수 있었다. 감색 눈동자에는 확실한 의지가 깃들어 있어, 그 나름대로 위엄이 느껴졌다. 이름뿐인 기사단장은 아니리라.

젊은 여성이라는 사실에 놀란 론타 일행을 보며 그녀는 희미한 미소를 지었다. 이러한 반응에 익숙한 것이다.

"제가 이런 지위에 있는 건 그 나름의 사정이 있습니다."

그 말에 생각을 읽혔다는 것을 깨달은 론타 일행은 죄송하다며 고개를 숙였다.

"아뇨, 신경 쓰지 마십시오."

에이스베르크가 단장인 것에 특별히 복잡한 이유가 있는 것은 아니다. 기사 중에는 귀족의 자식이 많다. 평민이 그들을 통솔하게 되면 불만이 나오기 마련이다. 그렇다면 귀족을 그 자리에 두는 것이 무난하리라 판단했고, 처음에는 부단장을 그대로 위로 올리려 했다. 그러나 대인 관계상의 문제로 일을 하지 않았고, 권력 다툼이 일어나게 되었다. 기사단을 제대로 기능하게 하려면 외부인을 데려오는 편이 그나마 나으리라는 판단이 내려졌다.

그리하여, 선대 단장의 손녀가 무예에 뛰어나다고 하니 그녀를 기사로 임명하고 몇 가지 공을 세우게 한 다음 단장 자리에 둔 것이다. 선대 단장의 은퇴를 미루고, 할아버지 옆에서 단장으로서의 업무도 배웠다.

나름대로 유능하고, 자작 집안 출신으로 신분도 낮지 않은지라, 약간의 반감을 사기는 했지만 1년 반 전부터 단장으로서 일하고 있었다. 취임한 후 그녀가 일하는 모습을 보며 반감은 점차 줄어들었다.

"이쪽으로 앉으십시오."

의자로 안내하고 부하에게 차를 부탁한 다음 에이스베르크도 앉아 있던 자리에서 일어나 론타 일행과 같은 자리로 이동했다.

"용건은 훈련에 관한 것입니까?"

"네. 그 인사 겸 찾아왔습니다."

"용사님들의 지도를 받을 수 있다는 걸 알면 모두 기뻐할 겁니다. 저 자신도 가르침을 받고 싶습니다. 가능하다면 오로스 님께."

에이스베르크의 시선이 론타 옆으로 움직였다. 눈에는 호기심의 빛이 깃들어 있었다.

"저요? 창을 쓰십니까?"

"네. 단창(斷槍)이라는 이명을 가진 당신과 만나서 꼭 한번 겨뤄보고 싶었습니다."

"의외로 육체파 계열?"

칼먼드의 말에 그녀가 고개를 끄덕였다.

"솔직히 사무 업무보다는 자신을 단련하는 쪽에 흥미가 있습니다."

그녀의 할아버지는 자신을 닮은 그 모습에 기뻐하는 동시에 조금 차분해졌으면 하고 바랐다. 에이스베르크의 나이에 독신이면 결혼이 많이 늦은 편이지만, 본인은 그 점을 신경 쓰는 기색이 없었고, 염문 하나도 없었다. 용모는 나쁘지 않은지라 혼담은 들어오는데, 그걸 차버리고 단련에 힘쓰는 모습은 부모님의 고민이기도 했다.

"그러네요. 기꺼이 받아들이겠노라 대답해두죠. 시간이 있으면 언제든 상대해드리겠습니다."

"고맙습니다."

꾸미지 않은 순수한 미소를 띠며 에이스베르크는 감사 인사를 했다.

그녀는 이어 표정을 가다듬고 일 이야기로 옮겨갔고, 일

정 등을 정했다. 어느 정도 이야기가 정리된 후, 론타 일행은 병사단장을 만나기 위해 방을 나섰다.

그날의 에이스베르크는 어딘가에 놀러 가기로 한 어린아이처럼 기분이 좋았다.

병사단장은 마침 밖에서 단련을 하고 있었고, 방에는 없었다. 현재 있는 곳과 외형 특징을 물은 다음 다섯 명은 그쪽으로 향했다.

기합 소리가 들려오는 단련용 광장을 나아가며 병사단장이라고 여겨지는 사람을 찾았다.

그리고 이내 병사단장으로 보이는 사람을 발견했다. 맨손인 상대와 모의전을 하고 있는 사람이었는데, 가까이에서 그 모습을 보고 있던 병사에게 병사단장이 맞는지 묻자 긍정의 답이 돌아왔다.

지금 말을 걸면 방해가 되리라고 생각한 다섯 명은 모의전을 지켜보았다.

모의전 중인 두 사람 모두 마흔이 넘은 듯 보였다. 이미 들어 아는 특징을 바탕으로 둘 중 까까머리에 가까운 흑발 남자가 병사단장이라는 것을 알았다. 이름은 뷰트 라셈. 이쪽은 에이스베르크와 달리 평민 출신이다. 육체적으로는 한창때를 지나기 시작할 무렵이지만, 여전히 억센 근육이 붙은 것이 쇠했다는 느낌은 주지 않았다. 노출된 팔에 난 여러 상처를 보면, 역전의 전사라고 여겨졌다. 목검과 방패를 쓰고 있었고, 진중하게 상대가 움직이는 방향을 살폈다.

상대 쪽은 적갈색 짧은 머리로, 병사단장보다 스마트하게 보이는 했지만 역시 단련을 거듭한 듯 나이에 따른 쇠함은 느껴지지 않았다. 손등을 덮는 가죽 호구와 부츠를 착용하고, 자세라고 할 법한 자세도 취하지 않은 채 단장을 가만히 지켜보고 있었다.

"흐랴앗!"

가만히 기다리고 서서 움직일 기색을 보이지 않는 남자의 모습에 뷰트가 기합과 함께 검을 찔러 넣었다. 남자는 팔을 써서 그 공격을 안쪽으로 피하고, 실드 배시로 이어지려는 다음 공격을 막았다. 뷰트는 쳐내진 검을 곧바로 되돌렸다. 그 사이에 남자가 한 걸음 앞으로 나서면서 검을 든 뷰트의 팔을 자신의 팔로 밀어붙였다. 그대로 힘겨루기가 되었고, 잠시 후 동시에 물러났다.

두 사람의 움직임을 지켜보던 론타 일행은 이름을 모르는 남자 쪽이 위라는 것을 간파했다.

모의전은 이어졌고, 마무리는 남자가 뷰트의 검을 차 날려버리는 것으로 끝났다.

론타 일행은 모의전이 내용을 두고 이야기를 나누는 두 사람에게 다가갔다.

"용사님 아니십니까? 여긴 어쩐 일이십니까?"

"병사 단련 건으로 인사를 하러 왔습니다."

"아, 그거였군요. 감사한 말씀입니다. 모두들 잘 들어라! 용사님 일행분들이 훈련을 도와주시기로 했다!"

그 소식에 병사들 사이에서 놀람과 기쁨의 목소리가 일었다.

뷰트와 모의전을 하고 있던 남자도 놀란 표정을 짓고 있었다.

"저기."

"왜 그러시죠?"

"저쪽 분은 누구신지요? 병사 같은 느낌이 아닙니다만."

론타의 물음에 밝은 미소를 지으며 뷰트는 남자를 소개했다.

"이 사람은 모험가로, 이름을 널리 떨쳐서 왕의 부름을 받았습니다. 지금은 부하의 훈련을 도와주고 있지요."

"투아 샤르마라고 합니다. 용사님과 만나 영광입니다."

유지로와 헤어진 후 투아는 순조롭게 의뢰를 수행해나갔고, 이전의 명성과 운도 한몫하여 그 이름이 왕도에까지 퍼지게 되었다. 그것을 안 자가 왕에게 심연의 숲을 공략할 때의 전력으로 그를 추천했고, 이렇게 성으로 불려온 것이다.

왕을 알현하여 격려의 말을 들은 후, 며칠 성에 머물다 돌아갈 예정이었다. 왕도 심연의 숲으로 출발하기 한 달 전쯤 그를 부를 예정이었다. 하지만 병사들과 대련을 하고 단점 등을 지적하는 그의 모습을 보고 지도 실력이 훌륭하다는 것을 알게 되었고, 일시적으로 뷰트의 보좌를 맡아달라고 부탁했다. 투아는 그 부탁을 받아들여 병사들의 지도를 거들고 있었다. 마을에서 사람들을 가르치던 경험이 빛을 발한 것이다.

"보시는 대로 격투가 특기인 사람으로, 병사와 기사들 중에서도 탑 클래스의 실력을 가졌습니다. 지병 탓에 다섯 시간 정도밖에 싸우지 못한다는 게 결점이지만요."

약의 효과가 다하기 전에 싸움을 멈추는지라, 실제로 싸울 수 있는 것은 네 시간 반 정도다. 이전에 유지로가 주었던 약과 시간이 다른 것은 제작자의 실력 차이 때문이리라.

"병이 있는데 움직여도 괜찮은 겁니까?"

론타가 걱정스러운 표정으로 물었다. 그런 그의 모습에 투아는 웃으며 대답했다.

"병이라고 할 만한 건 아닙니다. 무릎을 다쳤었는데, 지금은 약 덕분에 움직일 수 있게 되었습니다. 다만 그 약의 효과가 다섯 시간 정도라."

"그러셨군요."

"용사님, 지금 바로 지도를 시작할 수 있으시겠습니까?"

뷰트의 말에 죄송스러운 기색으로 론타는 고개를 가로저었다.

"다른 곳에도 인사를 다녀야 해서요."

"그렇습니까. 아쉽군요. 그럼 언제쯤부터 가능할까요?"

"내일부터면 괜찮을 것 같습니다."

"그럼 내일 바로 부탁드립니다."

론타 일행은 고개를 끄덕이고, 잠시 이야기를 나눈 후 자리를 떴다.

다음 날부터 자신들의 단련도 겸한 훈련을 시작했다. 뷰트와 투아, 그 외에도 부름을 받은 모험가와 모의전을 하기도 했고, 그것들은 좋은 자극이 되었다. 공격보다는 지원 쪽에 가까운 바슐트는 모의전에 참가하지 않은 채, 기본적인 체력 단련만 하고 성 밖으로 놀러 나갔지만.

그런 모의전 결과 론타와 오로스는 성안에서 1, 2위를 차지했다. 투아가 전력을 다해 움직일 수 있었다면 오로스에게 이겨 순위에 변동이 생겼을지도 모르지만, 다리를 완전히 망가뜨리고 싶지는 않은지라 자중하고 있었다.

시간이 조금 흘러, 하얀 달도 슬슬 중반에 접어들던 무렵, 성안에서 한 사건이 일어났다.

갑자기 복통을 호소한 한 후궁이 치료를 받다가 요절한 것이다. 배 속에는 아이가 있었고, 성에서는 큰 소동이 벌어졌다. 암살과 병사라는 가능성을 열어두고 조사가 실시되었고 죽기 전 생활하던 모습 등을 보았을 때 병사일 확률은 낮다는 것이 판명되었다. 그러나 독극물을 사용한 흔적도 발견되지 않았고, 장례식 직후에 정확한 사망 원인을 찾기 위해 귀족들은 서로 대화를 나누고 상대방의 속내를 떠보았다. 그러나 아무것도 알아내지 못했고, 결국 점술의 힘을 빌리기 위해 솔비나로 사자를 보냈다.

"난리로군."

"그야 후궁이 죽었으니까."

많은 이들이 소란을 피우는 동안, 론타 일행은 배정받은 방에서 얌전히 지냈다.

"게다가 암살인지 병사인지도 모른다잖아. 소란은 당분간 계속될 거야."

오로스의 말에 나머지 네 사람은 고개를 끄덕였다.

"임금님, 초조한가 보더라."

"소중한 아내가 죽었는데, 원인을 알 수 없으니 그럴 만도 하지."

오빠의 말을 부정하듯이 레라는 고개를 가로저었다.

"그런 이유도 있을 테지만, 심연의 숲 출정이 가까워진 이 시기에 사고가 일어난 게 더 불만인 모양이야. 일꾼들과 병사들이 그런 느낌으로 화내는 걸 봤대."

"에르크도 그런 말을 했었지."

성안에서 만난 에이스베르크와 대화를 나누었을 때, 오로스도 비슷한 이야기를 들었었다.

"완전히 애칭으로 부르게 됐네."

"드디어 오로스한테도 봄이 온 건가."

약간의 웃음기를 머금고 놀리듯이 레라가 말했다. 그에 맞장구치듯 바슐트가 짓궂게 장난을 쳤다.

그 시선을 피하려는 듯 오로스는 휙 고개를 돌렸다. 부끄러워하는 중이라는 것을 네 사람 모두 잘 알고 있었다.

오로스와 에이스베르크는 마음이 잘 맞는지 훈련 때문만이 아니라 사적으로 만나는 일도 있었다. 그것을 안 에이스베르크의 가족은 드디어 염문이 들려온다며 기뻐했다. 오로스가 용사의 동료이니 연줄일 생길 거라며 기뻐한 것도 아니었고, 귀족이 아니라며 반대라는 목소리도 전혀 나오지 않았다. 단순히 이 사람을 놓치면 다음에 언제 이런 상대가 생길지 알 수 없다고 몇 번이나 말하는 가족들 탓에 에이스베르크는 무척이나 성가셔했다.

"내 얘기는 됐어. 지금은 후궁 건이 먼저야. 서둘러 원인을 특정하라며 기사들을 재촉하고 있다더군."

고개를 네 명 쪽으로 되돌리고 들은 이야기를 전했다.

"귀족들도 원인을 찾기 위해 이리저리 움직이면서 기사들의 일을 방해한다는 모양이야."

"큰일인걸. 아, 큰일이라고 하니 말인데, 이 일 때문에 사와베라는 약사에게 수배서가 내려질 거라고 보는데, 다들 어떻게 생각해?"

론타의 물음에 네 사람은 고개를 끄덕였다.

"나도 같은 생각이야. 정치적인 문제인 데다가, 국내에 수배서가 돌 법한 사건은 이 정도밖에 없었으니까."

"저지하기 위해 움직일 수 있을까?"

"무리일 테지."

바슐트는 즉답했고, 칼먼드와 레라도 특별히 생각나는 방법이 없다며 바로 고개를 가로저었다. 오로스도 포기한 표정을 하고서 입을 열었다.

"힘들 거야. 정보가 부족해. 아마 그 정보를 모으는 사이에 수배서가 내려질 것 같아. 그들에게 죄가 없다는 건 카트루나 씨에게 들었지만, 자세한 걸 모르니 왕에게 오해라고 말할 수도 없어."

"그 사람들도 당장 오해를 푸는 건 어렵다고 판단했기 때문에 전언만 전해달라고 부탁한 걸까?"

칼먼드의 한숨 섞인 말에 다른 네 사람은 그럴지도 모른다고 생각했다.

다섯 명이 조용히 지내고 있는 사이에 귀족 중 한 명이 범인을 색출했으며 처벌이 필요하다는 보고를 올렸다.

왕은 그 보고를 전부 믿은 것은 아니었지만, 빠르고 간단하게 수습이 되리라며 그 보고를 받아들였다.

그것에 의문의 목소리를 낸 것은 탄타가와 메르모리아의 허베리였다. 무죄라고 주장한 것은 아니었고, 조금 더 자세한 조사 결과가 나올 때까지 수배서는 철회하는 것이 어떠하겠느냐고 청원했지만, 심연의 숲에 집중하고 있던 왕은 그 청을 각하했다. 투아도 뷰트를 통해서 비슷한 이야기를 했지만, 인정받지 못했다. 이 일로 왕에 대한 투아의 감정은 나빠졌다. 완전히 돌아선 것은 아니었지만, 죽을 때까지 충성을 다하겠다는 마음은 사라지게 되었다.

수배서가 나오고, 유지로가 체포되었다는 보고도 없이 한 달이라는 시간이 흘렀다. 왕도의 탄타가 별저에 카인츠 허베리가 찾아왔다. 자신 이외에도 수배서에 의문을 제기한 집안이 있다는 것을 알고, 욤룬조가 편지를 보낸 것이다. 그렇게 편지를 통해 이곳에서 만나기로 정해졌다.

"이렇게 불러내서 미안하군."

의자를 권하며 욤룬조는 사과했다.

"아뇨, 가끔은 왕도에 와서 자신의 귀로 도자기 평가를 듣고 싶다고 생각하던 참이라 마침 잘 되었습니다."

"당주가 바뀌고 1년이 지났던가? 일에는 익숙해졌나?"

"주변 사람들의 도움을 받아가며 겨우 꾸려나간다는 느낌입니다. 조바심내지 않고 해나가려 합니다."

카인츠의 말을 들은 욤룬조는 미소를 지으며 고개를 끄덕였다.

"좋은 생각일세. 왕도 자네처럼 생각하면 좋으련만."

"역시 조바심을 내고 있는 걸까요?"

카인츠는 왕에게서 초조한 기색 같은 것은 느끼지 못했지만, 돌아가신 아버지께 그런 이야기는 들었었다.

"그렇다네. 타국이 공격해 오는 것도 아니니 그렇게 서둘러서 우리를 복종시킬 필요 같은 건 없건만. 선왕도 처음부터 만사 순조롭게 풀렸던 건 아니고, 선선대도 그 이전의 왕도 비슷했을 게야. 젊은 나이에 왕이 된 것이 안 좋았을지도 모르겠군. 선왕의 갑작스러운 서거는 예상하지 못했던 일이니, 이러쿵저러쿵 이야기해본들 별 의미 없겠지만."

욤룬조는 왕을 괜찮게 평가하고 있었다. 이런저런 실패를 하기는 했지만, 그 실패에서 비롯된 피해를 최소한으로 막

앉다. 왕이 되기 위한 공부를 한창 하던 중에 왕이 되었음에도, 국내 상황을 엉망으로 만드는 일은 없었다. 백성들의 삶도 안정되었다. 쓸데없이 초조해하지만 않는다면 훌륭한 왕이 되리라 여겼다.

"이 이야기는 여기까지 하지. 오늘 와달라고 한 것은 사와베 군에 관한 것 때문이네. 오늘 함께하지는 못했지만, 투아 님이라는 모험가에게도 이야기를 들었는데, 사와베 군은 후궁 살해에 관여하지 않았다고 생각한다네."

"투아라는 사람은 어떤 사람이고, 사와베 씨와는 어떤 관계인지요?"

욤룬조는 본인에게 들은 두 사람의 관계를 이야기했다.

"저와 마찬가지로 사와베 씨가 만든 약의 도움을 받은 사람이군요. 실제로 만나본 적이 있다면, 이번 일에 의문을 품는 건 당연하겠지요. 저는 사와베 씨와 그리 오래 알고 지내지 못했습니다. 그래서 절대 살해에 관여하지 않았다고 단언할 수는 없습니다. 하지만 그런 엄청난 짓을 벌일 만한 사람이라고는 생각되지 않는지라, 수배서 건에 의문을 표했습니다."

"나도 실제로 만나 도움을 받았던지라, 비슷한 생각을 했다네. 수배서가 내려왔다고 전했을 때 놀라는 모습을 보아도, 그런 짓을 했으리라고는 생각할 수 없었지. 분명 신경쓰이는 점이 있기는 하지만 그래도."

"어떤 점을 말씀하시는 겁니까?"

"귀족을 대하는 태도가 조금 독특하다는 정보가 있다네. 내 경우에는 그런 걸 느끼지 못했지만 말일세."

귀족에게 마법이 걸린 계약서를 쓰게 한 것은 무례한 짓이라 할 수도 있겠지만, 프레이드가 무리하게 부탁했던 일인 만큼 그 부분은 어쩔 수 없었으리라 판단하고 있다.

"제 경우도 비슷합니다. 아버지의 권유를 거절하기는 했지만, 딱히 특별한 실례를 범하며 거절한 건 아닌 모양이더군요."

그러한 태도는 귀족과 왕족에게 원한을 가진 마음에서 비롯된 것인가 하는 생각도 해보았지만, 정보가 적어서 추측의 범위를 넘지 못했다. 원한을 갖고 있었다고 한다면 귀족을 도와주는 일 자체를 하지 않을 테니, 원한은 없으리라는 쪽으로 생각이 기울었다.

"조금 다른 이야기지만, 그가 머물고 있을 때 우리 집안의 의사에게 화장품 제조법을 가르쳐준 일이 있었다네."

그게 어쨌다는 거냐며 카인츠는 고개를 갸웃거렸다.

"그 효능이 이전의 것들보다 뛰어나다는 모양이야. 시장에 내놓으면 큰 벌이가 되리라 예상되지."

"네에……."

돈벌이 자랑이라도 하려는 건가 싶었지만, 소문으로 들었던 욤룬조의 됨됨이를 생각하면 그렇지 않을 것 같았다.

"그걸 우리와 함께 판매하지 않겠는가?"

"단순히 거래를 원하는 건 아니시죠? 뭔가 생각이 있으신 거라 여겨집니다만."

"물론이지. 그렇다고 해도 생각해낸 건 내가 아니라 아내와 딸을 비롯한 사람들일세. 노리는 대로 일이 진행될 가능성은 높지 않을 거야. 시장에 내놓는 제품은 기존의 화장품보다 높은 효능을 보여주겠지만, 사와베 님이 알려준 것보다는 효능이 낮을 걸세. 그걸 많은 귀족 부인이나 자제에게 쓰게 하는 거지."

"기존 제품보다 좋은 것이라면 달려들 테죠."

"그렇다네. 그리고 그것이 본래의 효능이 아니라는 것을 알면 더 좋은 걸 원하게 되겠지."

"그렇겠죠."

"그때, 그 화장품을 만든 것이 사와베 님이라는 것을 가르쳐주고, 그들이 가르쳐준 제조법이 불완전하다고 알리는 걸세."

"본인이 있으면 당장에라도 더 좋은 걸 만들 수 있다. 부인들과 자제들을 이쪽 편으로 끌어들여서 가주를 움직이게 한다는 계획인가요?"

추가로 소문이 충분히 퍼지고 이용자가 늘었을 때, 본래의 제품을 판매할 셈이다. 어느 정도 진전이 있었다고 말하면서. 더 좋아진 화장품을 쓰고, 그보다 더 위가 있다는 사실을 알면 상황은 멈출 수 없게 되리라고 생각했다.

가르쳐준 제조법에 위가 있다는 것은 거짓말이 아니다. 제조법을 배워서 만들어본 디트가 느낀 감상이다. 여성의 직감이라 해도 좋았다. 세리에가 쓰고 있는 것과 가르쳐준 것에는 아직 차이가 있다고 느꼈다.

아름다움에 대한 무시무시한 집념이라고 해야 할까? 그 직감은 맞았다. 세리에가 쓸 물건을 유지로가 대강대강 적당히 만들 리 없다. 세리에에게 맞춘 특별 제품을 만들고 있었다. 그 특별 제품의 작성법을 응용하면 가르쳐준 제조법 이상의 것이 만들어진다.

"그렇다네. 우리 두 사람의 목소리만으로는 부족하다고 한다면, 더 많은 목소리를 모으는 거지. 그러면 왕도 다시 한번 생각하지 않겠나? 무죄 방면은 어렵다고 해도 감형은 가능하지 않을까 생각한다네."

"그 방법을 실행하려면 화장품 제조법이 밖으로 새어 나가지 않도록 엄중히 다룰 필요가 있겠군요."

제조법이 유출되어 복제품이 시중에 유통되면, 개발자인 유지로의 필요성이 옅어진다. 그렇게 되면 결과적으로 감형이라는 방향으로는 이끌어 갈 수 없게 될 것이다.

그 외에도 유지로 본인에게 화장품을 팔아도 된다는 허가를 받아야 한다는 문제가 있지만, 돕기 위해 필요한 행위였다고 사후 승낙을 받을 셈이었다.

도움을 받을 당사자들이 나라에 쫓긴다는 사실을 전혀 괴로워하지 않는다는 것은 꿈에도 생각하지 못했다. 수배서가 내려와도 태연한 얼굴로 생활하고 있다고는 그 누구도 예상할 수 없을 테지만.

"그 방향으로 움직일 수 있겠나?"

"괜찮을 것 같습니다. 원래 도자기 유약을 외부에 알리지 않도록 움직이고 있으니, 그것과 함께 움직이면 되겠지요. 자작은 어떠십니까?"

"우리는 어려울지도 모르지만, 그런 게 특기인 연줄이 있다네. 이익을 어느 정도 넘겨주면 제조법도 외부에 유출하지 않을 거야."

"신뢰할 수 있겠습니까?"

"돈을 제대로 지불하는 한은."

연줄이라는 것은 무리 짓는 영견과 비슷한 조직이다. 위험한 일을 하기도 하지만, 자신의 이익을 추구하여 제멋대로인 행동은 하지 않는다. 의뢰인의 주문을 충실하게 지키고, 이익을 거둬온 조직이다. 범죄 조직에 가까운 해결사 조직 같은 느낌이라고 할까? 규율이 엄격하고 융통성이 없는 탓에 다른 조직에 밀렸지만, 그래도 방침을 바꾸지 않았다. 그리고 그런 점을 신뢰하는 사람이 적지 않았다.

카인츠는 제조법을 배우고 영지로 돌아가자마자 욤룬조와 합의한 대로 행동을 취하기 시작했다.

이러한 행동이 열매를 맺기 전에, 귀족들이 솔비나로 보냈던 사자가 돌아왔다. 사자는 점술의 결과를 모른 채, 그 내용이 쓰여 있으리라고 생각되는 라이트루티 왕의 편지를 받아 들고 돌아왔다.

사건을 날조했던 귀족들은 그 내용을 읽고 싶어 했지만, 마법이 걸린 서찰이라 일단 한 번 열면 열어보았다는 사실을 알 수 있게 되어 있었다. 왕이 왕에게 보내는 편지는 그러한 장치를 해서 보내는 것이 당연한 일인지라, 한 번 열면 내용을 훔쳐보았다는 사실을 들키고 만다. 그 마법은 왕족에게만 전해지는 마법으로, 잔재주는 통하지 않는다.

귀족들은 열어볼 것인가, 왕에게 건넬 것인가로 고민했고, 결국 열어보기로 했다. 라이트루티 왕이 보낸 편지는 사자가 마물의 습격을 받아 분실한 것으로 꾸미기로 했다. 서둘러 보낸 사자였던지라 호위가 적었던 것이 좋은 변명거리가 되리라 여겼다. 이렇게 왕을 얕보는 부분이 왕의 심기를 거스르는 것이었다.

내용은, 그쪽의 정치에 관여하는 일인지라 이 편지에는 점술의 결과를 쓸 수 없다고 사과하는 것이었다. 만약 알고 싶다면 헤프시밍 왕에게 정치에 관여해도 괜찮다는 허가장을 받아서 그것을 지참한 사자를 다시 한번 솔비나로 보내라고, 그러면 모든 사실이 쓰인 서찰을 준비해두었으니 바로 건네겠다고도 쓰여 있었다. 이번에는 귀족이 사자를 보냈고, 그 사자는 정치에 관여해도 된다는 허가장 같은 걸 갖고 있지 않았기 때문에 점술 신전에서는 약정에 따라 답을 내어주지 못했던 것이다.

추가로 헤프시밍에서 요구한 약사의 수배서는 국내에 배포할 수 없다고도 쓰여 있었다. 보호하겠다는 것이 아니라,

관여하지 않겠다고 했다.

편지를 읽은 귀족들은 다시 한번 서찰을 받으러 가서 그것도 분실한 것으로 꾸미기로 했다. 그리되면 유지로의 수배서는 그대로일 터였다.

이러한 내용은 왕을 지지하는 파벌이 보낸 스파이에 의해 친왕파에 알려지게 되었다.

파벌은 그 외에도 중립파가 있었고, 사건을 날조한 괴뢰파와 중립파는 그 수가 비슷했다. 친왕파는 그 둘보다 수가 적었다.

친왕파는 곧바로 서찰을 받기 위해 솔비나로 사자를 보냈다. 정보가 새 나갔다는 사실을 눈치채지 못한 괴뢰파는 그보다 한발 늦게 사자를 보내게 되었다.

그러한 사자들이 솔비나에 도착한 것은 눈이 내리기 시작한 무렵이었고, 귀환은 3월 중반이 지날 때까지 늦어지게 되었다. 그때는 이미 군대가 출발한 상태였다.

서장을 손에 넣은 것은 친왕파 사람들이었고, 그들은 그 서장과 다른 여러 정보를 바탕으로 괴뢰파를 치기 위해 움직이기 시작했다.

왕의 관심이 심연의 숲으로 향하고, 군이 현지에서 싸우는 사이에 왕도에서는 귀족들의 전쟁이 조용히 펼쳐지게 되었다.

독자적으로 움직이던 탄타가와 허베리가도 거기에 무조건적으로 말려들게 되었다. 두 가문은 중립파였지만, 왕을 해할 마음은 없었기 때문에 친왕파 측에 붙게 된다.

헤프시밍이라는 나라에 있어서 운이 좋았던 것은 어느 정도의 전력이 밖에 나가 있었던 덕분에 상황이 내란으로까지 발전하지는 않았다는 점이었다. 남은 전력까지 전투에 돌리는 것은 불가능했다. 그들은 국내에 있는 마물이나 도적 대응을 맡아 치안을 유지하고 있었기 때문이다. 아무리 그래도 마물 같은 걸 방치하면서까지 싸움을 벌일 만큼 어리석지는 않았다.

대신에 모략의 바람이 휘몰아치게 되고, 국내의 모두가 불온한 기척에 불안을 느끼게 된다.

9장

숲속의 전쟁

cheat kusushi no
isekai tabi

Tona Akayuki
illustration / kona

33 숲의 공방 1

계절은 봄이 되었고, 숲에서는 눈이 완전히 사라졌다. 나무들에는 신록의 싹이 움트고, 흐드러지게 핀 꽃들도 바람에 흔들리며 향기를 퍼뜨렸다. 동면했던 동물과 마물도 깨어났고, 숲은 나날이 활기를 더해갔다.

겨울을 넘긴 고블린과 폭싱은 느긋하게 각자의 일에 힘을 쓰고 있었다.

유지로 일행도 마찬가지로 평온하게 지내고 있었다.

"잠깐 기다려. 거기 순서가 좀 달라."

"어디? 가르쳐준 대로 했다고 생각하는데."

유지로는 자신도 약을 만들면서 퐁이 약을 만드는 모습을 옆에서 보고 있었다. 그때 약간의 실수를 발견하고 멈추게 했다.

"틀린 건 아닌데, 따로 설명하지 않았던 것 같아서. 지금 자르고 있는 잎, 가로가 아니라 세로로 자르는 편이 좋아. 섬유가 어떻게 잘리는가에 따라서 효능에 차이가 나거든. 커다란 차이는 아니지만 조금이라도 효능을 높이고 싶다면 주의하는 편이 좋을 거야."

"알았어."

이미 잘라버렸으니, 다음에 만들 때는 자르는 방법에 주의하겠노라며 메모해두었다. 글자는 마카벨이 배울 때 함께 배우며 조금씩 외우고 있다.

다시 약을 만들고 있자, 얼마 후 세리에와 마카벨이 접시를 들고서 다가왔다. 두 사람 모두 단순한 디자인의 앞치마를 하고 있었다.

마카벨은 폭싱들에게 부탁해 만든 옷을 입고 있다. 옅은 분홍색 서머 스웨터에 와인레드색 플레어스커트다. 처음에 받은 옷은 무녀복 같은 것이었는데, 폭싱들은 그것을 인간 의복의 기본이라고 생각한 모양이었다.

마카벨은 폭싱들에게 받은 검은색 버니 의상을 아무런 의문도 없이 입고서 유지로 앞에 나타났고, 그런 옷을 입기만 하면 그게 누구라도 좋은 것이냐며 유지로는 세리에에게 오해를 받게 되고 말았다. 그리고 세리에의 기분을 풀어주느라 꽤 고생을 해야 했다.

그런 일이 있었던 세리에도 흰색 하이넥에 짙은 갈색 롱스커트를 입고 있었다. 마을에서 사는 것보다 세 마역이라는 위험 지대에서 지내는 쪽이 마음 편하다는 데에 의문을 품지 않은 것은 아니지만, 현재의 생활에 불만은 없었다.

"됐어, 됐어! 유지로 먹어봐!"

마카벨이 기쁜 기색으로 접시에 담긴 말린 과일을 넣어 만든 쿠키를 집어 내밀었다. 유지로는 입가로 다가온 쿠키를 그대로 입에 넣었다. 마카벨은 갓 만든 음식을 늘 유지로에게 먹이려 했고, 그것은 이제 유지로에게도 익숙한 일이 되었다.

아직 온기가 남은 쿠키는 바삭했고, 말린 과일과 생지 자체의 단맛이 어우러져서 맛있었다. 여기에는 달지 않은 차 같은 게 어울리리라.

"맛있는걸."

그 간결한 감상에 마카벨은 만면에 웃음을 띠고서 유지로에게 매달렸다.

바인에게 쿠키를 주고 있던 세리에는 마카벨을 유지로에게서 떼어놓았다. 그 김에 자신이 만든 쿠키도 유지로의 입에 던져 넣었다. 마카벨의 쿠키보다 단맛이 덜한 쿠키 맛이 입안에 퍼졌다.

드라이어드에게 조언을 받은 후부터 유지로에게 달라붙으려고 하는 마카벨을 세리에가 떼어놓는 것도 몇 번이나 반복되어 어느샌가 익숙한 광경이 되어 있었다.

"작업에 방해가 되니까 달라붙으면 안 돼."

"우우."

불만의 목소리를 흘려넘기며 세리에는 유지로를 바라보았다.

"그래서, 내 쿠키 맛은 어때?"

"물론 맛있지. 마카벨한테는 미안하지만, 이쪽이 내 취향이야."

"그럼 됐어."

자그맣게 미소를 지은 세리에는 몸을 굽혀 바인의 입가에 묻은 부스러기를 닦아주었다.

"우우, 다음에는 내가 만든 게 더 맛있다는 말을 들을 수 있게 노력할 거야."

"기대할게."

힘내라는 응원을 보내고, 잠시 쉬며 쿠키를 먹었다.

더 먹으라며 쿠키를 건네는 마카벨에게 대항하듯이 세리에도 쿠키를 건넸고, 퐁은 그런 모습을 지켜보며 느긋하게 쿠키를 먹었다. 시끌벅적한 휴식 시간이 그렇게 지나갔다.

쿠키가 다 없어졌을 무렵에 어딘가 허둥대는 기색으로 똑똑한 너구리가 나타났다.

"큰일이라니까."

"정말로 큰일이라고 생각하는 거야?"

세리에가 의심스러워하며 물었다.

분위기와 표정은 그래 보였지만, 말투가 평소와 다르지 않아서 어딘가 맥이 풀렸다.

"허둥대고 있잖아."

"그래서 뭐가 큰일이라는 건데?"

"수많은 평원의 민족이 이 숲을 향해서 오고 있다고."

"얼마나 많은데? 열 명이나 스무 명?"

"만 명 이상?"

똑똑한 너구리의 입에서 나온 상상 이상의 숫자에 모두는 한순간 어안이 벙벙해졌다.

"뭐? 정말로 만 명이 넘는 거야?"

"정말이라니까. 갑옷을 입은 집단이고, 말도 있어."

"군이 이 숲을 향해서 오고 있다고? 우리를 찾기 위해서 보낸 건가?"

"아니, 아무리 그래도 그건 아니라고 생각해."

유지로와 세리에를 체포하기 위해 만 명 이상의 인간을 움직인다는 것은 계산이 맞지 않는다. 여기에 있다고 확신하고서 보낸다고 해도, 백 명도 많을 터였다. 설령 후궁을 죽였다고 해도 그렇게까지 많은 인간을 움직일 만한 가치는 없으리라고, 세리에는 그리 생각했다.

"그럼 대체 뭘까?"

"생각할 수 있는 건 두 가지야. 목적지가 이곳을 지나야만 갈 수 있는 곳이라든가, 혹은 여기에 무언가 중요한 게 있다는 걸 알았다든가."

"여기에 있는 중요한 거라고 하면…… 유적? 라이트루티의 벅스 노이드에게서 유적 정보를 입수하고, 여기를 확보하기 위해 오고 있는 걸까? 이곳의 벅스 노이드에게 이야기를 들어보자."

벅스 노이드들은 유적을 망가뜨리고 싶어 하지 않으니 그럴 가능성은 낮을 테지만, 만약을 위해 물어보기로 했다.

들어가서는 안 되는 방을 노크하고 반응이 없으면 다음으로 옮겨가기를 몇 번인가 반복했을 때, 벅스 노이드가 나왔다.

똑똑한 너구리가 가져온 정보를 전하고 뭔가 아는 게 있는지 물었다.

"잠시 기다려라. 확인해볼 테니."

"그렇게 바로 알 수 있어? 혹시 원거리 교신 수단 같은 게 있는 거야?"

"워프 장치, 멀리 떨어진 거리를 단시간에 이동할 수 있는 장치라고 말하면 이해하려나? 그러한 일을 가능하게 하는 장치가 있다."

세리에들은 감이 잡히지 않는 모양이었지만, 지구에서 몇 번이나 그러한 말을 들었던 유지로는 바로 이해했다.

"그렇게 편리한 게 있었어?!"

"이해할 수 있는 건가?"

이해한 표정을 짓는 유지로를 보고 벅스 노이드는 약간 놀란 얼굴을 했다.

"실물은 본 적 없지만, 상상 속의 이야기는 몇 번이나 들은 적이 있어. 옛 문명은 얼마나 발전했던 걸까?"

"그런 물건이 있다. 잠시 기다려라."

"아, 그 전에 묻고 싶은 게 생겼는데."

유지로는 방으로 돌아가려던 벅스 노이드를 불러 세웠다.

"그 장치를 써서 고블린이나 모두를 다른 곳으로 도망치게 할 수는 없어?"

여기가 그들의 목적지이고, 공격해 오는 것이라고 한다면, 싸우지 않고 서둘러 도망치는 것도 방법이리라.

"한 번 정도라면 쓸 수 있을지도 모르겠지만."

"그러면."

"문제가 있다. 하나는 필요한 마력이 충분할 것인가 하는 점이다. 예를 들면 너 한 사람이 이동하는 데는 평원의 민족 두 사람, 혹은 세 사람분의 마력이 필요하다."

"막대한 마력이 필요하다는 건가. 준비하기 무척 어렵겠는걸."

"또 하나는 이동할 장소다. 지금 이대로라면 리더가 있는 산의 유적으로 이동한다. 허나 갑자기 고블린들이 대규모로 밀려들면 민폐일 뿐이다. 이동할 곳은 달리 설정 가능하지만, 적당한 장소를 찾거나 설정을 수정하는 데 닷새 정도 걸린다."

"인간 도착까지는 이르면 사흘 정도야."

시간이 부족할 거라며 똑똑한 너구리가 이야기에 끼어들었다.

"사흘?! 피난은 어렵다는 건가. 그나저나 사흘이라니. 조금 더 시간이 있을 거라고 생각했는데."

"비전투원 정도는 어떻게든 산의 유적에서 맡아줄 수 있을지도 모른다. 그것도 물어보고 오지."

그렇게 말하며 벅스 노이드는 방으로 돌아갔고, 방 너머의 기척이 사라졌다.

유지로 일행은 거실로 돌아와 전투가 벌어질 경우에 대비해 움직이기로 했다.

"솔직히 냉큼 도망쳤다가, 상황이 진정됐을 무렵에 상태를 보러 돌아오고 싶은데 말이지."

유지로의 솔직한 마음에 세리에는 쓴웃음을 지으면서도 동의했다. 만 명이 넘는 사람과의 전투라니, 세리에도 할 마음이 생기지 않았다.

"전원이 숲에서 도망친다고?"

"그럴 수 있다면 좋을 텐데."

"무리라고 생각하는데."

똑똑한 너구리가 그리 말하며 고개를 가로저었다. 고블린들은 고향에 대한 애착이라고 할까, 영역 의식이 있다. 그러니 그리 간단히 도망칠 생각을 하지는 않으리라는 것을 알고 있었다. 유지로와 세리에도 지금까지 그들과 어울리면서 어렴풋이 그런 점을 눈치채고 있었다. 조금 전의 대화는 긴장을 풀기 위한 농담의 일종이었다.

"진지하게 생각해볼까? 언제나 도망치기만 하는 것도 그런데, 가끔은 반격도 해볼래?"

도망쳐도 이웃 나라에 수배서가 내려졌을 경우, 그곳에서 생활하기는 어렵다. 무관리지대에서 새로운 곳을 찾아본들, 이곳에서처럼 살 수 있을지 알 수 없는 일이다. 도망치기만 하다 보면 언젠가 막다른 곳에 몰리고, 더는 살 수 있는 곳이 없어질지도 모른다. 그렇다면 문제없이 살고 있는 이곳을 지키기 위해 움직이는 것도 좋을지 모르겠다고 생각했다. 얌전히 죽을 마음은 없지만.

"반격하면 하는 대로, 오해에서 비롯돼 걸린 현상금이 진짜가 될 거야. 뭐, 나라 밖에서도 살아갈 수 있으니까 그다지 관계없지만."

"그러네. 이곳과 이곳에 사는 이들한테도 애착이 생기기도 했고 말이야."

"싸울 거야?"

의욕을 보이는 두 사람에게 마카벨은 불안한 표정을 지으며 물었다. 마카벨은 적극적으로 싸움을 하는 성격이 아니다. 마법과 이능을 쓰면 웬만한 인간에게 지지는 않으리라는 걸 알아도, 쫓기던 기억이 영향을 끼쳐서 평정을 유지할 수 없었다.

"마카벨한테도 도와달라고 하고 싶은데, 할 수 있을까?"

"모르겠어."

시선을 피하듯 고개를 숙인다. 유지로의 부탁은 들어주고 싶지만, 솔직히 내키지 않았다.

"무리하게 하는 건 좋지 않으, 려나."

세리에도 마카벨이 전력으로서 움직여주었으면 좋겠다고 생각했지만, 지금까지의 생활을 떠올리고 어쩔 수 없으리라 여겼다.

잠시 고민한 후 유지로는 입을 열었다.

"그럼, 멀리서 이능을 쓰는 일 정도는 할 수 있을까?"

"……그거라면 괜찮아."

그 정도는 할 수 있을 거라며 마카벨은 고개를 끄덕였다.

"숲 앞에서 군대를 향해 힘을 쓰는 거야? 아니면 뭔가 다른 생각이 있어?"

세리에의 질문에 유지로는 고개를 끄덕여 답했다.

"해가 진 다음 히아 씨한테 마카벨을 등에 태워달라고 하고, 군의 진지 위에서 이능을 흩뿌리면 어떨까 싶어. 밤이면 날아오는 걸 눈치채기 어려울 테고. 몸 상태가 안 좋아서 싸울 수 있는 수가 줄거나, 사기가 저하되거나 할 거라고 보거든."

"여러 번 사용하면 들킬지도 모르겠지만, 초반에는 유효할 것 같네."

세리에는 좋은 생각이라며 동의했다. 문제는 그것으로 몇 명의 병사가 탈락할 것인가다. 아무래도 전원을 움직이지 못하게 하는 것은 무리이리라. 가능하다면 절반, 적어도 4분의 1은 움직이지 못하게 하고 싶었다.

마카벨에게 넘칠 듯한 힘이 있다고 해도 무한대인 것은 아니다. 이능을 어디까지 쓸 수 있을지 그것이 열쇠일지도 모른다.

이능을 바닥날 때까지 써보는 것은 마카벨에게도 처음인 일인지라. 얼마나 가능할지 알 수 없었다.

그런 이야기를 나누는 사이에 벅스 노이드가 돌아왔다.

"다녀왔다."

"어서 와. 뭔가 알아냈어?"

벅스 노이드는 고개를 가로저었다.

"유적 위치에 관해 인간에게 가르쳐준 적은 없다고 한다. 그러니 이곳 유적을 노리고 있을 가능성은 낮다. 옛 문헌을 발견했을 가능성도 있기는 할 테지만. 다음으로, 이곳에 침입해 들어오려 할 때는 입구를 파괴해 막도록 하라는 명령을 받았다.”

“위기에 몰렸을 때 여기로 도망쳐 오는 것도 불가능하다는 거야?”

“웬만한 위기가 아닌 한은 부수지 않을 테니 안심해도 좋다. 하지만 만약의 경우가 생길 수도 있다는 것은 각오해두도록.”

“비전투원의 피난은 어떻게 됐어?”

“그건 괜찮다. 그들이 이동하는 데 필요한 마력도 저쪽에서 가진 것으로 어떻게든 하겠다고 한다.”

“그건 좋은 소식이네.”

유지로 일행은 안심하며 작은 한숨을 내쉬었다.

“앞으로의 행동을 정하려면 다른 이들도 더 불러야겠어. 세리에는 히아를, 마카벨은 드라이어드를, 퐁과 바인은 폭싱의 대표를, 벅스 노이드는 영감님, 고제로를 불러와 줘.”

모두 바로 움직여주었고, 유지로는 그곳에 남은 똑똑한 너구리에게도 부탁을 했다.

“흡혈귀?”

“그래, 힘을 빌릴 수 있을지만 물어봐 주겠어?”

“그 정도라면. 그 김에 지금까지 치료해주었던 마물들한테도 물어보고 올게.”

“고맙지만, 어렵지 않을까?”

“그럴지도 모르지. 아, 수룡은 깨우지 않는 거야?”

그건 유지로도 생각했다. 군이 이곳에 도착하기 전에 공격해 괴멸시켜달라고 하는 것이 제일 편한 방법이리라. 하지만 부탁한다고 해서 이쪽 이야기를 들어줄지는 알 수 없었다. 그래서 이쪽의 여유가 없어지면 수룡도 숲을 지키기 위해 움직일 수밖에 없으리라 여기고, 비장의 수단으로 생각하기로 했다.

약간의 불안도 있었다. 그것은 수룡이 얼마나 회복했을까 하는 점이다. 소모가 극심했던 그 상태에 가깝거나 하면 나섰다가 오히려 당할 가능성도 있을지 모른다. 지구의 이야기 속에서 대부분의 용은 인간에게 토벌되었으니까.

가능한 한 오랫동안 쉬고, 힘을 비축하게 해서 이때다 싶을 때에 등장해주는 것이 제일일지도 모른다.

그런 유지로의 말에 일단 납득을 했는지, 똑똑한 너구리는 흡혈귀를 만나기 위해 숲을 나섰다.

조용해진 유적 안에서 유지로는 약을 만들기 시작했다. 회복약은 아무리 많아도 부족한 상태일 테고, 그 외에도 복수 능력 상승약도 필요하리라. 거대종이 있으면 조종하는 약을 만들어 기습을 시킬 테지만, 수룡에게 당해 죽은지라 만들어도 의미가 없었다.

"이런 준비가 쓸데없는 짓이 되면 좋으련만."

실은 똑똑한 너구리가 잠에 취해서 제대로 확인도 하지 않고 꿈꾼 걸 유지로들에게 알린 거라고 말한다면, 분노를 느끼기 전에 기뻐하리라.

지금이라도 똑똑한 너구리가 돌아와 그런 말을 꺼내지 않을까 하는 얄팍한 기대를 가지고서 유지로는 작업을 계속해 나갔다.

가장 먼저 돌아온 것은 고제로를 데리러 갔던 벅스 노이드였다.

"인간이 오고 있다는 게 사실인가?"

"거짓말이었으면 좋겠지만, 안타깝게도 이쪽으로 오고 있는 모양이야. 도망치는 게 좋지 않겠느냐는 의견이 나왔는데, 영감님은 어떻게 생각해?"

"여기가 우리들의 고향이다. 도망칠 수는 없다."

고제로는 단호하게 딱 잘라 말했다. 승산은 없지만, 인간들이 고향에서 제멋대로 굴게 둘 마음은 없었다. 당하면 당한 만큼 돌려준다.

"역시 그렇단 말이지?"

"너희는 도망칠 셈인가? 수적인 차이로 보아, 승산은 한없이 낮을 테니 어쩔 수 없는 일이라고 본다."

"할 수 있는 만큼은 해보기로 했어."

"그런가. 큰 도움이 될 거다."

약 만들기만이 아니라, 전력으로서도 기대할 수 있는 유지로 일행이 싸우기로 정했다는 말에 고제로는 다행이라고 생각했다. 그들이 참전해도 승률 상승폭은 미미하리라. 그래도 도움을 준다는 것은 감사했다.

벅스 노이드는 전력 외다. 유적을 지키기 위해 남는다는 말을 이미 들었다. 비전투원을 숨겨주겠다고 하니, 불만을 말할 생각은 눈곱만큼도 없었다.

"이렇게 커다란 싸움은, 두 번째군. 두 번째도 숲을 지키는 일이 될 줄이야."

"전에도 이곳이 공격당한 일이 있었어?"

"그래. 여기까지 오지는 못했지만, 생포한 포로에게 이곳을 노리고 온 것이라는 말을 들었었다. 여러 가지로 자원이 풍부하다더군."

"그게 언제 일인데?"

"전에 이야기했던 것 같다만, 40년 정도 전의 전쟁이었다."

"영감님이 널리 이름을 떨치게 됐다고 했던 그거?"

"그게 맞다. 그때 인간들 속에서 살던 별난 마물에게 정보를 얻어서, 이쪽에서 마주 공격을 했었다. 나는 숲으로 돌아가려다 거기에 휩쓸렸다."

방금 들은 이야기로 판단했을 때 군이 노리는 것은 유지로도 유적도 아니라, 이 숲 자체라는 생각이 들었다.

유지로는 십자군 원정도 몇 번이나 반복되었다는 것을 문득 떠올리고, 한 번의 실패로는 포기하지 않는 인간의 욕심과 근성에 질리고 말았다. 규모는 다르지만 끈질기게 세리에를 따라다닌 유지로도 다를 바 없다 할 수 있겠으나, 그 점을 깨닫지는 못했다.

"영감님. 전쟁 말이야, 고블린과 폭싱만으로 상대할 거야? 아무래도 그건 아니라고 보는데."

"나도 그건 어리석은 짓이라고 생각한다. 고블린과 폭싱을 합쳐도 3백이 안 되니, 그대로 덤볐다간 깨질 뿐이다. 숲 속 나무 그늘에 몸을 숨겼다가 기습하는 것이, 취할 수 있는 수단이라고 생각한다."

그것으로 이길 수 있으리라고는 눈곱만큼도 생각하지 않는다. 가능한 한 많은 피해를 주는 것만을 생각한 전투 방식이다.

"그렇게 싸울 셈이구나. 나한테 생각이 좀 있는데, 같이 해볼래?"

"어떤 것이냐?"

"간단하게 말하자면, 아, 누가 돌아왔는데?"

접근해 오는 기척을 느낀 유지로는 이야기를 멈추고 입구 쪽을 보았다. 들어온 것은 세리에와 히아였다.

"데려왔어."

"히아 씨, 안녕. 이야기는 들었어?"

"네. 하지만 싸우라는 말을 들은들 그대로 받아들이기는 어려워요."

그녀는 불안과 미안함을 표정에 드러내고 그리 말했다. 싸움이 특기가 아니리라는 것은 유지로도 예상하고 있었기 때문에 싸우라고 말할 생각은 처음부터 없었다.

"도와달라고 부탁할 셈이지만, 싸우라고는 안 해. 히아 씨는 서포트를 맡아줬으면 해."

"어떤 걸 하면 되나요?"

내용에 따라서는 도와줄 수 없을 수도 있는 만큼, 거절도 염두에 두고서 물었다.

"군대가 오기 전에 숲 위를 날아서, 이곳의 간단한 지도를 만들어줬으면 해. 이게 첫 번째."

히아는 그런 거라면 아무 문제 없다며 받아들였다.

"다음으로 군이 오면, 하늘에서 인간들의 움직임을 봐줬으면 해. 어디에 인간들이 제일 몰려 있다든가, 숲의 어디로 침입해 들어오려 한다든가 같은 거."

"그것도 문제없을 것 같네요."

"마지막으로, 해가 저물면 마카벨을 데리고서 군대 위를 날아줬으면 해. 마카벨의 힘으로 병사들을 움직이지 못하게 하고 싶어. 어때? 가능할까?"

그 부탁에는 망설이는 기색을 보였다. 거절하기로 마음먹었다기보다는 뭔가 알 수 없는 점이 있어 대답할 수 없다는 느낌이었다.

"마카벨 님의 무게를 알지 못하니, 무어라 대답할 수가 없네요."

"등에 태울 수 있으면 해주겠다는 뜻이야?"

"목소리를 고쳐주신 은혜가 있으니까요. 하지만 머리 위에 있다는 걸 들키면 바로 도망칠 거예요."

"응. 그건 당연하지. 두 사람이 죽거나 잡히면 우리도 곤란한걸."

유지로를 비롯해 세리에와 고제로에게도 협력해주어 고

맙다, 감사하다는 인사를 들은 히아는 부끄러운 듯 미소 지었다.

세리에와 히아가 들어오기 직전에 말하려 했던 것은 모두가 모인 다음에 이야기하기로 정해졌다. 유지로는 작업을 계속했고, 세리에는 모두에게 차와 과자를 대접했다.

모두가 모인 것은 세리에가 돌아온 지 한 시간 정도가 지났을 무렵이었다.

폭싱 촌장과 드라이어드에게 현재의 상황과 알고 있는 정보를 설명했다. 드라이어드는 이전에 공격받았던 것을 기억하는지 어처구니가 없다는 표정을 지었다.

"모두 모였다. 기습이라는 것에 관해 들려다오."

고제로가 다시 물었다.

"그리 어려운 건 아니야. 나는 전쟁을 경험해본 적이 없어서 전술 같은 건 모르거든. 군이 여기 와서 막사 설치를 끝낸 밤에 히아 씨와 마카벨이 그곳으로 향하고, 그들이 약해진 틈을 타서 최소한의 정예로 진지를 습격하는 거야. 여행의 피로와 이능 접촉으로 움직임이 둔해질 거라고 보거든."

"가는 건 나와 너와 하프인가?"

"세리에는 대기려나? 아무래도 위험하니까 데려갈 수는 없어."

"나는 갈 거야."

영감님, 하고 말을 이으려던 유지로의 말을 끊고서 세리에가 나섰다.

"정말로 위험하다니까."

"알아. 그렇다고 해서 안전한 곳에서 기다릴 마음은 없어. 전에도 말했잖아? 대등하고 싶다고. 게다가 마카벨도 가잖아."

유지로를 걱정하는 마음과 자신은 방해가 된다는 말을 들은 듯한 기분에 솟아오른 반감과 마카벨에게 대항하는 마음이 뒤섞여, 세리에는 유지로를 따라가기로 정했다.

"마카벨은 히아 씨와 상공을 이동할 뿐이니까 위험이 거의 없단 말이야. 하지만 우리는 사람들 속으로 쳐들어가야 해. 약으로 강화할 셈이지만, 위험하다는 사실에는 변함이 없어. 다치거나 하는 건 싫으니까 여기서 기다려줘."

"나도 유지로가 다치는 건 싫어. 내가 가면 유지로에게 향할 주의가 조금이라도 줄어들 거야."

그 말은 기뻤지만, 역시 이곳에서 기다려주기를 바라는 마음은 그대로였다.

두 사람은 한 치의 양보도 없이 서로를 노려보듯이 바라보았다.

"그 이야기는 나중에 다시 하도록. 지금은 기습을 어떻게 할지, 그 이야기를 진행했으면 한다."

"……알았어."

벅스 노이드의 말에 두 사람은 고개를 끄덕였다.

지금은 1초도 아까운 상황이다. 이대로 이야기를 멈추고 있을 수도 없는지라 두 사람은 서로에게서 시선을 돌렸다.

"그러니까, 아까도 말했듯이 적은 인원으로 기습할 거야. 그때 영감님을 젊을 때로 되돌릴 거야. 젊었을 때는 대단했다고 그랬지?"

"지금보다 훨씬 위였지만, 그런 일이 가능한가?"

"일시적이지만 젊음을 되돌릴 수 있는 약이 있거든."

전에 다량으로 입수한 버섯을 재료로 하면 젊어지는 약이 완성된다.

다시 한번 그 당시의 육체로 날뛸 수 있는 것인가 생각하자, 고제로는 나이를 먹고 차분해진 마음속에서 뜨거운 것이 솟구쳐오르는 듯한 기분을 느꼈다. 그것이 위압감이 되어 밖으로 나왔고, 그 자리에 있던 모두가 약간 거리를 두고 물러났다. 그것을 눈치챈 고제로는 서둘러 마음을 진정시켰다. 마카벨을 비롯한 몇 명인가가 안도한 듯 한숨을 내쉬었다.

"날뛸 때 조심해줬으면 하는 게 있어. 가능하면 사망자가 나오지 않게 해줘."

"그것은 동족이기 때문인가?"

유지로는 고개를 가로저었다.

"조금은 그런 마음도 있지만, 내가 노리는 건 다른 거야. 부상자가 많으면, 그만큼 치료에 사람 손도 물자도 쓰일 거 아냐? 그러면 전력이 떨어질 테지."

전에 그런 내용을 소설인가 만화로 본 적이 있었다. 가능한 한 수의 차이를 줄이고자 하는 지금 상황에 적절한 방법이 아닐까 생각한 것이다.

납득한 듯 고제로와 세리에는 고개를 끄덕였다. 세리에의 반응에 유지로는 미묘한 표정을 지었지만, 바로 그 표정을 지웠다.

"내가 생각했던 건 그 정도야. 기습 후의 움직임이라든가, 그 외에도 정해두는 편이 좋을 만한 게 뭐가 있을까? 아, 그리고 흡혈귀에게 도움을 부탁했어. 기대할 수 있을지는 알 수 없지만."

작전 회의 같은 것을 계속했고, 이야기를 마무리한 후 모두는 제각기 움직였다. 유지로도 그렇지만, 전쟁 방법 같은 건 아무도 몰랐던지라, 유효하다 할 만한 의견은 나오지 않았다. 유일하게 대규모 전투 경험이 있는 고제로도 작전을 세우는 쪽이 아니라 작전에 따라 움직이는 쪽이었던 것이다.

히아와 마카벨은 실제로 날 수 있는지를 시험하기 위해 밖으로 나왔다. 고제로는 폭싱 촌장에게 간단한 것이라도 좋으니 커다란 곤봉을 만들어달라고 부탁했고, 촌장은 그 부탁을 받아들였다. 촌장은 촌장대로 크로스보와 마비독을 양산하기로 정했다.

대화를 통해 유지로는 고블린을 폭싱 집락으로 이동시키기를 제안했다. 한곳에 있는 편이 여러 가지로 좋으리라 생각했기 때문이다. 영역 의식이 있다고 해도 이번만은 참아주었으면 했다. 폭싱 집락을 고른 것은 높은 위치에 있는 진지는 지키기 쉽다고 들은 적이 있기 때문이었다.

그 제안에 고제로와 폭싱 촌장은 난색을 표했다. 이번 일을 잘 넘기기 위해서는 일치단결할 필요가 있으며, 주거지를 한곳으로 모으는 것은 그 일부라고 설명하여 겨우 받아들이게 했다.

유지로가 고제로와 폭싱 촌장과 이야기하는 사이에 세리에는 드라이어드와 대화를 나누었다.

"무슨 얘긴데?"

"중요한 건 아니야."

품 안의 슈피니아를 쓰다듬으며 드라이어드는 어찌 말하면 좋을지 잠시 망설였다.

"아까 따라가겠다고 말했었지?"

"말리려고?"

"아니, 말리지는 않을 거지만, 평범하게 생각해도 위험하다는 걸 알잖아. 너 자신도 그렇게 말했고."

"잘 알아. 주변은 적들투성이고 아군과는 흩어지게 될 가능성도 있지. 그렇게 되었을 경우 어찌할 방도가 없을지도 모른다는 것도."

"그런 걸 다 알면서, 어째서 가려는 거야?"

"유지로와 고제로 씨한테 조금이라도 도움이 되는 편이 좋다고 생각했으니까."

그 이유에 드라이어드는 위화감이라고 할까, 이유가 되기에는 너무 약하다고 느꼈다. 조금 더 다른 이유가 있을 듯한 느낌이었다.

"그 두 사람은 강하잖아? 도움은 필요 없지 않을까? 따라가는 게 오히려 방해가 될지도 모르는데."

겁을 먹었다고는 해도 수룡과 마주하고 섰던 유지로와 마주하는 것조차 거부했던 세리에의 차이에서 두 사람의 실력 차를 간파하고 드라이어드는 그리 물었다.

"……그건, 그렇지만."

"그렇지만?"

"……."

생각을 정리하기 위해 입을 다문 세리에를 드라이어드는 조용히 기다려주었다.

가만히 자신을 바라보고 있는 드라이어드의 따뜻한 시선에 세리에는 차분히 생각을 계속했고, 속마음을 내뱉었다.

"……분했어. 마카벨에게는 의지하면서 나한테는 의지하지 않는 유지로한테, 나도 도움이 될 수 있다는 걸 보여주고 싶었어."

"유지로가 세리에를 생각해주기를 바랐어?"

"글쎄, 어쩌려나. 이미 충분히 생각해주고 있는걸. 하지만 부족하다고 느끼는 걸까? 마카벨과 이야기하는 것을 보고 있으면 나를 봐달라는 마음이 들고, 더더욱 나를 상대해달라고 생각, 하는지도 모르겠어."

솔직한 심정을 말로 표현하기는 힘들었다. 단정은 하지 못했지만, 마음을 밖으로 내보냈다.

그렇게까지 생각해놓고, 대답은 바로 눈앞에 있는데 어째서 눈치채지 못하는 것일까? 드라이어드는 자그맣게 한숨을 내쉬었다. 등을 밀어줄 것인가 망설이다, 살아남고자 하는 의지가 되었으면 하고 바라며 등을 밀어주기로 마음먹었다.

"유지로는 너를 소중히 여기고 있어."

"응."

"지금 이야기를 듣고 그건 너도 마찬가지라는 걸 알았어."

"뭐가 마찬가지라는 거야?"

"같은 마음이라면, 유지로가 품고 있는 감정을 너도 품고 있는 게 아닐까?"

"……품고 있는 감정."

생각에 잠긴 표정을 짓고 있는 세리에의 등을 다시 한번 밀어주듯 드라이어드는 말을 이었다.

"유지로는 언제나 뭐라고 했었지?"

"좋아, 한다고?"

좋아한다는 말이 마음속 어딘가로 쏙 들어갔다.

그 느낌에 세리에는 얼굴을 붉히는 일 없이, 속 시원하다는 감정을 가졌다. 지금까지 느꼈던 개운치 않은 답답함이 사라진 것만 같았다.

"……나는, 유지로를 좋아했구나. 얼마나 됐는지는 알 수 없지만, 이미 좋아하고 있었구나."

요리를 칭찬해줬을 때, 옷이 잘 어울린다고 말해줬을 때, 사소한 행동의 감상. 그것들을 떠올리자 서서히 얼굴이 붉

어졌다.

열기를 띤 얼굴에 두 손을 대고서 자각한 마음을 소중히 품었다.

"깨달은 마음이 헛된 것이 되지 않게, 조금이라도 위험하다고 생각되면 무리하지 말고 물러나도록 해. 살아남아야만, 그 마음이 이루어질 테니까."

"응. 따라가기로 정한 건 바꾸지 않을 거지만, 무모하게 싸우지는 않을게."

깨달은 소중한 마음, 이 마음을 품은 채 죽을 생각은 없다. 살아남아서 전한다. 그 생각이 기력을 낳고, 살아남기 위한 힘이 된다.

드라이어드는 미소를 지으며 활력으로 가득한 세리에를 지켜보았다.

"위험해지면, 내 본체가 있는 곳으로 오렴. 잠시라면 지켜줄 수 있고, 반격의 기회를 살필 수도 있을 테니까."

"그때는 신세를 질게."

세리에는 드라이어드와의 대화를 마무리하고, 마찬가지로 대화를 끝낸 듯한 유지로 쪽으로 향했다.

겉모습은 전혀 달라지지 않았지만, 내면에서는 여유가 생겨났다. 세리에는 침착한 모습으로 따라가겠다는 뜻을 전했다.

격한 감정 같은 것은 전혀 보이지 않는 끈질긴 설득에 유지로는 자신의 뜻을 접고, 동행을 인정했다. 유지로와 고제로보다 먼저 물러나겠노라고 말한 것이 세리에의 의견을 받아들이는 한 이유가 되었다.

이날부터 유지로를 제외한 인원은 부탁받은 재료를 모으고, 유지로는 약 만들기에만 집중하기 시작했다. 비장의 수단으로서 이능 강화 약도 만들었다. 완성된 약은 전부 마차에 실어서 폭싱 집락으로 운반했다. 히아가 만든 지도나 식량도 폭싱 집락에 보관해두었다.

비전투원의 피난도 시작되었고, 고블린과 폭싱을 합친 전력은 약 150 정도였다. 폭싱 집락에 모인 전력을 보고 고제로는 새삼 얼마나 살아남기 힘들지를 깨달았다. 실제로는 고블린과 폭싱 이외의 마물들도 인간이 제 영역 안에 들어오면 공격할 테니, 전력이 낮기만 한 것은 아니다. 말을 듣지 않는 병사가 많은 상태다. 통솔이 되지 않는 시점에서 글렀다는 생각은 들지만.

고블린과 폭싱은 협력하여 벽돌과 돌을 운반하고, 집락의 방어력을 높여갔다.

시간이 더 있었다면 숲 바로 옆에 보루를 세우는 것도 가능했을 테지만, 지금 할 수 있는 일은 이 정도뿐이었다.

지혜가 있는 마물 무리는 고블린과 폭싱 외에도 또 하나 있었다. 늪의 일부를 거주지로 삼고 있는 갑각을 두른 인간형 마물이다. 곤충은 아니고, 게나 새우 같은 수서 마물이다. 이름은 알마네이드라고 했다. 면식이 있었다면 이번에 서로 도울 수 있었을 테지만, 그들은 나름대로 강했기 때문에 고블린들과 협력하거나 교류하지 않았고, 환자로서 유지로를 찾아오는 일도 없었다. 그런 연유로 이제껏 그러한 마물이 있다는 것조차 몰랐다.

일단 드라이어드가 인간이 습격해 온다는 사실을 알리러 갔으니, 갑작스러운 공격을 받아 전멸하는 일은 없을 것이다.

짧은 시간 동안 각자가 준비를 갖춰갔고, 습격 소식을 전해 들은 지 사흘째 되는 날의 해지기 전 무렵에 숲 동쪽에 인간의 군대가 모습을 드러냈다.

34 숲의 공방 2

"드디어 도착했군."

작게 한숨을 내쉬며 론타는 목적지인 심연의 숲을 향해 시선을 돌렸다. 겉보기에는 꺼림직한 느낌 같은 건 전혀 없는 커다란 숲일 뿐이었다. 하지만 겉보기만큼 평화로운 장소가 아니라는 것은 자료를 보아 알고 있었다.

수가 많아 이동 속도가 느려지는 바람에 레라는 조금 짜증을 내기도 했지만, 바슐트에게 연주 요청을 하며 시간을 보내곤 했다.

이동은 느렸으나 마물에 대한 대응은 편했다. 군의 인원수는 전투원만 해도 2만 명. 귀족의 사병과 용병을 모은 수다. 예비 병력으로서 1만5천 명을 헤프시밍에 대기시켜두었다.

여기에 오기까지 그들은 무관리지대에 만들어둔 보급용 성채 둘을 경유했다. 숲의 개척에 성공하면 그 성채는 개척민용 마을이 되기로 정해져 있었다.

"우선은 군영 설치인가. 다음은 숲 주변 정찰이고."

확인하듯이 레라가 물었고 론타는 고개를 끄덕여 답했다.

"우리는 피로를 풀고서 마왕 퇴치에 나선다. 기합을 넣어 둬."

칼먼드가 레라의 머리를 쓱쓱 쓰다듬었다.

"알았으니까, 머리카락 헝클어뜨리지 마!"

용사 일행이 사용할 텐트는 군 측에서 준비해주겠다고 하니, 잠시 시간에 여유가 생겼다.

그들은 앞으로의 행동을 재확인하기 위해 사령부가 될 텐트로 향했다.

"응? 저건 새, 아니. 마물인가?"

론타는 하늘을 나는 검은 그림자를 발견하고 고개를 갸웃거렸다. 그 그림자는 금세 숲으로 되돌아갔다.

"론타. 가자."

"그래, 금방 갈게. 뭐 괜찮겠지."

오로스의 부름에 론타는 그림자에서 시선을 돌렸다. 많은 인원수에 놀란 것이리라 여기며, 신경 쓰지 않기로 한 것이었다.

사령부에는 뷰트와 기사단의 부단장이 있었다. 이 두 사람이 원정군의 탑이다. 에이스베르크는 성과 국내 치안 유지를 위해 헤프시밍에 남아 있었다.

예정 이야기를 하던 뷰트는 이야기를 중단하고 론타 일행을 바라보았다.

"용사님, 무슨 용건이라도 있으십니까? 텐트는 곧 완성될 터입니다만."

"예정을 재확인하고 싶어서 찾아왔습니다만."

"마침 이야기하고 있던 참입니다. 대략적이지만 함께 들으시겠습니까?"

"부탁드립니다."

오늘내일은 군영을 설치하고 피로를 풀며 정찰에 시간을 들이고, 본격적인 진공은 내일모레부터가 된다. 초반에는 전 방향으로 숲에 들어가 바깥 부분의 마물을 배제해간다. 수룡 같은 거물이 나오면 도발하면서 한 번 물러났다가 숲 바깥으로 유인해내서 싸운다. 마왕이 발견되지 않으면 그런 거물은 용사들의 도움을 받아 쓰러뜨릴 셈이다. 마왕과 싸우게 될 경우에는 협력 마법 등을 써서 싸운다. 수룡은 상대할 방법이 갖춰져 있으니, 그걸 써서 대항해나간다.

주의할 점으로는 자라난 나무와 풀도 중요한 자원이므로 불을 이용한 공격은 엄격하게 금지한다. 그리고 보급에 빈틈이 없도록 하고는 있지만, 낭비는 하지 않는다. 가능한 한 용병들끼리 싸우지 않는다. 마왕에게는 손을 대지 않는다. 이 정도였다.

마카벨에 관해서는 초상화를 배포해, 그 외모만 보고 방심하지 않도록 병사들에게 충고를 해두었다. 어린 소녀가 마왕이라는 것을 알고 동요가 일었지만, 어릴 때부터 마왕 이야기를 듣고 자라 위험성을 이해하고 있는 만큼 현혹되지 않도록 조심하라는 이야기에는 순순히 고개를 끄덕였다.

"이런 흐름입니다. 병력이 소모된 상태에서 수룡이 나타나면 아무래도 힘들어지니, 가능한 한 빨리 나와주었으면 하는 마음입니다."

"뭔가 여유로운 느낌인데, 어째서죠?"

칼먼드의 의문에 뷰트는 웃음을 흘렸다. 긴박함이 느껴지지 않은 느긋한 웃음이 아닌 것을 보면 방심하고 있는 것은 아닌 모양이었다.

"약과 식량이 풍부하고, 사전 대책을 빈틈없이 세워두었으니까요. 강하고 성가신 마물은 많을 테죠. 하지만 수룡을 제외한 마물의 지능은 그다지 높지 않습니다. 대책을 제대로 세우고 있는 지금이라면 가능하리라 판단하고 있는지라, 거기서 여유를 느끼신 게 아닌가 싶습니다."

"확실히 많은 정보가 있었으니까요."

납득이 된다며 칼먼드는 고개를 끄덕였다.

군은 수룡을 상대하기 위한 도구만이 아니라, 거대종에게 효과가 좋은 독 같은 식으로 각 마물에 대한 약도 준비해두었다.

오랜 시간에 걸쳐 준비해온 방책들 덕분에 여기까지 별다른 사고 없이 올 수 있기도 했다.

"알았습니다. 우리도 그쪽에 맞춰서 내일모레부터 움직이기로 하죠."

예정을 들은 론타는 공들여 세웠을 터인 예정에 방해가 되는 일이 없도록 군의 움직임에 맞추기로 했다.

용건을 마친 다섯 명은 근처를 걷고, 아는 병사나 용병들과 이야기를 나누며 시간을 보냈다.

론타 일행이 그렇게 시간을 보내는 사이에 정찰에 나섰던 자들이 돌아와 상부에 보고를 했다.

"사전에 들었던 것과 큰 차이는 없습니다만, 한 가지 이상한 점이 있었습니다."

"어떤 거지?"

"밭이 있었습니다. 그것도 최근까지 손질을 한 듯한, 꽤 큰 밭이었습니다."

그 말을 들은 뷰트는 얼굴을 찌푸렸다.

"밭이라. 용사님에게 마왕이 있다고 들었다. 그 마왕이 지휘해서 밭을 만들게 한 건가?"

"그런 일이 있을 수 있는 겁니까?"

"글쎄."

어디까지나 그럴지도 모른다는 추측일 뿐이다. 마왕이 마물을 거느리고 있다는 이야기도 들은 적 없었다.

쉽다고까지는 할 수 없지만, 순조롭게 진행되리라 생각했던 마물 퇴치에 뷰트는 어떤 예감을 느꼈다.

"묘한 예감이 드는군."

"묘하다고요?"

"그래, 명확한 형태인 건 아니지만, 어쩌면…… 괜한 걱정이라면 좋겠는데."

마음속에 개운치 않은 느낌을 안은 채로 뷰트는 숲 쪽을 보았다.

그 예감이 적중하기까지는 시간이 얼마 걸리지 않았다.

히아의 보고로 군이 도착했다는 사실을 안 유지로 일행은 출발 준비를 갖추었다.

"세리에, 가자."

"잠깐 기다려. 금방 갈게."

세리에는 그렇게 대답하며 서둘러 갑옷을 입고, 옷자락 뒤쪽에 단 것을 보며 만족스러운 미소를 지었다. 잊은 것이 없는지, 무구의 착용감을 확인하면서 유지로가 있는 곳으로 달음질쳐 다가갔다.

"뭐 잊은 거라도 있었어?"

"아니, 부적 같은 걸 좀."

그렇게 말하며 얼버무리고, 세리에는 옆구리 부근에 손을 대고서 뒷걸음질 쳤다. 그 뒤를 쫓으면서 유지로는 부모님 유품이라도 가져온 것인가 생각하며 깊게 캐묻지 않았다.

해가 지고 두 시간 정도가 지났을 때 숲을 나섰다. 하늘에는 구름이 흐르고 있어 달이 숨었다 나왔다 하고 있었다.

인원은 예정대로 유지로, 세리에, 마카벨, 고제로, 히아 다섯 명이다. 마카벨은 유지로가 업고 있었고, 고제로는 아직 젊어지는 약을 먹지 않았다.

유지로와 세리에는 여행을 하던 때처럼 장비를 전부 갖추었고, 고제로는 마물 모피를 겹쳐 만든 옷에 2미터 정도 되는 두꺼운 나무 봉을 들고 있었다. 꽤 무거워 보이는 봉이었지만, 젊었을 땐 딱 좋은 무기였던 모양이다.

다섯 명은 군의 진지에서 도보로 10분 정도 떨어진 거리까지 나아갔다. 몸을 숨길 곳으로서 사전에 찾아두었던 바위 뒤에 이르렀고, 유지로는 거기서 약을 나눠주었다.

"히아 씨에게는 근력 상승약. 영감님한테는 젊어지는 약이랑 힘의 능력 상승약. 세리에한테는 질풍신뢰(疾風迅雷)랑 산의 민족의 비약."

히아는 마카벨을 태우고서 날 수는 있었지만, 조금 비틀거리는지라 능력을 높여서 비행을 안정시킬 필요가 있었다. 고제로는 더 오래 싸우기 위해 대미지 감소를 원했기 때문에 힘을 올리기로 했다. 세리에에게 건넨 산의 민족의 비약은 네 시간 정도 피로를 없애는 술이었다. 늘 온 힘을 다해 움직일 수 있기 때문에 싸울 때만이 아니라 도망칠 때도 도움이 되리라 생각해 만들었다.

이번에 유지로가 만든 산의 민족의 비약은 그렇게까지 질이 좋지는 않았다. 시간을 들여 만들면 하루 종일 피로를 느끼지 않고 움직일 수 있다. 참고로 젊어지는 약 쪽은 효과가 반나절 유지된다.

거기에 더해 모두에게 회복약을 건네두었다. 특히 싸우는 멤버에게는 품질이 좋은 것을 세 개씩 주었다. 만약을 위해 마비 효과를 풀어주는 해독약도 하나씩 주었다. 너무 많은 약을 주어본들 걸리적거리기만 할 뿐일 테니 하나씩이다.

"조금 더 기다리는 편이 좋으려나."

바위에 올라가 망원경으로 진지를 관찰한 유지로가 중얼거렸다. 여전히 많은 병사가 일어나 있는 모습이 시선 끝에 보였다. 하늘을 나는 히아에게는 모두가 잠에 빠져 고요해진 후가 들키지 않고 활동하기에 가장 좋을 때이리라.

바위에서 뛰어 내려와 모두에게 그 생각을 전했다.

반론은 없었다. 시간이 더 흐른 다음에 히아가 약을 먹고 마카벨을 등에 태웠다. 떨어지지 않도록 세리에가 끈으로 마카벨과 히아를 묶었다.

"둘 다 무리는 하지 마."

"알았어요."

"열심히 하고 올게."

세리에가 살짝 떨고 있는 마카벨의 머리를 쓰다듬어 진정시킨 후, 히아는 날아올랐다.

쑥쑥 고도가 올라가고 멀어져가는 지면에 마카벨은 공포를 느꼈다. 밝을 때는 그래도 괜찮았지만, 어두워지자 지면까지의 거리를 알기 어려웠고 불안이 솟구쳤다.

히아에게 매달린 팔에 조금 힘이 실렸다.

"밤에 나는 건 좀 무서워."

"저는 익숙하니까, 안심해도 괜찮아요."

히아도 군대 위를 난다는 사실에 공포를 느끼고 있었지만, 그것을 감추고 마카벨에게 말을 걸었다.

"40미터 정도 위가 힘이 닿는 한계 거리였죠?"

"그 이상이어도 영향은 줄 수 있을 테지만, 제대로 효과를 보고 싶다면 그 정도."

"상승과 하강을 반복할게요."

"응."

40미터는 기적에 예민한 자라면 눈치챌 가능성이 있고,

활도 충분히 닿는 거리다. 어둡다고 방심했다가는 아차 하는 사이에 들킬 터다.

히아는 경계를 늦추지 않고 날기로 했고, 진지 위에 이르렀을 때는 날갯소리도 줄이기 위해 부드럽게 활공하여 고도를 낮추었다.

"이제 곧이에요. 준비는 됐나요?"

"바로 돼."

히아의 어깨 너머로 마카벨은 지면을 향해 왼손을 뻗었다.

제어한 힘을 왼손에서 기세 좋게 방출했다. 물뿌리개에서 물이 나오듯 확산된 힘이 병사들에게로 쏟아져 내렸다.

냄새도 닿는 감촉도 없이 뿌려진 힘에 닿은 보초병들은 곧바로 몸 상태에 이변을 느끼기 시작했다. 자고 있던 자들에게도 영향이 있었지만, 일어날 만한 자극을 받은 것이 아닌지라 조용히 잠든 채였다.

처음에 병사들은 행군의 피로가 한꺼번에 밀려든 것이라 여겼지만, 많은 이가 같은 증상을 호소하기 시작하자 그렇지 않다고 판단했다.

그렇다면 어찌 된 것인가 고민했으나 명확한 답은 나오지 않았다. 그러다 얼마 전 론타에게 마왕 이야기를 들었던 한 사람이 그것과 비슷하다는 말을 꺼냈다.

"마왕이 가까이에 있는 건가?"

"있는 게 아닐까? 모두가 비슷한 느낌을 호소하는 건 아무래도 이상해."

"찾을까? 분명 열 살 정도의 소녀라고 했지? 그런 아이가 있으면 눈에 띌 거야."

"누가 용사한테 전하러 다녀와!"

"그럼 내가 다녀오지!"

한 사람이 나른한 몸을 움직여 달려나갔다. 하지만 금세 숨이 차올라 속도가 떨어졌다.

남은 병사들은 흩어져서 마왕을 찾기 시작했다. 지금 시점에서는 머리 위에 있다고는 그 누구도 생각하지 못했다.

전령으로서 용사에게 달려간 병사가 텐트 앞에서 류트를 연주하고 있던 바슐트에게 말을 걸었다.

"저기."

"나는 지금 손을 뗄 수가 없거든. 용건은 안에 있는 녀석들에게 말해줘."

병사의 눈에는 그가 그저 연주를 하고 있는 것으로 보이는지라, 그 말에 고개를 갸웃거렸다. 하지만 이내 뭔가 생각이 있어 하는 행동이리라 여기며 지시에 따라 텐트 안쪽으로 말을 걸었다. 곧바로 갑옷을 입은 오로스가 나왔다. 손등 보호구나 부츠는 착용하지 않은 것을 보면 준비하는 도중이었던 것이리라.

"마왕이 있을지도 모른다고 합니다!"

"그래. 우리도 영향을 받고 있으니까, 이미 알고 있다. 곧바로 움직일 테니 안심들 해."

"이 나른함은 역시 마왕의 힘인 겁니까?"

"전에 느꼈던 것과 같으니 틀림없을 테지."

"알았습니다. 저는 마왕 탐색을 도우러 가겠습니다."

"부탁하지."

둔한 동작으로 멀어져가는 병사를 배웅한 오로스는 바슐트에게 말을 걸었다.

"고생이 많아."

"응."

짧게 대답하고 연주를 계속한다. 바슐트는 지금 연주 마술을 쓰고 있었다. 효과는 이능의 영향을 덜 받게 하는 것. 이미 받은 영향을 없앨 수는 없지만, 연주하는 동안에는 다소 효과가 떨어진다. 마왕 대책으로서 약과 함께 사용하려고 만든 마술이다.

성과는 좋았고, 영향을 받자마자 약을 먹은 덕분에 나른함은 이미 사라졌다. 이능의 영향을 계속 받았던 이전과는 달리 이능의 영향을 받은 시간이 짧았던 것도 나른함이 사라진 요인이리라.

연주를 멈추면 억누르고 있던 만큼의 나른함이 돌아오게 되는지라 바슐트는 연주를 계속했다.

"병사들이 마왕을 찾고 있는 모양이야."

오로스는 텐트로 들어가 갑옷을 입고 있는 동료들에게 들은 이야기를 전했다.

"다 함께 찾으면 발견도 빠르려나. 하지만 선수를 치고 들어오다니, 예상외야."

"전에는 공격할 기색을 보이지 않았으니까."

론타의 말에 동의한다며 오로스가 고개를 끄덕였다.

만나면 또다시 도망치거나, 구석으로 몰렸을 때에나 반격을 하리라고 예상하고 있었다.

이전에는 보인 적 없었던 적극성에 두 사람은 심각한 표정을 지었다.

"마왕에게 뭔가 있었던 거야. 아무래도 영향을 줄 법한 건, 찾고 있는 약사와 하프 정도밖에는 생각나지 않는군."

"마왕과 우호 관계를 쌓을 수 있다고 생각하는 거야? 그 힘을 마주한 상태로는 무리일…… 아니, 그 약을 만든 사람이니, 영향을 억제하고 대화 정도라면 할 수 있으려나."

"성가신 일이 될 것 같아?"

"그렇겠지."

두 사람의 대화를 들으며 갑옷을 입고 있던 칼먼드와 레라는 한숨을 내쉬었다.

준비를 마치고 밖으로 나온 네 사람은 류트를 계속 연주하고 있는 바슐트와 함께 마왕을 찾기 시작했다. 다른 병사들과 마찬가지로 다섯 명도 하늘에 있으리라고는 생각하지 못한지라 주의는 오로지 지상으로 향해 있었다.

한 시간 이상 하늘에 있던 히아와 마카벨은 소란스러워진 진지를 보고 슬슬 물러날 때라고 판단해 진지에서 멀어졌다.

"어서 와."

지상으로 내려온 둘에게 유지로가 말을 걸었다. 계속 날아야만 했던 히아에게는 피로 회복제를 건넸다.

"전체에 힘을 쏟아붓고 왔어!"

"고생했어."

유지로가 머리를 쓰다듬으며 위로해주자 마카벨은 만면에 웃음을 띠었다. 노동에 대한 보수인 만큼 세리에는 방해하지 않았다.

마카벨의 머리를 쓰다듬으며 유지로는 히아에게로 시선을 돌렸다.

"히아 씨도 고생 많았어요."

"조금 지쳤어요. 다음은 세 분께 맡기고 돌아가도 되겠지요?"

힘이 빠진 미소를 지으며 히아가 그렇게 물었다.

"그래, 맡겨두라고."

바로 젊어지는 약을 먹고서 30대 무렵의 힘을 되찾은 고제로가 자신만만한 표정을 지으며 고개를 끄덕였다. 색소가 빠졌던 머리카락의 색이 짙어졌고, 근육도 붙어서 우락부락함이 더해졌다.

이명이 괜히 붙은 것은 아닌 듯, 이전에 싸웠던 곤도르보다 더욱 위압감이 느껴졌다. 지금의 고제로는 젊은 육체에 많은 경험, 강화된 강건함과 전성기를 뛰어넘는 힘을 갖고 있었다. 평범한 병사 백 명이 덤빈다고 해도 지금의 고제로는 쓰러뜨리지 못하리라.

유지로도 천의무봉(天衣無縫)을 먹고 세리에도 두 개의 약을 먹었다.

"그럼 가볼까?"

"그래."

"적당히 날뛰기로 할게."

기합을 넣은 세 사람에게 마카벨과 히아는 응원의 말을 건네고 폭싱 집락으로 돌아갔다.

밤의 어둠 속으로 사라져가는 둘을 지켜본 후, 세 사람은 달리기 시작했다. 유지로와 세리에는 진지 바로 앞에서 고제로와 헤어져서 안으로 뛰어들었다.

세 사람은 텐트를 부수고, 사람을 날려버리고, 화톳불을 차며 진지 안을 나아갔다.

한편, 요란스러운 소리에 잠에서 깬 자들은 텐트 밖으로 뛰쳐나가려다 몸이 무겁고 나른하다는 사실에 놀랐다.

"무슨 일이냐?!"

한 용병단의 단장이 맨몸뚱이로 텐트 밖으로 나왔다. 그런 그에게 부하가 서둘러 달려와 상황을 전했다.

"아마도 적습이 아닌가 싶습니다!"

"마물들이 야습을 해 온 건가?!"

"정확한 것은 알 수 없습니다. 그저 공격을 받고 있다는 것밖에는."

"적은 어디지?"

그건, 하고 대화를 이으려던 두 사람은 곁에서 들려온 착지음에 깜짝 놀랐다. 동시에 무시무시한 위압감도 느꼈다. 보지 않아도 어마어마한 무언가가 있다는 것을 알 수 있었고, 긴장으로 땀이 배어 나왔다.

　소리가 들린 방향을 곧장 바라본 단원이 떨면서 입을 열었다.

　"아아아아, 단장님."

　"말하지 마라. 알고 있다. 검을 빌리마."

　그렇게 말하는 것과 동시에 단원의 허리에서 검을 뽑아 소리가 들려온 방향을 보았다. 그러나 단장이 그 눈으로 무언가를 보는 일은 없었다. 모습을 보는 것보다도 빠르게, 고제로가 무기를 휘둘러 텐트와 함께 단장을 날려버렸기 때문이다.

　아슬아슬하게 곤봉의 범위에서 벗어난 단원은 다리에 힘이 풀려 그 자리에 주저앉았다. 이 상대에게는 이길 수 없다고 느끼고 전의를 상실한 것이다.

　고제로는 그 모습을 힐끗 보고서 다른 곳으로 달려갔다.

　날뛰고는 그 자리를 떠나기를 반복하고, 가끔 잠시 휴식한다. 그렇게 한 시간 이상 진지를 유린하던 중에 화살이 날아와 왼팔에 꽂혔고, 고제로는 움직임을 멈추었다. 보통 화살이라면 찰과상 정도로 끝났을 터. 이건 궁 마술에 의한 공격이리라.

　"정말이지, 기습은 좀 봐달라고."

그렇게 말하며 부하들에게 다음 공격을 명령한 것은 뷰트였다. 언뜻 여유로워 보이지만, 내심은 고제로의 분위기에 압도된 상태였다. 그것을 겉으로 드러내지 않고 허둥대는 부하들과 용병들을 진정시키며 정보를 모아서 대응에 나선 것이다.

"말을 이해할 수 있는지는 모르겠지만, 설명해주지. 그 활에는 독이 발려 있다. 마물에게서 약의 재료를 얻어야 하는 만큼 강한 독을 쓰지는 않았지만, 한 번이라도 당하면 움직임은 제한되지. 이렇게 설명하는 동안에도 독은 퍼지고 있을 거다."

"그쪽도 비슷할 텐데? 마왕의 공격으로 몸 상태가 완전하지 않을 테지."

화살을 뽑으며 지적했다.

고블린이 인간의 말을 한다는 사실에 뷰트와 병사들은 놀랐다.

"고블린한테도 지혜는 있다. 배우면 사람 말을 할 수도 있다."

"그건 몰랐는걸. 하나 배웠어. 그런고로, 두 번째 활을 쏴라!"

"그냥 맞고 있을 순 없지."

화살의 궤도에서 벗어난 고제로는 궁병들을 향해 달려가 열 명 정도를 쓰러뜨렸다.

"덩치가 큰데도 몸놀림이 가볍군. 하고 싶지는 않지만, 접근전이 가능한 녀석은 따라와라. 우리가 상대하는 사이에 녀석에게 활을 쏴라!"

뷰트는 검을 뽑아 들고 고제로를 향해 돌격했다. 단장을 지켜야만 한다는 생각과 솔선해서 접근해 간 용맹한 모습에 용기를 얻어 다른 병사도 고제로 쪽으로 돌격해 갔다.

고제로는 접근해 온 뷰트를 향해서 곤봉을 가로로 휘둘렀다. 뷰트는 방패를 들어 그 공격을 제대로 막았지만, 힘의 차이로 끝까지 버티지 못하고 지면을 굴렀다.

"팔이?! 말도 안 되게 강한 힘을 가졌군. 이 녀석의 공격은 받아내지 마라! 전부 피해라! 그러는 사이에 독이 퍼져서 상대하기 쉬워질 거다!"

단 일격만으로 방패를 들었던 뷰트의 손이 마비되었다. 아마 한동안은 쓸 수 없으리라.

곧바로 몸을 일으킨 뷰트는 고통에 얼굴을 찌푸리면서 지시를 내렸고, 모두는 그 말에 기합이 가득 들어간 대답을 했다.

『우오옷!』

뷰트를 포함한 병사들은 공격을 시도하고 바로 이탈하기를 반복했고, 궁병들은 그 사이사이에 활을 쏘았다.

고제로도 공격을 받기만 하지 않았다. 반격도 했다. 그 결과 무기를 휘두를 때마다 최소한 한 명의 병사를 쓰러뜨렸다.

동료들은 말려들지 않을 위치로 쓰러진 병사를 피난시켰다. 그리고 멀쩡한 병사가 다시 고제로를 향해 돌격했다.

"이제 슬슬 시간이 됐나."

숨이 거칠어진 뷰트가 고제로를 보았다. 전투를 시작한 지 15분도 지나지 않았지만 소모는 그 이상이었다.

고제로 쪽도 독이 꽤 퍼졌고, 작기는 하지만 몸 여기저기에 베인 상처가 보였다. 처음의 움직임은 어디에도 없었다.

"이제 곧이다. 이대로 계속 공격한다!"

뷰트의 목소리에 답을 하려던 병사들은 고제로가 허리의 홀더에서 작은 병을 두 개 꺼내는 모습을 보고 움직임을 멈추었다.

설마 하는 마음과 제지해야 한다는 마음이 솟구쳤다. 뷰트도 잠시 멍해졌지만, 마시게 해서는 안 된다는 생각에 모두에게 소리치려 했다. 그러나 그것은 한발 늦고 말았다.

"회, 회복약?"

순식간에 사라진 상처를 보고 병사 중 한 명이 자신의 의문을 소리 내 말했다.

거기에 더해 뷰트와 병사들에게는 나쁜 정보일 테지만, 고제로가 몸을 움직이며 상태를 확인하는 모습을 통해 마비독의 효과도 사라졌다는 것을 알았다. 원점으로 돌아간 상황에 병사들은 마음이 꺾일 것만 같았다.

그런 병사들의 심정 따위 고제로에게는 알 바 아니었다.

"흐음, 역시 대단하군. 멍하니 있다간 눈 깜빡할 사이에 쓰러질 텐데?"

말과 동시에 고제로가 움직였고, 병사들을 후려쳤다. 가장 먼저 남은 궁병을 쓰러뜨렸으니 이제 독에 당할 일은 없었다.

그 자리에 선 자세로 있는 자는 고제로밖에 없었고, 그는 주변을 확인하듯 둘러보더니 다른 곳으로 이동해 갔다.

통증은 있었지만 정신을 잃지는 않았던 병사들은, 고제로가 마지막 숨통을 끊지 않았다는 사실에 의문과 안도를 느끼며 그대로 지면에 드러누워 아픔을 견뎠다.

고제로가 날뛰고 있는 사이에 유지로와 세리에도 날뛰었다.

유지로는 달리면서 병사들을 후려쳤고, 세리에는 양손에 든 검으로 병사의 팔과 다리를 베어갔다. 죽이는 것이 목적이 아닌지라 한 사람 한 사람을 상대하지 않고 달려나갔다.

고제로와 다른 점은, 커다란 텐트를 발견하면 그쪽으로 달려가 불 화살 마법으로 물자를 파괴했다는 것이다. 병사들이 약으로 치료를 받으면 성가셔진다는 것은 유지로가 가장 잘 알고 있었다. 그러니 가능한 한 많이 망가뜨리고 싶었다.

병사들은 두 사람을 제지할 수가 없었다. 처음에는 정면으로 공격해 들어갔지만, 약으로 강화된 두 사람과는 실력 차가 커서 상대가 되지 않았다. 그렇다면 인원수로 어떻게든 하기 위해 주변을 에워쌌지만, 뛰어넘어 그대로 파괴 활동을 계속했다.

그래도 병사들은 두 사람을 어떻게든 멈추려고 움직였고, 그러던 와중에 강력한 원군이 나타났다.

뛰어다니던 유지로와 세리에게 검과 창이 날아들었다. 그 날카로움에 두 사람은 순간 물러섰지만, 계속해서 진로를 막듯이 긴 검과 대거가 닥쳐들어 발을 멈추었다.

"마왕을 찾아왔더니만, 만난 건 찾고 있던 또 다른 쪽인가. 게다가 날뛰고 있잖아."

붉은 머리카락의 남자가 어째서 이렇게 된 것이냐며 고개를 갸웃거렸다.

"용사님이다! 용사님이 와주셨어!"

"지금까지 제멋대로 날뛰었지만, 그것도 이제 끝이다!"

이것으로 이제 일방적인 유린이 시작되리라며 병사들이 환성을 질렀다.

"이런 상황이어서는 라이트루티로 가라고 권하기는 어렵겠지?"

론타가 오로스에게 작은 목소리로 물었다. 그 물음에 오로스는 고개를 끄덕였다.

이렇게나 날뛰었으니, 사정을 모르는 병사들로서는 되갚아주는 게 당연한 일이었다. 어느 정도 혼을 내주지 않으면 불만의 목소리나 나오리라.

싸움은 피할 수 없다. 하지만 그 전에 묻고 싶은 것이 있었다. 검을 들이댄 채 론타가 유지로를 보며 물었다.

"마왕은 어디 있지?"

"마왕을 찾아서 일부러 이런 숲까지 병사와 함께 온 건가?"

고생이 많군, 이라는 말을 덧붙이며 유지로는 그렇게 되물었다.

"그게 우리의 사명이자, 많은 사람을 위한 일이니까. 폭주하기 전에 죽여야만 한다."

폭주라고? 유지로와 세리에는 속으로 고개를 갸웃거렸다. 자신들이 모르는 정보를 알고 있는 것일까 싶어 조금은 흥미가 일었다. 무관리지대에서 얌전히 있던 마카벨을 찾아내 죽이려 할 정도니, 그 나름대로의 사정이 있으리라. 그렇다고 해서 두 사람 모두 마카벨을 내어줄 마음은 없었지만.

"마왕은 이미 돌아갔다. 죽이게 둘 마음은 없는데."

"마왕이란 말이다! 인간의 적인 존재다. 감쌀 필요 같은 건 전혀 없을 텐데?"

오로스가 물었다.

"확실히 그 힘은 생명체에게 민폐라고 할 수 있을 테지. 하지만 제어할 수 있는 기술이 있고, 본인의 노력으로 억제하고 있어. 그렇다면 이제 누구에게도 피해가 생길 일이 없지."

"노력으로도 어찌할 수 없는 일이 있다. 왕에게 들었다. 언젠가 마왕의 힘은 본인조차도 제어하지 못하고, 폭주하게 될 거라고. 그렇게 되면 다음은 본인의 의사에 관계없이 날뛰고 다니게 될 뿐이다. 그렇게 되면 많은 백성이 피해를 본다."

들은 적이 있는 이야기인지 유지로는 슬쩍 세리에에게 시선을 보냈다. 그 시선을 정확하게 읽어낸 세리에는 자그맣게 고개를 가로저었다.

그 동작을 본 론타도 두 사람 사이에 오간 의견 교환을 읽어냈다.

"왕에게만 전해지는 정보라고 하니 당신들이 모르는 것도 무리는 아니지. 그런고로, 마왕을 넘겨주실까?"

『거절한다.』

유지로와 세리에는 한목소리로 거절의 뜻을 내보였다.

론타는 눈을 가늘게 뜨고서 두 사람을 바라보았다.

"이유는?"

"폭주를 멈출 방법이 있다든가, 마왕과 사람이 함께 살아남을 방법을 찾는다든가, 그런 대단한 이유는 없어."

"이유라고 하기에는 사소한 거야. 그 아이는 지금 웃고 있거든. 아마도 오랫동안 웃지 못했을 거야. 그렇다면 그 웃음을 사라지게 하고 싶지 않아. 그 정도의 이유로, 많은 사람을 위험하게 만들 수도 있는 일을 하려는 거야. 다른 이유로는, 인간을 지키려는 마음이 극단적으로 적다는 것도 있지만."

"나도 세리에랑 비슷해. 특정한 존재가 아니면 지키려는 마음은 들지 않거든."

론타로서는 납득할 수 있는 부분도 있었다. 뮬과 불특정 다수라면 뮬을 선택할 터다. 하지만 그렇기에, 장래에 뮬에게 피해를 줄 수도 있는 가능성을 없애두고 싶었다.

"마왕 토벌에는 당신들이 방해라는 건가. 당신들 일은 동정하고 있지만, 목적을 이루기 위해, 주변 병사들을 납득시키기 위해, 본때를 보여주기로 하지. 자업자득이라고 이해

해줘."

싸우겠노라는 의지를 담아서 검을 휘둘렀다. 그런 론타에 이어 오로스를 비롯한 다른 일행도 움직였다. 오로스는 유지로를 향해, 칼먼드와 레라는 세리에게로 향했다.

방심은 하지 않겠노라 다짐했지만, 역시 상대를 얕보는 마음이 있었던 것이리라. 강하다고 해도 자신들과 비슷하지는 않으리라며. 일반인에게는 충분히 위협적일 테지만, 전력을 다하지 않은 검이 유지로에게 닥쳐들었다.

유지로는 그것을 빙글 등을 돌려서 피하고, 돌려차기를 론타의 배에 때려 넣었다. 론타의 검은 곤도르의 공격보다 느렸고, 그때부터 수련을 쌓아온 유지로에게는 약의 효과가 떨어져도 피할 수 있을 수준이었다.

부츠와 갑옷이 부딪히는 금속음이 주변에 크게 울렸고, 그 후에 근처 텐트로 날아간 론타가 쓰러지는 소리가 이어졌다.

『론타?!』

오로스들도 병사들도 눈앞에서 벌어진 상황에 놀라 움직임을 멈추었다.

유지로와 세리에는 그 틈을 놓치지 않고 움직였다. 유지로는 오로스를 노리고 옆차기를 날렸다. 오로스는 그 공격을 잽싸게 창 자루로 막았으나 충격에 버티지 못하고 창을 놓쳤다. 세리에는 고개를 론타 쪽으로 돌린 칼먼드와 레라에게 접근해 두 사람의 팔을 베었다.

기세를 탄 유지로와 세리에는 이어서 추가 공격을 하려 했지만, 난입한 한 사람에 의해 저지당했다.

"투아 씨."

마카벨의 힘의 영향을 제대로 받은 것인지, 안색이 좋다고는 할 수 없는 투아가 오로스 일행을 감싸듯이 섰다. 움직임이 좋은 것을 보면, 약을 쓴 것이리라.

"습격이 있다고 듣고 달려와 봤더니, 반가운 얼굴이로군."

"네, 오랜만입니다. 투아 씨까지 와 계셨군요."

"왕한테 의뢰를 받았거든. 상황적으로는 적이라는 느낌인가?"

"그러네요."

"솔직히, 자네들과는 싸우고 싶지 않네만."

"저도 그다지 마음 내키지 않네요. 못 본 척해주실래요?"

"그러자고 하고 싶지만, 그럴 수는 없을 것 같군."

다시 일어선 병사들이 서서히 두 사람을 에워쌌다.

"세리에."

도망치자고, 소리를 내지 않고 입 모양만으로 전했다. 론타 일행이 제 실력을 내지 못하는 지금이라면 제지하려 들지는 않으리라 생각하고, 여기서 도망치자고 판단한 것이다.

세리에도 알았다며 고개를 끄덕였다.

유지로는 마법을 쓸 준비를 했다.

"지금은 서둘러 물러나는 게 나을 것 같군요. 그러니까,

에워싸는 결박의 바람!"

자신들의 전방에 회오리를 발생시킨 유지로는 등을 돌리고 세리에와 나란히 달렸다. 등 뒤에서는 마법과 화살이 날아들었다. 정확하게 노린 것은 아닌지, 제대로 날아드는 수는 적었다. 때로 맞는 것도 있었지만, 두 사람의 코트와 망토를 뚫지는 못했다.

"세리에는 이대로 숲을 향해 일직선으로 달려가. 나는 조금 더 날뛰면서 미끼가 될게. 영감님한테도 물러난다고 전해야 하니까."

"싫다고는 하지 않겠지만, 또 용사와 싸우는 무모한 짓은 하지 말아줘."

"그럴 마음은 없으니까 안심해도 돼. 용사 한 명뿐이라면 도망칠 수 있겠지만, 동료와 함께면 그것도 힘들어질 테니까."

"그럼 나중에 봐."

유지로는 그 자리에서 걸음을 멈추고, 쫓아오는 병사들을 향해 텐트의 잔해를 던졌다. 그리고 바로 오른쪽으로 달려갔다.

가장 소란스러운 곳에 고제로가 있으리라 생각하며, 소리에 주의를 기울이면서 달렸다. 변함없이 물건을 부수면서 나아갔지만, 병사를 상대하지는 않았다. 주변에서 주운 창을 휘둘러 견제하면서 달렸다. 그 김에 세리에에게 줄 검도 두 자루 주웠다.

"떨어진 걸 주워서 고블린들에게 건네면 전력이 꽤 강화될 텐데. 아깝네."

어디에 수레라도 버려져 있으면 거기에 무기를 싣고서 끌고 돌아갔으리라.

어디 굴러다니는 수레가 없나 생각하면서 고제로를 찾았다. 15분 정도 돌아다닌 후, 유지로는 고제로와 합류했다. 입고 있던 모피는 찢어지고 피로 얼룩져 있었다. 들고 왔던 무기는 손에 없었고, 주운 듯 보이는 외날 배틀 액스를 들고 있었다. 날이 깨끗한 걸 보면, 가능한 한 죽이지 말자고 했던 약속을 잊지는 않은 모양이었다.

"세리에는 어떻게 됐나?"

"먼저 돌려보냈어. 우리도 슬슬 물러나자고."

"조금 더 날뛰어 줄 수 있다만?"

"용사 일행도 있고 내가 아는 엄청 센 사람도 있었어. 너무 오래 있다가 힘이 빠졌을 때 그런 사람들과 마주치기는 싫거든. 그리고 돌아가면서 날뛰면 되잖아."

"그럼 물러나겠다."

두 사람은 숲 쪽을 향해 진지 안을 달려나갔다. 그리고 곧바로 론타 일행과 마주쳤다.

"저게 지금의 용사들이야."

"싸울 건가?"

"멈추지 않고 돌파할 거야."

유지로는 고개를 가로저으며 들고 있던 두 자루의 검을

동시에 용사 일행을 향해서 던졌다.

얕잡아 보던 마음을 지운 론타 일행은 그것들을 빈틈없이 튕겨냈다. 그 사이에 유지로와 고제로는 론타 일행의 무기가 닿지 않는 높이까지 뛰어올라 통과했다.

뒤돌아보면서 오늘 두 번째인 회오리 마법을 써서 론타 일행의 발을 묶어두었다.

유지로와 고제로는 그대로 곧장 숲을 향해 달려갔다. 떨어져 있는 무기를 주우면서.

"도망친 건가."

휘몰아치는 흙먼지에 손을 휘저으며 론타는 한숨을 내쉬었다.

회오리가 잠잠해졌을 때는 이미 유지로와 고제로의 뒷모습도 보이지 않았기에, 뒤를 쫓는 건 포기할 수밖에 없었다. 바슐트는 그제야 괜찮으리라 판단하고 연주를 멈추었다. 피로가 덮쳐드는 것을 느낀 론타 일행은 무거운 숨을 내뱉었다.

"제멋대로 날뛰고 가버렸잖아!"

숲 쪽을 바라보며 레라가 분한 듯이 말했다.

"정말로 제멋대로 날뛰었군. 뒷정리라든가 부상자 치료라든가 이것저것 큰일이겠어, 이거."

칼먼드는 주변을 둘러보며 한숨을 내쉬었다. 용사 일행이라고 해서 쉴 수 있는 상황이 아니었고, 돕느라 바빠지겠다는 생각에 마음이 무거워졌다.

"강했어. 예상 이상으로."

오로스의 감상에 론타는 고개를 끄덕였다. 마왕을 죽이려면 유지로 일행의 빈틈을 노리거나, 유지로 일행을 돌파할 필요가 있었다. 이번 일을 통해 만전의 상황이라 해도 그것이 쉽지 않으리라는 것을 절절하게 깨달았다.

"그 정도 규모의 마법을 두 번 쓰고도 여유로웠어. 마력에 관해서는 평원의 민족의 한계 같은 건 돌파해버린 거겠지. 공격용 마법도 강력한 걸 갖고 있을지 모르겠는걸."

"약사라는 게 원래 저렇게 강한 거야? 하프도 강했어. 어떻게 하면 저 정도까지 단련할 수 있는 건데? 꼭 론타 씨 같아."

"돌연변이인가? 지금은 론타 씨, 지난번은 마왕. 그전에는 용사였고, 그 사람은 이미 죽었지? 다음이 나타나기에는 아직 시간이 한참 남았는데. 예정 외의 돌연변이. 이레귤러라는 느낌이려나?"

칼먼드의 이레귤러라는 말에 론타 일행은 무언가가 딱 들어맞는 느낌을 받았다.

이레귤러. 즉 평범의 범주에서 벗어나 있다는 말이다. 마왕을 지키고, 마물과 함께한다. 인간의 상식에서 벗어난 자들을 가리키는 데 딱 알맞은 말이었다.

바슐트도 이레귤러라고 할 수 있었지만, 전투 보조를 주로 하고 있기 때문에 눈치채이지 않고 있었다. 본인도 자신의 과거를 자세히 이야기하지 않았고, 위화감이 들 만한 행동은 하지 않았다.

"이번 일로 오해가 아니라 정말로 그 두 사람에게는 수배서가 나오게 되겠군. 그렇게 되면 라이트루티에도 내려지려나?"

"글쎄, 어떨까? 그 두 사람이 날뛰기는 했지만, 헤프시밍에만 피해를 입혔어. 원인을 따지자면 헤프시밍의 자업자득인 면도 있고, 라이트루티가 수배서를 내릴 필요성은 없다고 보는데."

정확하게 어찌 될지는 오로스도 알 수 없다. 국교적인 면에서 수배서를 내릴지도 모른다. 적어도 이번에는 유지로 일행에게도 죄가 있으니까.

"그런 건 귀족들이 정할 테지. 우리는 마왕 토벌에 집중하자고."

"그러네."

그전에 정리가 먼저라며 론타 일행은 부상자 수송과 텐트를 다시 치는 일 등을 도왔다.

한 번 걸음을 멈춰서 숲을 본 바슐트는 유지로 일행이 앞으로 어떻게 나올지 생각했다. 약을 만드는 데 뛰어난 재능과 신체 능력을 가진 점을 보아 아마도 자신과 마찬가지로 이 세계에 보내진 자이리라 판단했다. 그런 비슷한 처지의 존재가 앞으로 어떻게 움직일지 흥미가 인 것이었다.

35 숲의 공방 3

론타 일행이 일을 거드는 사이에 뷰트는 멀쩡한 부하들에게 명령하여 피해를 조사하게 했다.

조사 결과는 날이 밝기 전에 뷰트에게 전달되었다.

"사망자는 적군. 이건 운이 좋았어."

보고 내용이 정리된 서류에는 전체의 1퍼센트 이하의 사망자 수가 적혀 있었다. 숫자로는 백 명도 죽지 않았다. 물론 부상자 수는 머리를 감싸 쥐고 싶어질 정도였다. 한편, 그 이상으로 고민스러운 것은 물자 피해였다.

"20퍼센트까지는 안 되지만, 그래도 네 자릿수의 부상자가 나온 건가."

"후방의 요새에 교대 인원을 보내달라고 요청할 수밖에 없다고 생각합니다만."

"할 수 없지. 당장 보내달라고 해야겠어. 그 김에 움직일 수 있는 중상자는 돌려보내기로 하지. 그나저나, 예정대로라면 닷새 동안 쓸 물자가 하루 만에 절반 이상 못 쓰게 된 건가. 머리가 아프군."

보고하는 부하도 머리가 지끈거리는지 얼굴을 찌푸렸다.

"네. 게다가 부상자 치료에도 쓰이는 만큼 소비는 예상 이상으로 빠를 것 같습니다."

"느긋하게 있다간 물자가 도착하기 전에 바닥이 나겠어. 서둘러 전령을 파견해서 물자를 넉넉하게 보내라고 해야겠군. 오늘 하루는 군영 재건에 써야 할 테지?"

"네. 지금 상황으로는 숲에 들어가는 건 어렵습니다. 체력적으로도 힘들 거라 생각합니다."

"알았네. 모두에게 무리하지 말고 재건에 힘쓰라고 말해주게."

알았다고 답한 부하들은 사령부용 텐트를 나갔다.

서류를 테이블에 던져놓고 뷰트는 등받이에 몸을 맡겼다.

"으윽."

어제 고제로와 싸우며 생긴 상처에서 통증이 내달렸다. 오늘은 출격하지 않으리라 여기고 최소한의 치료로 끝낸 것이다. 실력 차이를 생각하면 죽었어도 이상하지 않았으니, 이 통증은 살아 있다는 증거라 받아들이기로 했다.

"저쪽이 이쪽 움직임을 파악하고 있었을 줄이야. 마물이라고 해서 너무 얕봤던 건가. 숲속에 덫이 설치되어 있을 가능성도 생각하며 움직이는 편이 좋으려나?"

모았던 정보가 도움이 될지 알 수 없게 되었으니, 지금부터는 정보 수집도 해가며 신중하게 움직이기로 했다.

"습격해 온 것은 돌연변이 고블린. 나는 마주치지 못했지만, 인간과 하프도 있었다지? 게다가 수배서가 내려진 녀석들이라니. 생사를 묻지 않는다고 되어 있으니, 현상금을 노리고 의욕적으로 덤비는 녀석도 있을 테지. 모두에게 알리는 게 좋으려나? 제멋대로 행동하는 녀석도 나올 거라 생각하면, 어렵군그래."

병사의 대부분은 용병이라 제대로 통제되리라고는 생각하지 않았다. 그러나 최저한의 규율은 지켜주기를 바랐다. 욕심에 눈이 멀어 멋대로 움직이는 자도 있을 터다. 사기를 올리려면 정보를 공개하는 편이 좋을 것이고, 어느 정도 통제를 하려면 감추는 편이 좋을 것이다.

"일단 정보를 전달하기로 할까. 그리고 못을 박아두어야겠지."

감춰두어도 소문은 퍼지리라. 그렇다면 처음부터 정보를 전달해두고, 멋대로 행동했을 때의 페널티도 알려두기로 했다. 페널티는 물자 제한이다. 병사도 망가지거나 불타거나 한 물자를 보았으니, 이런 상황에서 제한을 받게 되면 곤란해진다는 것을 이해하리라 판단한 것이다.

뷰트가 앞으로의 방침을 정하기 몇 시간 전, 즉 진지 습격 직후의 일이다.

고제로와 함께 진지를 빠져나온 유지로는 충분하다 싶을 때까지 달리다 걸음을 멈추었다. 고제로도 멈춰 서서 전방을 주의 깊게 살피고 있었다.

"투아 씨."

"여어."

달빛을 받으며, 매복하고 있었던 듯 모습을 드러낸 것은 투아였다.

귀환을 방해하려는 셈인가 싶어 살기를 피우는 고제로에

게 투아는 웃어 보였다. 두 사람을 진정시키기 위한 미소였지만, 고제로의 적당한 살기를 느끼며 싸움이 벌어질 경우 즐길 수 있으리라는 생각에 웃음은 깊어졌다. 그 미소에 유지로와 고제로는 경계심을 더욱 높이고 말았지만.

"싸울 생각은 없어. 유지로 군과 이야기를 좀 하고 싶을 뿐이야."

"……영감님, 먼저 돌아가 있어."

아주 잠시 생각한 후 고제로를 재촉했다.

"괜찮겠나?"

"만약 무슨 일이 생겨도 도망치는 정도라면 가능하니까."

"그렇겠지. 지금의 움직임이라면 나는 쫓아갈 수 없을 거야. 헤어진 지 그리 오래되지 않았는데, 용케 그렇게까지 단련했군."

"이런저런 수를 썼거든요."

정말로 괜찮은 것이냐고 묻는 고제로에게 유지로는 고개를 끄덕여 답했다. 그 모습을 본 고제로는 숲 쪽으로 달려갔다. 그런 그에게 귀가가 조금 늦어질 거라는 말을 세리에에게 전해달라고 부탁했다.

"그나저나 요란하게도 날뛰었더군."

투아가 싸울 기색 같은 건 전혀 보이지 않은 채 말을 걸었다.

"전력 차가 너무 크니까요. 그 차이를 조금이라도 줄여둘 필요가 있었어요."

"그렇게나 차이가 나는 건가?"

"아, 지금은 적이었죠? 깜빡하고 정보를 흘릴 뻔했네요."

살기도 투기도 없이, 전과 변함없는 태도로 대해주는지라 하마터면 말실수할 뻔했다. 노리고 한 것인가 싶어서 경계심을 높였다.

"경계하지 않아도 돼. 정보를 입수하러 온 건 아니니까. 그저 현 상황에 대한 감상을 듣고, 라이트루티로 가지 않겠느냐는 말을 하러 왔을 뿐이야."

"라이트루티로요?"

"용사님에게 들었는데, 라이트루티에는 수배서가 나오지 않도록, 점술 신전이 애쓰고 있는가 보더군."

"호오, 솔깃한 제안이네요."

"그렇지? 갈 마음이 들었나?"

가주기만 한다면 유지로, 세리에와 싸우지 않아도 되고, 마물들과의 싸움도 편해질 터다. 군의 움직임을 미리 눈치 채고 있던 유지로라면 마물들을 약으로 강화시키는 정도는 했으리라고 예측하고 있었다.

"……아뇨, 이곳에서의 생활이 마음에 들어서요. 세리에도 편하게 지내고 있고요."

투아는 세 마역에서의 생활이 마음에 든다고 말한 유지로에게 놀라움과 감탄의 마음을 느꼈다. 솔직히 인간이 살아갈 수 있는 곳이 아니다. 투아도 수행을 위한 장소라는 의미에서라면 이곳이 무척 좋은 곳이라고는 생각하고 있다. 하지만 일상을 보내는 곳으로서는 맞지 않는다고 여겼다.

유지로도 세리에도 이곳에서의 생활이 순조로운지라 심연의 숲이라는 것을 눈치채지 못하고 있을 뿐이었다.

"하프인 세리에 군에게 마을 생활이 힘들어서 그런 건가?"

"투아 씨에게 세리에가 하프라고 말했던가요?"

말한 기억이 없는 것 같다며 유지로는 고개를 갸웃거렸다.

"기척으로 어렴풋이 눈치챘지."

"대단하네요. 그런데 왜 아무 말 안 했던 거죠?"

"괜히 상황을 안 좋게 만들고 싶지 않았기 때문이려나."

어찌 되든 상관없는 일인지라 잘 기억하지 못했다. 연기라는 느낌은 들지 않았기 때문에 유지로는 일단 그 말을 믿었다.

"마지막으로 후궁 살해에 관한 건데, 그건 자네가 범인인 건가?"

"오해입니다. 세리에와 둘이 하는 여행을 즐기고 있는데, 누군가에게 쫓길 만한 일에 스스로 뛰어들 마음은 없어요."

"그런가. 납득했어. 그럼 이만 가보겠네."

투아는 고개를 한 번 끄덕이고 돌아섰다.

"기다려주세요. 저도 하나 제안할 게 있는데요."

"제안? 뭐지?"

"플라카, 갖고 싶지 않으세요?"

"……만들 수 있는 건가?"

돌아보는 투아의 표정에는 조금 전까지 띠고 있던 부드러운 미소가 사라지고 없었다. 대신에 압력을 지닌 듯한 눈빛을 흩뿌리고 있었다. 그런 투아에게 유지로는 고개를 끄덕여 보였다. 투아가 진심으로 원하고 있는 약이다. 관심을 끌기에는 충분하고도 남으리라.

"이야기를 들어보지."

"군을 배신하고 이쪽으로 오라든가 그런 건 아닙니다. 그저 앞으로 숲에 들어왔을 때, 래그스머그와 고블린과 폭싱과 드라이어드를 발견하면 못 본 척해주세요. 그리고 숲 중앙에 있는 호수에는 접근하지 말아주세요."

벅스 노이드를 제외한 것은 유적에서 나오지 않으리라는 것을 알기 때문이다. 그리고 히아는 기본적으로 눈에 띄지 않게 할 셈이다.

"무척 간단한 제안이로군. 래그스머그는 알겠어. 바인도 움직이고 있는 거겠지. 호수에는 수룡이 있어서 위험하다는 것도 들었고. 하지만 다른 마물은 어째서지? 조금 전의 그 덩치 큰 고블린과 함께 있었던 게 관계 있는 건가?"

"네, 관계 있습니다. 저는 그들과 협력하며 생활하고 있고, 이 싸움에도 협력해주고 있습니다. 그러니까 피해는 줄이고 싶어요."

"나 한 사람이 봐준다고 해도 피해 규모는 그다지 달라지지 않을 텐데?"

"투아 씨는 군에서도 탑 랭크일 테니까, 봐주신다고 하면 이쪽이 조금은 편해지죠."

"……받아들이고 싶은 마음이지만, 약을 반드시 받을 수 있는 건 아니지 않나? 전투 결과에 따라 자네가 죽을 가능성이 있지. 그렇게 되면 봐준 의미가 없게 돼. 사전에 만들어서 감춰둔 걸 회수한다고 해도, 사용 기한의 문제가 있지. 자네의 제안은 그쪽의 승리가 전제인 게 아닌가? 이길 자신이 있는 건가?"

맨 처음 대화에서 전력 차가 크다는 말을 들었다. 유지로 일행이 승률이 낮다는 사실을 자각하고 있다는 것은 어렴풋이 전해졌다. 승률이 높다면 그렇게 적은 수로 적진에 돌입한다는 도박에 가까운 짓은 하지 않았으리라. 한다고 해도 물자를 태워 없애는 등, 가능한 한 눈에 띄지 않게 움직였을 터다. 조금이라도 승률을 높이기 위해 발버둥 치고 있는 것이리라고, 투아는 그리 추측했다.

"매우 매력적인 보수지만, 받아들일 수는 없겠어."

"안 되는 건가요?"

"플라카를 만들 수 있다는 말을 듣고 나니 더더욱 라이트 루티로 도망쳐줬으면 좋겠다 싶군."

"친해진 마물들을 버릴 수는 없으니까요."

"다음에 만났을 때는 기절이라도 시켜서 사로잡기로 할까."

그 말에서는 농담 같은 기색이 전혀 느껴지지 않았다.

"겁나네요. 제 쪽이 움직임은 위라고 해도, 투아 씨라면 저를 기절시키는 일 정도는 가능할 것 같으니까요."

"기술로 어떻게든 된다는 것만 말해두기로 하지."

투아는 다시 유지로에게서 몸을 돌려 멀어져갔다. 하지만 한 번 걸음을 멈추고 앞을 바라본 채로 중얼거렸다.

"버티다 보면 좋은 일이 있을지도 모르겠군. 확증은 없지만."

휘휘 손을 흔들고서 투아는 자리를 떴다. 마지막 말은 전력 차가 크다는 정보에 대한 답례로서 전달한 것이었다.

이 전력 차에 관한 정보는 뷰트에게 전해졌고, 많은 이들이 수로 밀어붙일 수 있으리라는 기대를 갖게 되었다. 하지만 뷰트는 진위를 알 수 없는 만큼 그것을 완전히 믿고서 행동하는 것은 삼가도록 병사들에게 명령했다.

전력 차가 있다고는 해도 설마 5백도 안 되는 숫자뿐이리라고는, 직접 대화를 나누었던 투아도 상상하지 못했다. 정확한 숫자를 알았더라면 주저 없이 공격했을 것이다.

이 전력 차도 유지로 일행이 확실하게 전력이라고 할 수 있는 자를 셈한 숫자일 뿐, 숲을 배회하는 마물은 고려하지 않은 것이니 뷰트의 경계는 정답이었다.

투아가 전한 것은 전력 차에 관한 것뿐이었고, 다른 정보는 전하지 않았다. 어떤 마물이든 죽인다는 것에 변함은 없었고, 특별히 없애야만 할 마물 따위는 생각하지 않아도 되리라고 판단했기 때문이다. 그리고 유지로와 세리에가 살아남기를 바라는 마음도 있었기 때문에, 불리해질 만한 정보를 전할 마음도 들지 않았다.

이러한 정보를 건넸을 때, 투아는 유지로 일행과의 관계

성과 정보에 관한 질문을 받았다. 아는 것은 적었고, 숨길 만한 것도 아니었기에 투아는 아는 것을 전부 이야기했다.

"다녀왔어."

"어서 와!"

유지로가 폭싱 집락에 돌아오자 입구에서 기다리고 있던 조금 졸려 보이는 마카벨이 달려와 안겼다. 유지로는 그런 마카벨을 잘 받아 다시 내려주었다.

"세리에랑 영감님은 돌아왔어?"

"응. 영감님은 가져온 무기를 폭싱들한테 조정해달라고 하더니 자러 갔어. 세리에는 퐁이랑 바인이랑 같이 약 재료를 찾으러 나갔어."

"세리에는 쉬지 않고 있는 거야? 뭐, 아직 약 효과가 돌고 있을 테니까 문제없으려나."

"유지로는 어떡할 거야?"

"나는 약을 만든 다음에 잘 거야."

그만큼 날뛰고 다녔더니 역시 조금 피곤했다.

약 만드는 걸 보겠다는 마카벨과 함께 배정받은 집으로 들어갔다. 피로 회복제를 대량으로 만드는 중에 세리에가 돌아왔다. 전에 유지로가 채취했던 재료를 어렴풋한 기억에 의지해 따 온지라 통일감이 없었지만, 재료는 아무리 많아도 곤란할 일 없으니 감사 인사를 했다.

아무튼 그 후 세리에는 몸을 씻고 옆 방으로 들어가 마른 풀에 시트를 씌웠을 뿐인 침대에 누워 잠들었다.

　재빨리 피로 회복제 제조를 끝낸 유지로는 세리에가 모아 온 재료를 빠르게 손질하고서, 한 시간 반 후에 잠자리에 들었다.

　전투의 첫날은 유지로 일행의 우세로 막을 내렸다.

　날이 밝았으나 숲 측에도 군대 측에도 움직임은 없었다. 군은 예정대로 군영을 재건하느라 바빠 간단한 정찰 정도밖에 할 수 없었고, 히아에게 비행 정찰을 부탁한 유지로 일행은 군에 움직임이 없다는 보고를 받고는 전투 준비에만 몰두했다.

　저녁 무렵이 되자 군의 상황은 어느 정도 정리되었다. 지휘부의 판단으로는 내일이면 숲으로 공격해 들어갈 수 있을 듯했다.

　그리고 밤이 되었다. 유지로는 히아와 마카벨에게 어제와 같은 일을 부탁했다. 하지만 오늘은 조금이라도 위험하다고 판단할 경우 바로 돌아오라고 당부해두었다. 두 사람은 그 말에 고개를 끄덕이고 날아올라 갔다.

　마카벨이 출발할 다음 유지로와 세리에는 드라이어드에게 말을 걸었다. 마왕의 폭주에 관해서 무언가 아는 게 있는지 묻고 싶었던 것이다.

　"용사가 그런 말을 했어."

　"폭주라…… 들어본 적 없는걸. 인간 세계를 돌아다닌 게 아니니까, 내가 모르는 것뿐인지도 몰라."

"달리 알 만한 존재가 있을까?"

세리에의 물음에 수룡과 흡혈귀가 아닐까? 라는 답이 바로 돌아왔다. 양쪽 모두 드라이어드와 마찬가지로 장수하는 종족이다. 어떤 정보를 갖고 있다고 해도 이상하지는 않았다.

"아, 그리고 똑똑한 너구리도 뭔가 알고 있을지도. 인간의 나라에 가는 일도 있으니까."

"다음에 만나면 물어봐야겠네. 살아남는 게 먼저지만."

"폭주가 사실이라고 한다면 당신들은 어떤 행동을 취할 거야? 버릴 거야? 아니면 어떻게든 상황을 해결하려고 노력할 거야?"

"어떻게든 하고 싶어. 그러니까 폭주가 사실이라면, 전에 있었던 일들을 자세히 알아야겠지. 약으로 어떻게 할 수 있다면, 일찌감치 준비하고 싶으니까."

"내가 뭔가 할 수 있을 거라고는 생각하지 않지만, 그래도 져버리고 싶지는 않아."

유지로와 세리에는 제각기 그렇게 말했다. 용사에게 했던 말에 거짓은 없었다.

폭주하지 않는 것이 가장 좋지만, 최악의 상황에 대비해두어 손해 볼 것은 없었다. 그것도 이 전투에서 살아남았을 경우의 이야기지만.

한편, 유지로가 그런 대화를 나누고 있다는 것을 모른 채

밤하늘을 날아간 히아와 마카벨은 재습격을 경계하여 보초를 늘린 진지를 내려다보았다. 어제와 변함없이 횃불과 마법으로 만든 불빛이 여기저기에 띄엄띄엄 보였다.

"하늘을 감시하는 사람은 없네요."

"괜찮은 걸까?"

"모르겠어요. 조금 움직여서 반응을 보도록 할까요?"

괜찮을지 어떨지 판단할 수 없었던 두 사람은 일단 이능을 쓰고 그 반응을 살펴보기로 했다.

이능의 영향을 받은 지상의 사람들은 곧바로 반응을 보였다.

"엇? 이건 어제랑 같잖아?"

"그래, 비슷한 느낌이야. 또 온 건가."

"찾아내!"

바로 어제 겪은 일인 만큼 병사들의 반응은 빨랐고, 마왕이 숨어들었으리라 판단하고 찾기 시작했다.

"눈치채기는 했지만, 하늘에서 이능을 쓰고 있다는 걸 깨달은 사람은 없는 것 같네요. 조금 더 날다가 돌아가죠."

"알았어."

그렇게 방심하는 일 없이, 두 사람은 진지 위를 한 번 돌고서 숲으로 돌아갔다. 그 덕분인지 병사들은 그 둘이 하늘에 있었다는 것을 알아채지 못했다.

둘에게 있어서 운이 좋았던 것은, 일어나 있던 론타 일행과 투아 같은 군의 톱 랭크에게 들키지 않았다는 점이었다. 그들이 있는 곳은 진지의 중앙 부근으로, 이번에는 그곳을 지나가지 않았던 것이다. 론타 일행이 소란을 눈치챘을 무렵에는 이미 진지에서 벗어난 상황이었다.

한편, 몸에 쌓인 피로감 때문에 안색이 나빠진 군영의 병사들은 경계심을 한층 높여 기습에 대비했다. 어제는 이런 이상 사태 직후에 침입이 있었다. 저절로 경계심이 높아질 수밖에 없었다.

그런 병사들의 경계를 비웃기라도 하듯 아무런 일도 없이 시간은 흘렀고, 날이 밝았다.

"단장님, 오늘은 숲으로 들어가는 겁니까?"

"전원이 멀쩡한 건 아니지만, 언제까지고 숲 앞에 발이 묶여 있을 수는 없지. 들어간다!"

병사들은 숲으로 돌격하기로 결정했지만, 뷰트는 군영에 남기로 했다. 병사들처럼 숲으로 돌격하고 싶은 마음이야 굴뚝같았으나 전쟁에서 지휘 체계의 붕괴는 치명적인 일이라는 것을 뷰트는 아주 잘 이해하고 있었다.

병사들은 진지를 돌아다니며 출발을 알렸다. 움직일 수 있는 병사는 만 명 정도였다. 나머지는 부상으로 움직일 수 없는 자와 그들의 치료를 맡은 자, 그리고 진지 경비를 담당해야 했다.

원래대로라면 전 방위에서 침입할 예정이었지만, 약 등이 줄어든 탓에 독충에 대처하기가 곤란해졌다. 그래서 C자 형으로 독충이 많은 곳을 비워둔 채 병사를 배치하여 침입하기로 했다. 병사 수가 줄어들었으니, 나름대로 적절한 대처라고 할 수 있었다.

군의 움직임을 보고 있던 히아는 그 소식을 유지로 일행에게 알렸다. 병사의 움직임을 마지막까지 보지는 않은지라 각각의 배치까지는 알지 못했다. 군대 측의 배치를 안다고 해도 전력 차 때문에 해야 할 일은 달라지지 않을 테지만.

"미리 설명했던 대로 기본적으로는 숨어서 기습이야. 혹은 마물과 싸우고 있을 때 기습. 이 둘이야. 다음은 절대 일대일로는 싸우지 말 것. 무구 차이 등으로 이길 수 없을 테니까. 병사를 죽이면 무구를 빼앗는 것도 잊지 말고."

무리는 하지 말라고 말하고 싶었지만, 이 상황에서 그것은 불가능할지도 모르겠다는 생각에 말하지 못했다.

유지로가 한 말을 퐁과 고제로가 각각의 종족 말로 통역했다.

말을 전한 다음, 고제로 일행이 움직이기 시작했다. 집락 밖으로 나가는 것은 유지로와 고제로와 바인과 고블린들이다. 폭싱들은 전투에 알맞지 않기에 집락에 대기하면서 적이 나타날 경우 방어를 맡기로 했다. 드라이어드와 마카벨도 방어 담당이다. 하피는 활과 마법으로 공격당할 가능성이 있기 때문에 여기서 움직이지 않고 치료를 거들기로 했다.

고블린들은 집락에 있는 한 산을 중심으로, 숲의 북쪽 지역으로 흩어졌다. 애초부터 적은 수다. 처음부터 숲 전역을 커버할 수 있을 거라고는 생각하지 않았다. 그들은 거기서 숨을 죽이고 병사가 다가오기를 기다렸다.

이윽고 숲의 여기저기에서 인간과 마물의 비명이 들려왔다.

고블린들 이외의 마물과 인간의 싸움이 시작된 것이다. 인간 측도 실력자 이외에는 몇 명이 조를 짜서 움직였다. 하지만 피로 탓인지 움직임은 둔했고, 마물과의 싸움에서 고전하는 자가 많았다. 보기 드문 마물은 죽이지 않고 생포하려고 하는지라 그 틈을 노려져 죽는 병사도 있었다.

"시작된 건가. 나도 슬슬 만나겠군."

들려오기 시작한 전투 소리를 들으며 고제로는 숲속을 걸었다. 오른손에는 손에 맞게 조정한 배틀 액스가 들려 있었고, 왼손에는 무구 회수용 나무 상자가 있었다. 고제로는 숨지 않아도 괜찮은지라 오히려 주목을 끌려는 듯 당당하게 움직였다.

주변을 살피자, 나무들에 가려져 잘 보이지 않지만 전방에서 몇몇 기척이 느껴졌다. 동족이 아니라는 건 알 수 있었지만, 마물인지 인간인지까지는 알 수 없어 그쪽으로 가보았다.

"인간이었나."

몸을 숙이고 덤불 그림자 속에서 관찰하니 용병이 주의

깊게 숲속을 나아가고 있었다. 고제로에게 들켰다는 것은 눈치채지 못하고 있었다.

그 용병 이외에도 기척이 여럿 느껴졌고, 싸우면 이목을 끌게 되리라 판단한 고제로는 젊어지는 약을 마신 다음 배틀 액스를 움켜쥐었다.

갑자기 끓어오른 투기를 눈치챘는지, 용병들은 경계심을 높이며 무기를 들었다. 그런 그들에게로 고제로가 달려들었다.

"그 마물이다!"

"젠장! 저건 강하다고!"

"도망칠까?"

"그래!"

빠르게 방침을 정하더니 고제로에게서 등을 돌리고 내뺐다. 갑자기 도망을 치는 바람에 잠시 어안이 벙벙해졌지만, 고제로는 그 등을 향해서 배틀 액스를 던져 명중시켰다.

비명을 지르며 쓰러진 동료의 모습에 용병들은 걸음을 멈추었지만, 닥쳐드는 고제로를 보고서 동료를 버리고 도망쳤다.

"사, 살려줘!"

"그럴 순 없지."

고제로는 쓰러진 용병의 머리를 짓밟았다. 경련하는 등에서 배틀 액스를 뽑고, 용병이 갖고 있던 단창과 나이프와 갑옷을 회수했다.

그곳에 비명을 들은 다른 용병들이 나타났다. 그들도 고제로를 기억하고 있는지 바로 도망쳤다.

그 빠른 판단에 감탄하는 동시에 불만도 느꼈다.

"강하다는 사실이 알려진 탓에 제대로 싸워보지를 못하는군."

조금 곤란하다며, 다른 고블린과 마찬가지로 기습할까 생각했다.

그렇게 하자고 정하고 기척을 살폈다. 그리고 기척이 느껴진 방향으로 자신의 기척을 죽이며 접근해갔다.

5분 정도 걷자 싸움을 지금 막 마친 병사들이 있었다. 지금은 마물에게서 이빨 등을 회수하며 상처를 확인하는 중이라는 것을 이야기 소리로 알았다.

고제로는 가능한 한 조용히 접근해, 10미터 위치까지 이동했다. 병사들은 어떤 기척을 느꼈는지 고제로가 있는 방향을 경계했다. 나무와 덤불이 방해가 되어 무엇이 있는지는 알지 못했다.

양쪽 모두 자신들이 먼저 접근할 것인가, 접근하기를 기다릴 것인가 고민했다. 그러던 중에 고제로와는 조금 떨어진 위치에서 고양이 크기의 쥐 마물이 나타나 달려갔다.

"뭐야? 잔챙이잖아."

"그만 가자고."

주의가 산만해진 지금이 기회라고 판단한 고제로는 뛰쳐나갔고, 전속력으로 접근해갔다.

병사들은 뛰쳐나온 마물에 놀라 한순간 몸을 경직시켰고, 도망갈 때를 놓쳤다며 무기를 들었다.

"크거억?!"

"베이스! 이 자식."

동료의 머리를 깨부순 것에 분노한 병사가 방어 자세를 풀고 고제로를 향해 돌격했다.

병사의 공격은 고제로의 옆구리에 박히며 둔탁한 소리를 울렸다. 병사들은 큰 대미지를 입혔으리라며 기대했다.

"어떠냐!"

"조금 아팠다."

그렇게 말한 고제로는 공격을 해 온 병사를 향해 손에 든 배틀 액스를 휘둘렀다. 배틀 액스에 맞은 병사는 그대로 안면이 함몰되었고 몸을 움찔움찔 떨었다.

병사의 공격을 받고도 고제로의 몸에는 생채기 하나 없었다. 조금 부은 정도였다. 약으로 방어력을 높였기에 위력이 부족한 병사의 공격은 아무런 피해도 주지 못했다.

남은 병사들은 마술이라면 통할 것이라 생각하고, 평소 훈련해온 성과를 유감없이 발휘하여 고제로를 공격했다.

그러나 제대로 맞붙어서 고제로에게 이길 수 있을 리 없었고, 병사들이 말 없는 시체가 되는 데는 그다지 오랜 시간이 걸리지 않았다. 마술 공격에 당하는 건 부담이 되리라 생각해 진중하게 싸웠기 때문에 약 5분 정도의 시간이 필요했다.

"기습이 정답이군."

고제로는 몸에 묻은 피와 살을 개의치 않고 태평하게 무구를 회수했고, 앞으로도 기습 작전으로 행동하자고 마음먹었다.

고제로가 기습을 시작했을 무렵, 바인의 싸움도 시작되었다.

커다란 나무 위에서 기척을 제어하고 있던 바인은 아래를 지나가던 병사에게 달려들었다. 조용히 뛰어내린 바인에게 병사들은 선수를 빼앗겼다.

"이, 이 래그스머그는 뭐야?!"

기습 공격에 기절한 동료를 도우려는 병사를 향해 바인은 빛 마법을 날렸다.

"빠르으앗?! 마법?!"

"눈이 크윽?!"

빛으로 시야를 차단한 바인은 병사들에게 몸통 박치기를 선사했다. 병사들은 속도와 체중이 가미된 몸통 박치기에 버티지 못하고 기세 좋게 지면에 쓰러졌다.

"어이, 괜찮아?!"

"다리를 물었어!"

"베젤프한테서 떨어져!"

동료를 물고 있는 바인을 향해 검을 휘두르는 병사. 하지만 바인은 그 공격을 꼬리로 쳐내며 간단히 막았다.

"마, 마술까지 쓰는 거야?"

병사는 꼬리에 맞은 손을 부여잡고 경악했다. 겉보기와

다른 꼬리 공격의 위력에 분명 마술이리라고 추측했다. 바인은 다시 한번 쓰러져 있는 병사의 다리를 문 다음, 남은 병사를 향해 으르렁거리며 기세 좋게 달려들었다.

바인은 처음부터 기습해 싸웠다. 강함 자체는 유지로 일행에게 미치지 못하는 만큼 정면에서 덤비는 것은 위험하다는 주의를 들었고, 그것을 충실하게 지키고 있는 것이다.

기척 감지가 특기인지라, 약이 담긴 자루를 물고서 이동하여 그림자 속에서 덮치기를 반복했다.

자루의 내용물은 여러 개의 자그마한 가죽 자루였다. 병은 열지 못하는지라, 물면 내용물이 흘러나오도록 바인의 약은 가죽 자루에 담은 것이다.

속도의 능력 상승약 효과가 떨어질 때마다, 상처가 생길 때마다 약을 먹었다. 그렇게 싸운 지 세 시간 정도가 경과했을 때, 바인은 이길 수 없는 상대를 만났다.

"어라? 이런 곳에 있는 데다 그 털 색을 보니, 바인인가 보구나."

홀로 서 있는 이는 투아였다. 이미 마물과 싸웠는지 피가 다리에 묻어 있었다. 그 피가 사람의 피가 아니라는 것을 냄새로 알고, 투아에게 상처가 없다고 판단했다.

이전에 느꼈던 살기는 잘 기억하고 있었던지라 바인은 투아에게는 이길 수 없다고 이해했다.

"그 눈은 이것저것 생각하고 있는 눈이구나. 그렇게 사고도 할 수 있게 된 건가."

대단하다며 감탄하는 투아에게서 바인은 몸을 홱 돌려 전속력으로 도망쳤다.

투아는 뒤를 쫓을 기색도 없이 그 모습을 지켜보았다.

"응, 그게 정답이야. 그 고블린이라면 또 모를까, 바인한테는 지지 않을 테니까."

그렇게 말한 투아는 바인이 떠나간 방향과는 조금 다른 방향으로 걸음을 옮기기 시작했다. 그 후 30분 정도가 지나고, 약의 효과가 떨어질 시간이라는 것을 깨달은 투아는 진지로 돌아갔다.

각지에서 싸움은 계속되었고, 유지로와 세리에도 부상자를 늘려가는 방향으로 싸우고 있었다. 그리고 해가 기울기 시작하자 병사들은 진지로 물러났다. 어둠이 밀려드는 것과 동시에 고요함을 되찾아가는 숲속, 유지로 일행은 폭싱 집락으로 돌아갔다.

담과 나무들로 둘러싸인 집락까지는 아직 아무도 이르지 못했는지, 집락은 평소와 같은 모습을 유지하고 있었다.

돌아온 고블린들은 피를 뒤집어쓴 상태였지만, 다행히 상처는 없어 보였다. 미리 건네두었던 회복약으로 치료했기 때문이다. 그러나 나섰던 고블린 전원이 무사히 돌아올 수 있었던 것은 아니었다. 희생은 나왔다. 죽은 자는 약 20명 정도. 전력의 10퍼센트 정도를 하루 만에 잃었다.

돌아온 고블린의 대부분은 입가가 피로 더러워져 있었다.

죽인 인간을 먹은 것이리라. 유지로도 세리에도 그 점을 눈치챘지만, 언급하지 않았다. 유지로와 세리에와는 양호한 관계를 쌓았지만, 기본적으로 인간을 공격하는 것이 마물이다. 죽이지 마라, 먹지 마라, 그런 말은 할 수 없었다. 게다가 보존해둔 식량도 절약된다. 이곳에 가져와 먹는 것이 아니라면, 보고도 못 본 척하는 게 제일이라고 판단했다.

"죽은 자의 대부분은 약속을 지키지 않았다는 모양이다."

보고를 듣고 고제로가 벌어졌던 일을 이야기해주었다.

숨어 있는 것을 견디지 못한 혈기 왕성한 고블린이 반격을 당했다고 한다. 살릴 수 있는 자는 약을 먹여 구했지만, 제때에 맞추지 못한 자도 있었다고 한다. 그들이 오늘의 사망자였다. 그리고 다른 마물에게 습격당한 자도 있었다고 하는데, 다행히 상처를 입어도 회복할 수단이 있었기에 그로 인한 피해는 전혀 없었다고 한다.

"하루에 10퍼센트라. 힘들겠는걸."

"내일은 나아질 거다. 정면으로 덤비면 불리하다는 걸 이해했을 테고, 무구도 어느 정도 확보했으니까."

"그렇다면 좋겠는데. 저쪽도 이쪽의 전술을 알았을 테니까, 더 조심스러워질 거야."

"그래도 해야 할 일은 달라지지 않을 테지?"

"그렇지. 피로 회복제를 나눠주고 다들 쉬게 할까?"

고블린들에게 약을 나눠주고 내일을 위해 모두 쉬게 했다. 폭싱들은 보초를 서고, 가져온 무구를 손질하느라 바쁘게 일하고 있었다.

"세리에도 좀 쉬어둬."

"유지로는?"

"약 재료를 좀 모아 올게. 아마 약을 만들고 나서 잘 것 같아."

"유지로도 제대로 쉬어줘야 해."

"오늘은 지치지 않았으니까 괜찮아. 그러니 지금 약을 비축해두지 않으면 나중에 힘들어질 것 같거든."

유지로의 말에 동의할 수밖에 없었던 세리에는 말리는 일 없이 다시 한번 제대로 쉬라는 말만 남기고 집으로 돌아갔다.

집락을 나선 후 한 시간 정도 재료를 모은 유지로는 집으로 돌아갔다. 집에서는 마카벨이 혼자 기다리고 있었다.

"어서 와! 다치지는 않았어?"

유지로가 온 것을 깨달은 미카벨이 품에 안겼다.

"다녀왔어. 상처 하나 없어. 세리에랑 바인은?"

쓱쓱 마카벨의 머리를 쓰다듬으며 물었다. 유지로의 그 행동에 마카벨은 눈을 가늘게 뜨고 웃음 지으며 대답했다.

"밥 먹고서 잠들었어. 유지로가 돌아오면 깨워달라고 했어."

"그렇구나. 나도 밥이나 먹을까?"

식탁에 차려진 것은 폭싱들이 만든 요리였다. 조미료가 부족해 밍밍한 것들뿐이었지만, 투정을 부려도 될 상황이 아닌지라 묵묵히 입에 넣고서 식사를 마쳤다.

"세리에를 깨워서 데려와 줄래? 나는 약 만들기를 시작할 게."

"그 전에 물어보고 싶은 게 있는데, 오늘도 히아 씨랑 나 갔다 오는 편이 좋을까?"

"어떠려나. 오늘 가지 않으면 더는 오지 않는 거라며 방심 해줄지도 모르겠는걸? 오늘은 가지 말고, 내일 날이 밝기 전에 가줬으면 싶은데. 일어날 수 있을까?"

"노력할게."

마카벨은 에잇, 하고 한쪽 팔을 들어 올리며 의사를 표시 했다.

잠에서 깬 세리에와 마카벨이 옆 방에서 몸을 씻고, 개운 해진 모습으로 유지로가 있는 방에 들어왔다.

잡담을 나눠가며 약을 만들었고, 어느 정도 완성되고 나 자 유지로도 몸을 씻고 잠들었다.

36 숲의 공방 4

같은 시각, 뷰트는 오늘 전투에 관한 보고서를 읽고 있었다.

"사망자와 부상자는 400명인가. 많다고 봐야 할지 적다고 봐야 할지."

어제의 피해가 더 컸던 것을 생각하면, 이 정도로 끝나 다행이라는 생각도 들었다. 신중하게 나아가라고 전달해둔 덕에 병사들은 무리하지 않고 작전을 수행했던 것이다.

"뭐, 분명하게 말할 수 있는 건, 약의 소모가 빠른 게 좋지 않다는 점이겠군."

그래프로 표시된 어제와 오늘과 내일 이후의 약 재고량을 보고 한숨을 내쉬었다.

지끈거리는 두통에 미간을 문지르며 다른 부분도 살펴보았다.

"출몰하는 마물에 관한 정보는 틀리지 않았나 보군. 함정도 없다고? 마물만으로 어떻게든 될 거라고 자신하는 건가? 어찌 됐든 좋은 소식이다. 방심은 금물이겠지만, 어깨의 짐을 하나 내려놓은 기분인걸."

슬쩍 서류에서 시선을 한 번 떼고 좋은 보고에 기뻐했다. 하지만 다음 내용을 읽은 순간 그 기쁨은 사라졌다.

"고블린과 래그스머그가 마법을 썼다고? 그런 보고는 받아본 적 없는데. 신종인가? 앞으로도 이런 고블린이 나타난다면 사람과 고블린의 차이가 줄어들겠군."

고블린은 어디에나 있다. 다만 마법을 못 쓰는 데다가 무리를 짓고 있어도 그 수가 많지 않아 토벌은 비교적 쉬웠다. 신출내기 용병이라도 일대일로 싸워 이길 수 있을 정도다. 하지만 마법을 배웠다고 한다면, 토벌 난도가 올라간다.

뷰트는 이 보고는 반드시 성에 전달해야만 한다고 판단했다.

그가 신종이라고 판단한 것은 유지로 일행이 고블린과 소통하며 지도했으리라고는 생각하지 못했기 때문이었다. 고제로 같은 고블린이 많다고 한다면 마법 습득도 불가능하지는 않을 테지만, 그런 고블린이 많았다면 이미 고블린을 피라미라 여기지 않고 경계했을 것이다.

어제부터 쓰고 있던 보고서에 고블린에 관한 내용을 추가하고, 운송부대에 전달하기로 했다.

"마지막으로…… 마왕 발견 보고는 없는 건가. 있는 건 분명할 텐데, 모습이 전혀 보이지 않으니 조금 불안하군."

마왕이 발견되면 론타 일행을 움직일 수 있고, 다소의 사고 같은 것은 무시할 수 있게 된다. 지금도 숲에 나가기는 하지만, 체력 온존을 위해 두 시간 정도의 탐색을 마치면 군영으로 돌아오고 있다. 용사의 일은 마왕 토벌이니, 그런 부분에 불만을 말할 수는 없는 것이다.

기습에 대한 준비도 철저히 하며, 긴장감이 감도는 진영의 시간은 조용히 흘러갔고 날이 밝아왔다. 기습이 없었다는 사실에 모두가 안심하는 기색을 보이며 출발 준비를 시작했다.

오늘 동원 수는 만 명 이하다. 밤에 보초를 섰던 자들은 쉬어야 하고, 움직일 수 없는 부상자도 늘었기 때문이다.

그날의 전투도 전날과 다르지 않았다. 군은 신중하게 움직였고, 숲 측은 기습만 해 왔다.

히아와 마카벨은 미리 정한 대로 날이 밝기 전에 이능을 쓰고 왔다. 전날 기습이 없었던 탓인지 병사들의 긴장감은 풀려 있었고, 그 덕에 둘은 들키지 않고 무사히 임무를 마칠 수 있었다.

날이 밝자 론타 일행을 포함한 많은 이들이 지친 모습으로 숲으로 들어갔다.

숲에서 싸움이 벌어지는 사이에, 첫 번째 보급 부대가 도착했다.

"보급 부대 대장 질레아 도착했습니다!"

쇼트커트 머리 모양의 여자 병사가 사령부 텐트로 들어왔다. 손에는 운반해 온 물건들의 목록 등을 들고 있었다.

질레아에게서 서류를 받아 든 뷰트는 빠르게 내용을 확인했다.

"도착 확인했다. 수고했다."

"이동 도중에 마주친 사자에게 많은 물건이 못 쓰게 되었다고 들었습니다만, 사실입니까?"

"그래, 참으로 훌륭하게 못 쓰게 되었지."

"지쳐 보이는 것은 물자 부족 때문입니까?"

여기에 도착한 지 며칠 안 되었을 터인데, 그런 것치고는 분위기가 무겁다며 질레아는 고개를 갸웃거렸다. 물자 부족으로 식사도 제대로 하지 못했기 때문이라고 한다면 그것도 납득할 수 있었다.

"그것도 있지만, 마왕 때문이기도 하다네. 그 힘의 영향으로 그날 그날의 피로를 풀 수가 없지."

"마왕은 용사님이 맡는 것으로 알고 있습니다만. 설마 진겁니까?"

그 이전의 문제라며 뷰트는 고개를 가로저었다.

"아니, 싸우는 것조차 못했네. 마왕이 어디서 와서 어디로 사라지는지 알 수가 없더군."

"발견도 하지 못하다니, 어떻게 된 겁니까? 오는 건 언제입니까?"

"밤이다."

"낮에 온 적은?"

곧바로 고개를 저었다.

"없네. 그렇다고 해서 앞으로도 낮에는 나타나지 않을 거라고 단정할 수는 없지만."

"낮에 올 수 없는 이유라도 있는 걸까요? 전력이 외부로 나가서 허술할 텐데요? 들키지 않고 이동할 수 있다면, 절호의 기회라고 생각합니다만."

"밤인 편이 이쪽도 방심하고 있기 때문이라고 생각했네만, 그 말을 듣고 보니……."

밤에 이동하는 이점을 생각해보았다. 밤에 움직이는 존재로 바로 머릿속에 떠오른 것은 도둑이었다. 그들은 야음을 틈타 병사에게 들키지 않고 움직인다. 숨어 움직이는 것을 병사에게 들키면 소동이 벌어져 도둑질을 할 수 없게 된다는 이유도 있지만, 싸울 능력이 부족하기 때문이기도 했다.

마왕도 전투 능력이 낮아서 들키지 않도록 주의하는 것이라는 예상을 해보았지만, 금세 그럴 리 없다며 생각을 고쳤다. 마카벨과 처음 만났을 때의 유지로들과 마찬가지로, 마왕이라는 이미지에 휘둘리고 있었다.

밤에 오는 이유는 제쳐두고, 방법에 관해서 생각을 거듭했다. 도둑의 침입 수단을 질레아에게 묻자 특이한 사례들을 들기 시작했다.

"제가 아는 것이라면, 땅에 구멍을 뚫어 창고에 침입했다든가, 지붕을 건너가며 이동했다든가, 그런 정도일까요?"

"구멍이라. 그거라면 갑자기 나타났다 사라질 수 있는 것도 이해가 되는군. 지붕 쪽은 아무래도 여기서는 무리겠지."

뷰트는 수상한 구멍이 없는지 살피게 해야겠다고 중얼거렸다. 그 말을 듣고 질레아는 지붕을 통한 이동의 이점도 이야기했다.

"확실히 여기서 지붕 위를 옮겨 다니는 건 무리일 테지만, 머리 위를 지나 움직이는 건 발견하기가 어렵습니다. 저는 지면만 의식하다가 머리 위로 이동하는 적을 눈치채지 못했던 적이 있습니다. 도둑이 실수로 물건을 떨어뜨리지 않았다면, 놓치고 말았을 겁니다."

"머리 위라고 해도 말일세. 새처럼 하늘을 날아서 이동한다는 건가?"

"마왕이니 가능할지도 모릅니다."

"마왕이라고 해서 뭐든 가능한 건 아니라고 생각하네만. 하늘이라. 특별히 어려운 일도 아니니 전해두도록 하지."

때때로 머리 위를 보는 정도는 고생 축에도 들지 않는다. 구멍 찾기와 하늘도 경계한다는 내용을 메모해두었다.

"마왕에 관한 이야기는 이 정도로 해두고, 보충 전력에 관해 묻고 싶군. 제2 보급소에서는 얼마나 보낼 수 있을 것 같나?"

"보급소에는 배치된 전력이 적은지라…… 최대 3백일 겁니다. 그 이상은 보급소 방어에 영향이 생깁니다. 무관리지대에서 소수로 머무는 건 자살 행위나 마찬가지니까요."

"많다고는 할 수 없군."

사정은 알지만 그리 말하지 않을 수 없었다. 이것도 첫날의 피해가 컸던 탓이다.

"어쩔 수 없습니다. 전력 보충이 아니라, 어디까지나 물자 보급이 메인이니까요."

"예정대로라면 국경의 예비 병력이 움직일 때까지 아직 이레 정도 남은 건가. 한동안 버티는 생활이 계속되겠군."

뷰트는 숲에 들어가는 인원을 줄여서 약의 사용량을 줄이도록 하는 안을 떠올렸고, 질레아와 다른 병사들에게도 의견을 구하며 대화를 나누었다.

충분한 휴식도 취해야 했기 때문에 시험 삼아 그리해보기로 했고 병사들에게 그러한 명령을 전달했다.

그 후 수색 속도는 떨어졌지만, 병사의 소모 속도도 함께 낮아졌다.

당연히 유지로 일행도 숲을 수색하는 병사가 적어졌다는 것을 눈치챘다. 하지만 아무리 수가 줄었다고 한들, 원래부터 병력 차가 워낙 컸기 때문에 고블린들에게 큰 부담이 가는 점에서는 이렇다 할 차이가 없었다.

전투가 시작되고 여드레가 경과했고, 유지로 일행은 평소처럼 집락으로 돌아왔다.

유지로와 세리에와 고제로는 크게 지치지는 않았지만, 고블린들은 실력이 비슷하거나 자신보다 위인 자들과 목숨이 오가는 싸움을 한 탓에 몹시 지쳐 있었다. 스트레스도 쌓여 피로 회복제로는 완전히 회복되지 않았다.

"하루라도 휴식이 필요하려나?"

유지로의 물음에 세리에와 고제로는 고개를 끄덕였다.

"그래, 이대로는 단번에 무너질 것 같다."

"병사 수는 줄어든 느낌이지만, 그만큼 기운을 차린 병사들이 늘어서 고블린들은 무척 힘들 거야."

세리에는 바인도 지치기 시작했다는 말을 덧붙였다.

"다시 한번 가볼까."

유지로가 군영 쪽을 바라보며 말하자, 세리에는 그 말뜻을 바로 눈치챘다.

"진지에 쳐들어갈 거야?"

"한 번 쑥대밭으로 만들면 다시 지어야 할 테니, 시간 벌기 정도는 되지 않을까 싶은데."

"그게 좋을지도 모르겠다. 오늘 갈 건가?"

그 물음에 끄덕여 답하고, 세 사람은 히아와 마카벨에게도 움직여달라고 부탁해두었다.

저녁 식사를 마치고, 슬슬 사람들이 잠들기 시작할 무렵에 다섯 명은 숲을 나섰다. 세리에는 이전의 장비에 예비 검 두 자루를 추가했고, 유지로는 투아 같은 강자 대책으로 마비독을 지참했다. 고제로는 회수한 방어구 중에서 자신에게 맞는 것을 찾아 착용했다.

첫날 썼던 바위까지 이동한 다음 거기서 히아와 마카벨은 하늘로 날아올랐다.

"오늘도 바람이 좋네."

"그러게."

네 번째나 되다 보니 마카벨도 다소는 익숙해졌고, 하늘을 나는 것을 즐길 수 있게 되었다.

한편, 그 그림자를 멀리서 보고 고개를 갸우뚱하는 자가 있었다.

"곤도르 님, 왜 그러십니까?"

히아와 마카벨의 존재를 눈치챈 것은 이전에 유지로와 싸웠던 산의 민족 곤도르 만리였다.

어째서 그가 여기에 있는 것인가 하면, 유지로에게 재도전하기 위함이었다. 성역에서 고향으로 돌아와 자세한 사정을 보고하고 재도전하고 싶다는 뜻을 전했다. 상사들은 그것을 허락했고, 라이트루티에서 정보를 얻었다. 그리고 그 수는 적지만 산의 민족 중에도 존재하는 이능력자들에게서도 정보를 받았다. 카트루나들 만큼 정확하지는 않은 정보였지만 그것들을 바탕으로 곤도르 일행은 심연의 숲이 있는 지방을 찾아다녔다.

"새치고는 커다란 그림자가 하늘에 있었다."

"새 계열 마물이 날고 있었던 게 아니겠습니까?"

"그렇겠지. 정찰에 나섰던 녀석들은 아직 돌아오지 않은 건가?"

곤도르 일행은 해가 지기 전에 군의 진지를 발견했고, 일단 거리를 두고서 어떠한 집단인지 알아보기 위한 정찰에 나섰다. 슬슬 돌아올 때가 되었다고 생각하고 있으려니, 어둠 속에서 움직이는 그림자가 보였다.

"돌아온 모양이로군."

합류한 정찰대의 이야기를 듣고, 곤도르 일행은 움직이기로 했다. 유지로 일행처럼 공격하는 것이 아니라 정보 수집을 목적으로.

모습을 들켰다는 사실을 눈치채지 못한 히아와 마카벨은 그대로 진지 위까지 이동했다.

"오늘도 가볍게 하면 되겠죠?"

"응. 유지로도 그렇게 말했어."

그렇다면, 하고 히아는 고도를 낮추었다. 마카벨이 힘을 쓰기 시작한 지 1분도 지나지 않아 지상에서 화살과 마법이 날아들었다. 대량으로 날아온지라, 둘의 바로 옆을 지난 것도 있었다. 어둠을 밝히는 수많은 마법은 아름답기도 했지만, 그것을 즐길 여유 같은 건 없었다.

"이건?!"

"도망치자!"

"그게 좋겠군요. 윽?!"

대답한 순간 화살이 어깨에 꽂혔다. 여기서 떨어지면, 운이 나쁠 경우 낙하 대미지만으로도 죽을 가능성이 있다. 그것은 피해야만 한다며 이를 악물고 기합을 넣으며 진영에서 멀어졌다. 날아갈 방향 같은 걸 정할 여유도 없었다.

다리와 날개에도 공격이 스쳤지만, 참고 활강하여 지면에 낙하하듯이 착지했다. 그 충격으로 다리에서 격통이 내달렸다. 마카벨이 땅에 내려서자 히아는 그대로 쓰러졌다.

"괜찮아?!"

"죄, 죄송하지만 화살을 뽑아주시겠어요?"

아픔을 견디며 겨우겨우 마카벨에게 부탁했다.

망설이는 마카벨을 향해 병사가 올지도 모르니 서둘러 달라고 강한 말투로 다시 부탁했다. 그 말에 떠밀린 마카벨은 당장에라도 울음을 터뜨릴 듯한 얼굴로 화살을 뽑았다. 화살촉이 살을 찢었고, 피가 둘의 얼굴에 튀었다.

 히아는 천천히 심호흡을 반복하면서 통증이 잦아들 때까지 버텼다. 이마에 잔뜩 맺힌 식은땀이 얼마나 고통스러운지 말해주는 것 같았다.

 "후우, 회복약을 먹을 수 있게 해주겠어요?"

 "으, 응."

 피 묻은 화살을 던져버리고, 포셰트에서 회복약을 꺼내 히아의 입에 가져다 댔다.

 약을 다 비운 순간 몸에서 아픔이 사라지고, 어깨와 다리의 상처가 순식간에 나았다.

 히아는 몸에서 힘을 빼고 크게 숨을 토했다.

 "낫는다는 말은 들었지만, 실제로 써보니 효과가 정말 대단하네요. 놀랐어요."

 몸을 일으키고 어깨의 상태를 확인한다. 이상이 없다는 것을 확인한 히아는 곧바로 마카벨을 향해 등을 내보였다.

 "어서 타세요. 모두가 있는 곳으로 돌아가죠."

 마카벨은 고개를 끄덕이고 히아의 등에 올라탔고, 둘은 그곳을 떠났다. 그 몇 분 후에 두 사람을 쫓아온 병사들이 모습을 드러냈다. 횃불을 한 손에 들고 주변을 살피지만, 어두운 탓에 혈흔조차 찾지 못했고, 아무도 없다며 그대로 진지로 돌아갔다.

"죄송합니다. 들켰습니다."

유지로 일행이 있는 바위로 돌아온 히아는 고개를 숙였다. 공격받았다는 공포에 사로잡힌 마카벨은 유지로를 끌어안았다.

고제로는 히아의 몸에서 피 냄새를 맡았다.

"피 냄새가 난다. 공격받았나?"

"네. 주신 회복약 덕분에 무사할 수 있었습니다."

"회복약으로 나을 정도의 상처라서 그나마 다행이었어. 둘은 마을로 돌아가서 푹 쉬도록 해."

안심시키듯이 마카벨의 머리를 쓰다듬고서 천천히 몸을 떼어놓았다.

마카벨과 히아는 조심하라는 말을 남기고서 자리를 떴다.

"그럼, 가볼까? 경계가 심하겠지?"

"그렇겠지. 이쪽도 전력을 다하지 않으면 위험할지도 몰라."

"이번에는 적당히 조절할 생각은 하지 않는 게 좋겠어. 영감님도 마음껏 날뛰고 와."

"그래."

셋은 약을 먹고 달려나갔다. 이번에는 고제로에게도 산의 민족의 비약을 복용하게 했다.

진지에 들어가기 전에 들키리라 생각했는데, 예상보다 가까이 접근할 수 있었다. 함정인가 싶기도 했지만, 여기까지

와서 물러날 마음은 없었다. 셋은 돌입했다.

"적습이다!"

"전에 왔던 녀석들이다! 서둘러 용사님들께 알려라!"

이번에는 동시에 물러날 수 있도록 유지로 일행은 함께 움직였다. 병사들과 텐트를 한꺼번에 날려버리며 날뛰었다.

유지로의 발차기가 뼈를 부수고, 세리에의 검이 목과 팔을 깊게 베었고, 고제로의 배틀 액스가 머리를 박살 냈다.

비명을 동반한 피와 살이 흩날렸다. 이전과는 전혀 다른 포학한 공격에 병사들은 공포를 느꼈고, 이내 털썩 주저앉았다.

"어, 어떻게 된 거야?! 지난번과는 전혀 다르잖아!"

"접근하면 죽는다!! 히익, 이쪽으로 온다?!"

터져 나오는 비명 속에서 셋은 마구 날뛰었다. 셋에게 마법과 화살을 날리기는 했지만, 공포로 인해 손이 덜덜 떨린 탓에 명중하는 것은 적었다. 게다가 맞혀도 중상을 입히지는 못했다.

워낙에 눈에 띄는 소동이라 론타 일행도 금세 그들을 발견했고, 침입한 지 15분 만에 유지로 일행과 론타 일행은 재회했다.

유지로는 그들 사이에 투아의 모습이 없다는 사실에 안도와 불안을 느꼈다. 불안은 몰래 기습을 하려 하고 있는 것인가 하는 생각에서 비롯된 것이었다. 그러나 투아는 지금 움직이지 못하고 있었다. 약의 제약으로, 한 번 쓰고 20시간이 지나지 않으면 재사용이 불가능하다는 부분에 발목이 잡힌 것이다.

"다시 온 건가?! 이번에는 마왕이 있는 곳을 불어주시지."

셋은 그 말에 대답하지 않은 채, 주변 병사들을 공격했다. 군에 대미지를 주는 것이 목적인 만큼 용사들을 상대하기 위해 멈출 수는 없었다.

"상대할 마음도 없다는 건가? 힘으로 덤비라는 말이로 군."

"내가 저 커다란 녀석을 맡을게. 론타는 약사한테 가. 칼 먼드와 레라는 하프를 때려눕히고 오고. 바슐트는 평소처럼 서포트를 부탁한다."

용사 파티 일행은 오로스의 말에 고개를 끄덕이곤 제각기 움직였다.

거기에 또 하나의 목소리가 더해졌다.

"재밌어 보이는 소동이로군! 찾고 있던 사람도 있는 것 같 으니 나도 끼워달라고!"

병사들을 패대기치며 곤도르 일행이 나타났다. 군대가 유 지로 일행의 접근을 눈치채지 못했던 것은, 곤도르 일행이 다른 곳에서 병사들을 상대로 소동을 일으키고 있었기 때문 이었다.

"산의 민족?! 어째서 이런 데? 게다가 이 상황에서?!"

론타의 의문은 다른 많은 이들이 품고 있는 것이기도 했 다.

"거기 있는 평원의 민족에게 재도전하기 위해, 찾고 있었다. 겨우 만났구나!"

"재도전이라니…… 성역에 들어갔던 적이 있다든가 하는 말을 들었는데, 그것과 관계가 있는 건가?"

적의 적이니 아군이 되는 것인가, 론타는 잠시 그리 생각했다.

"응? 알고 있는 거야? 뭐, 어찌 됐든 상관없다. 내가 해야 할 일은 딱 하나. 강해 보이는 놈들과 싸우는 거다!"

이어진 곤도르의 말에 역시 적일 뿐인 모양이라며 론타는 자그맣게 한숨을 내쉬었다. 그리고 검 자루를 움켜쥐고, 유지로와 곤도르를 노려보았다.

"이렇게 된 이상, 약사와 산의 민족을 한꺼번에 때려눕히면 그만이다!"

"오, 그 생각은 싫지 않은걸."

론타의 말에 곤도르는 즐거운 듯이 미소를 지었다.

한편, 유지로는 그 소동 속에서도 묵묵히 병사들을 공격했다. 론타와 곤도르는 그런 유지로를 쫓았다. 바슐트는 그 자리에 남아 레라 일행과 오로스 중 어느 쪽을 서포트할까 생각했다.

그 자리에 남은 세리에와 고제로는 각자 적과 싸우느라 서로를 신경 쓸 여유가 없었다.

레라가 세리에에게 장검의 날 끝을 들이댔다.

"지난번의 설욕이야!"

"그런고로, 상대를 부탁할게."

재빠르게 세리에에게 접근한 칼먼드는 양손의 대거를 휘둘렀다.

"나는 당신들을 상대할 마음이 없는데 말이지."

연속되는 금속음이 주변에 울렸다. 온갖 각도에서 닥쳐드는 날을 이리저리 피하며 세리에는 대꾸했다.

이도류로 싸우기 시작한 지 반년 정도밖에 안 된 세리에가 줄곧 이도류로 싸워온 칼먼드를 기량 면에서 이길 수 있을 리 없었고, 밀리는 형태가 되어 결국은 발이 멈추었다. 지금 공격을 피하고 있는 것은 순전히 약으로 높인 신체 능력 덕분이었다.

"빈틈 발견이야!"

발을 멈춘 세리에를 향해 레라가 접근해 힘껏 검을 휘둘렀다. 칼먼드는 여동생의 접근을 눈치채고서 타이밍을 맞춰 물러섰다.

"크윽."

세리에는 순간적으로 검을 들어 레라의 공격을 받아냈다. 하지만 그 공격의 무게에 버틸 수 있었던 것은 1초 정도였고, 겨우 왼쪽으로 이동했다. 상처 없이는 불가능했다.

"이걸 보면 유지로가 화내겠는걸."

아픔에 얼굴을 찡그리고서 베여 피가 흐르는 오른쪽 팔뚝을 보았다.

왼손에 쥔 검을 레라를 향해 던져 접근을 견제하고, 뒤로 물러났다. 그리고 빈손으로 허리에 있는 회복약을 꺼내 오른팔에 뿌렸다.

오른손을 움켜쥐고서 악력을 확인한 세리에는 들고 오기를 잘했다고 생각하면서 허리에 찬 세 자루째의 검을 뽑아 들었다.

"당신도 회복약을 갖고 있구나."

"유지로가 얼마든지 만들어주거든."

"그 정도의 기량이 있다면 자기편으로 끌어들이려는 사람도 많았을 테고, 수배서 건에서 지켜주려던 귀족이 잔뜩 있어도 이상하지 않았을 텐데. 그러한 사람들을 의지하려고는 하지 않았던 건가?"

칼먼드는 떠오른 의문을 그대로 던져보았다.

"그런 귀족을 상대하는 것보다, 나랑 함께 있고 싶다고 말해줬어. 지켜줄 만한 가까운 귀족은 그 수가 무척이나 적고, 그들이 지켜주리라는 보증도 없어. 의지하기보다는 도망치는 편이 좋다고 생각했지."

자기 자랑처럼도 들리는 대답에 칼먼드는 두 사람이 서로 사랑하는구나 하고 생각했다. 그런 한편으로 여전히 마음을 전하지 못하고 있는 레라는 기분이 나빠졌다.

"괴짜를 좋아하는 것도 괴짜라는 거구나. 그런 유별난 성격 때문에 고생을 하는 거라고. 나는 그런 상대는 사절이야."

"당신이 어떻게 생각하든, 나는 유지로를 좋아하고 유지로도 나를 좋아하거든. 나 때문에 한 고생은 앞으로 갚으면 될 뿐이야."

도발하는 듯한 레라의 말에 동요하지 않고 마음을 밝히며 답한다.

이 말을 들은 바슐트는 레라와 칼먼드 쪽에 가세하기로 했다. 사랑하는 사람이 잡히면 유지로가 어찌 행동할지 흥미가 일었던 것이다.

"행복해 보이는 마음을 토해주네. 그런 마음도 우리에게 지고 나면 산산조각이 날지도 모르지. 사랑이 있으니 지지 않을 거란 말이라도 할 셈은 아니겠지?"

"마음만으로 어찌 될 거라고는 생각하지 않아. 지지 않기 위해 발버둥 칠 뿐이지."

"그럼, 어디 한번 해봐!"

레라가 자세를 잡고 파고들더니 검을 찔러 넣었다. 세리에는 몸을 돌려 그 공격을 피하고 검으로 레라의 목덜미를 노렸다.

"그렇게는 안 되지!"

방관자가 되어 있던 칼먼드가 대거를 던져 세리에의 공격을 저지했다. 물러나며 대거를 피한 세리에는, 회피 동작 중에도 가볍게 검을 휘둘러 레라의 팔뚝에 상처를 입혔다. 그러자 레라에게서 떨어진 세리에를 향해 마법 등이 날아들었고, 그것들을 피하기 위해 세리에는 발을 부지런히 놀렸다.

"페이스 배분을 생각하는 걸로는 안 보이는데."

"그러게. 그런데도 태연한 표정을 하고 있어. 체력에 자신이 있는 걸까?"

칼먼드가 레라의 상처에 지혈제를 바르며 세리에를 관찰했다. 두 사람도 회복약은 갖고 있었지만, 지금은 하나씩만 갖고 있는지라 여차할 때를 위해 비축해두고 싶었다.

세리에와 레라 일행의 싸움은 어느 한쪽도 공격을 멈추지 않고 계속되었다. 바슐트는 이때다 싶은 순간에 가세하려고 타이밍을 재고 있는지라 조용했다.

그 싸움 옆에서 고제로와 오로스의 싸움도 계속되고 있었다. 고제로가 우세한 상황이었다. 하지만 유효 타격을 맞추려고 하면, 주변의 인간들이 그것을 저지하기 위해 오로스가 옆에 있는 것도 개의치 않고 마법 같은 것들을 날리는지라 결정타는 먹이지 못하고 있었다.

"정말이지, 나도 강해졌다고 생각하고 있었는데 말이야."

"강한 편이다. 지금은 내가 더 강하지만."

"열 받지만, 그 말대로야! 호섬 찌르기!"

분한 마음을 담아서 오로스가 창 마술을 사용했다.

"흡."

고제로는 그 모습을 끝까지 지켜보고서 도끼로 공격을 튕겨낸 다음 오로스를 차 날렸다. 지면을 구른 오로스는 곧바로 몸을 일으켰다. 전투가 시작된 이후, 오로스의 마술 공격은 번번이 근력 앞에 막혔다. 마구 찌르기 같은 속도를 중시한 공격이라면 맞을 테지만, 그 경우에는 방어를 돌파할 수가 없었다.

고제로에게 준 피해는 회복약이 담긴 작은 병을 두 개 깬 것과 찰과상 정도뿐이었다.

오로스도 회복약은 갖고 있었지만, 누적된 대미지를 없애기 위해 이미 사용했다.

"당신을 이기려면 대체 어떻게 해야 할까!"

이번에는 두 번 찌르기다. 그것을 피할 필요도 없다는 듯 고제로는 앞으로 나서며 그대로 받아냈다. 그리고 접근한 오로스에게 도끼를 휘두르려 했지만 또다시 방해를 받았다.

"꽤나 방해를 하는군."

"나로서는 큰 도움이 되는데! 아승(牙昇)돌격!"

주의를 다른 곳으로 돌린 고제로의 안면에 날카로운 찌르기가 날아들었다. 고제로는 물러나며 피하고, 곧바로 가슴께로 주먹을 들어 움켜쥐었다.

"무슨…… 설마?!"

무얼 하려는 것인지는 알 수 없었지만, 주먹에 깃든 힘을 느끼고 고제로가 마술을 쓰려 한다는 사실을 눈치챘다.

고제로의 괴력에 마술까지 더해지면 아무리 단단히 방어한들 분명 중상을 입게 되리라. 그래서 오로스는 회피에 전념하기 위해 그 자리에서 움직이지 않고 상황을 지켜보았다.

"받아라!"

고제로는 몸을 웅크리며 오로스에게서 빙글 등을 돌리고, 주먹으로 지면을 때렸다. 병사들을 향해 흙먼지가 기세 좋게 날아갔다. 상대를 쓰러뜨릴 만한 공격이 아니었기에 작은 상처를 입은 자가 대부분이었지만, 눈을 가리는 효과는 충분해서 몇 명이나 되는 병사가 눈을 비비고 있었다.

"그사이에 마무리를 짓도록 할까."

"너 대체 뭐야? 오거? 말을 할 수 있는 데다 마술을 쓰는 오거인 거야?"

"오거? 아니, 나는 고블린이다. 돌연변이지만."

"돌연변이라고는 해도, 고블린이 이렇게까지 강해질 수 있는 거야?"

"단련했다. 단련하면 강해지는 건 너희 인간도 마찬가지일 텐데?"

언제까지고 이야기나 하고 있을 마음은 없다는 듯 고제로는 접근해 갔다. 오로스도 가만히 당할 마음은 없었다. 서로를 찔러 죽일 각오로 마력을 가다듬고 마술을 쓸 준비를 갖춰갔다.

"열일문자(烈一文字)!"

오로스가 낼 수 있는 최고 속도 최대 위력의 찌르기가 공기를 찢어 가르며 고제로를 향해 닥쳐들었다. 고제로는 보통 병사라면 파악할 수도 없는 그 찌르기에 반응했지만, 미처 다 피하지는 못했다. 창은 갑옷을 관통해 옆구리를 스쳤다. 그러나 중상은 아니었다.

"이게 끝인가?"

"이걸로도 닿지 않는 건가."

큰 기술을 쓰고 경직된 채로 닥쳐드는 고제로의 주먹을 보았다. 목이 뽑힐 듯한 충격이 내달리고, 오로스는 근처 텐트에 처박혔다.

숨통을 끊어놓을까 싶어 한 걸음 내디디다 세리에가 밀리는 듯한 모습을 보고, 병사들을 차 날리면서 그쪽으로 나아갔다.

"가세하러 왔다."

"고마워."

세리에는 짧게 감사 인사를 하고 자그맣게 안도의 한숨을 내쉬었다.

바슐트가 슬쩍 혀를 찼다. 지나치게 신중하게 굴다가 기습할 기회를 놓친 것을 후회한 것이다.

"오로스 형님은 어떻게 됐지?!"

"글쎄. 살았는지 죽었는지 확인은 하지 않았다. 살아 있어도 당분간은 일어나지 못할 거다."

상황이 좋지 않다고, 칼먼드와 레라는 같은 생각을 했다. 세리에 한 명도 제압하지 못했는데, 고제로까지 더해지면 패배는 확실하리라. 오로스의 상태도 신경이 쓰였다. 후퇴라는 말이 뇌리를 스쳤지만, 그것은 병사들을 버리는 것이나 마찬가지다. 이대로 싸우다 지는 수밖에 없는 것이냐며 표정을 일그러뜨렸을 때, 병사들이 밀려 들어와 세리에 일행과 레라 일행을 갈라놓았다. 그 병사들의 안색은 좋지 않았다. 아니, 그저 좋지 않은 수준이 아니라 죽은 사람인가 싶을 만큼 좋지 않았다.

"여기서 비장의 수를 쓰게 될 줄이야."

"뷰트 씨?"

가까이에서 들려온 목소리에 칼먼드가 돌아보자, 뷰트가 오로스를 들쳐 메고 서 있었다. 얼굴이 잔뜩 부은 오로스는 코와 입에서 피를 흘린 채 기절해 있었다.

"오, 오로스 형님은 괜찮은가요?!"

"어찌어찌. 코뼈가 부러지긴 했지만, 회복약을 갖고 있지? 그거면 나을 거다."

아껴두었던 회복약을 오로스의 얼굴에 뿌리자 순식간에 붓기가 가라앉았다. 다만 의식은 돌아올 기미가 보이지 않았다.

"받은 대미지가 컸던 거겠지. 잠시 쉬고 나면 일어날 거다."

"다행이다."

"저건 뭔가요?"

오빠와 마찬가지로 오로스가 무사하다는 사실에 기뻐하던 레라는 안색이 나쁜 병사들을 가리키며 솟아오른 의문을 뷰트에게 던졌다.

병사들은 세리에와 고제로에게 베이고 두들겨 맞아도 아무렇지 않은 얼굴로 일어나 검을 휘두르며 덤볐다.

"기분 좋은 얘기는 아닌데, 저것들은 전 범죄자다. 신개발한 약으로 그들의 이성과 통각을 빼앗고, 조작해서 간단한 명령에 따르도록 한 거지. 사인병(死人兵)이라고 부르는, 명령에 복종할 뿐인 인형이다."

"확실히 불쾌한 이야기네."

"응."

악인이라고는 해도, 지금 상황을 보고 있자니 동정심이 들었다.

나라로서도 처음부터 이런 효과의 약을 만들 계획은 아니었다. 원래는 일시적으로 죽음을 두려워하지 않는 병사를 만들려고 했던 것이다. 하지만 원래 바라던 효과를 내는 데는 실패했고, 이런 형태로 완성되었다.

사용하면 그것으로 끝. 약의 효과가 다하는 일은 없었고, 썩어 문드러질 때까지 죽은 사람처럼 살아 있다는 것이 지금까지의 실험으로 안 점이었다.

"원래대로라면 어떤 상황에서 쓸 셈이었던 건가요?"

"수룡이나 거대종과 싸울 때 시간 벌이가 될 수 있을까 했지."

"수룡은 어떤지 모르겠지만, 거대종 정도라면 효과는 있을지도."

사인병이 전멸할 때까지 바깥쪽에서 원거리 공격을 가하면 대미지 축적도 노릴 수 있으리라.

지금 그런 방법을 쓰지 않는 것은 적이 작기 때문이다.

사인병의 중심에 있는 세리에와 고제로는 느긋하게 대화를 나누고 있을 여유 같은 건 없었다. 아무리 베어도 아무렇지 않은 얼굴로 일어서는 병사들의 모습에 당혹감을 느꼈다.

"뭐 하는 녀석들인지는 모르겠지만, 성가시다는 것만은 확실하네!"

"동감이다."

맨 처음에 세리에는 다른 병사를 상대할 때와 마찬가지로 목을 베는 식으로 치명상을 노리며 싸웠다. 그러나 효과가 없다는 사실을 금세 깨달았다. 고제로 쪽도 줄줄이 밀려드는 병사들을 쳐서 쓸어버리고 거리를 벌리는 방식으로 싸웠기 때문에 완전히 처리한 수는 적었다. 힘 조절을 하지 않고 날뛴다면 어떻게든 되겠지만, 지금은 세리에가 옆에 있어서 마음껏 무기를 휘두를 수 없다는 것도 숨통을 끊지 못하는 원인 중 하나였다.

그 사실을 세리에에게 전했다.

"내가 여기 없으면 문제 해결이란 건가…… 뛰어넘기에는 도움닫기가 좀 부족하고."

"던져서 넘겨줄까?"

"가능해? 갑옷도 입고 있어서 나름 무거울 텐데?"

또 한 명의 사인병을 베면서 다시 물었다.

고제로는 슬쩍 세리에를 보고서 잠시 생각한 다음 고개를 끄덕였다.

"그럼 부탁할게. 나는 이대로 진지를 망가뜨리고 다니다 적당한 때 물러날 테니까."

"팔을."

세리에는 바로 왼팔을 내밀었다. 세리에의 팔을 잡은 고제로는 있는 힘껏 세리에를 하늘로 던졌다.

던져진 세리에는 어깨가 빠질 듯한 아픔을 느꼈지만, 이정도는 어쩔 수 없다며 참고 지면에 착지했다. 그리고 그대로 뒤를 돌아보는 일도 없이 달려갔다. 동시에 사인병이 날려가기 시작했다.

그 모습을 본 칼먼드와 레라는 곧바로 세리에의 뒤를 쫓기로 정하고 달리기 시작했다. 그들을 따라 바슐트가 나란히 달렸다.

"아까는 가세하지 못해서 미안. 너무 신중했어."

"됐어. 다음에는 가세해줄 거지?"

"반드시."

부탁한다며 칼먼드가 가볍게 바슐트의 등을 두드렸다.

한편 유지로, 론타, 곤도르는 진지에서 조금 떨어진 곳에서 대치하고 있었다. 하늘에서는 유지로와 론타가 사용한 빛 마법이 빛나고 있었다.

텐트 등을 부수고 불을 놓던 유지로는 끈질기게 쫓아오는 두 사람을 상대하기 위해 여기까지 왔다. 용사 한 명뿐이라면 모를까, 곤도르도 함께이니 병사들의 방해가 없는 편이 싸우기 쉬우리라 생각한 것이었다.

전투의 기척을 알아채고 투아도 조금 떨어진 위치에서 견학을 하고 있었다.

"어떻게 된 거지? 전보다 움직임이 둔해진 거 아닌가?"

"비장의 수를 썼을 때랑 비교하면 곤란하지!"

"지금보다 더 위가 있다는 건가?"

세 사람은 협력하는 모습 같은 건 보이지 않은 채, 모두 적이라는 느낌으로 싸웠다.

유지로는 틈을 봐서 뿌릴 셈으로 양손에 마비독을 들고 있었다. 하지만 작은 병을 꺼냈을 때 곤도르가 눈치채고 미리 말해버리는 바람에 론타의 경계를 샀고, 결국 두 번 다 헛수고가 되고 말았다.

"용사도 꽤 강하군!"

"산의 민족은 정말로 전투를 좋아하는 모양이야!"

곤도르가 론타에게 주먹을 날렸고, 론타는 그것을 검의 옆면으로 받아냈다. 힘에서 밀린 론타는 주르륵 뒤로 물러났다.

움직임이 멈춘 두 사람에게서 틈을 발견한 유지로가 약병을 던졌지만, 두 사람은 동시에 물러나며 피했다.

"이걸로 네 개째인가."

이제 그만 좀 맞아라 하고 생각하면서 다시 약 두 개를 숄더백에서 꺼냈다.

"위험하게스리."

"그런 잔기술 말고, 정정당당하게 싸워라."

"약사한테 정정당당한 건 약을 쓰는 건데? 약사한테 전투를 요구하는 쪽이 이상하다고 생각하지 않아?"

유지로는 론타의 말을 받아쳤다.

"평범한 약사라면 네 말대로겠지만, 우리 산의 민족에게 이긴 약사가 싸우지 못한다고 말한들 설득력이 전혀 없거든!"

이번에는 유지로를 노리고 곤도르가 움직였다.

처음부터 진심으로 나온지라 피하는 것만으로도 벅찼다. 접근해 온 곤도르에게 약을 던질 여유도 없었다.

그 측면으로 돌아든 론타가 돌진해 왔다. 노리는 것은 여유가 없는 유지로였다.

"받아라!"

옆에서 돌진해 온 론타를 피할 수 없는 위치라는 것을 깨닫고 순간적으로 코트에 마력을 흘려보냈다. 방어용 장치가 발동했고, 돌진에 눌리듯이 몸이 날아갔다.

코트 덕분에 베인 상처는 없었지만, 갈비뼈에 금 정도는 갔을지도 모르겠다.

"아프잖아!"

참지 못하고 아프다고 말한 후 마비독을 한 손에 두 개 들고, 회복약을 꺼내 서둘러 마셨다.

곤도르와 론타보다 기척을 알아채는 능력이 부족한 유지로는 몇 번이나 공격을 당했다. 어느 정도 대미지가 축적될 때마다 회복약을 먹고 있었다.

그 모습을 론타가 어이없음과 부러움이 뒤섞인 시선으로 바라보았다.

"회복약을 너무 많이 쓰는 거 아냐?"

"내가 만든 걸 쓰는데 불만을 들을 이유는 없거든."

"얼마든지 쓰라고. 그만큼 싸움을 오래 즐길 수 있으니까."

세 사람은 가만히 멈춰 서서 서로의 움직임을 살폈다.

"정말이지, 투아 씨가 견학이라 다행이야."

사파전이 될지 론타에게 협력할지는 알 수 없지만, 투아가 참전했다면 분명 지금보다 힘든 상황이 되었으리라는 것은 쉽게 상상할 수 있었다.

"정말이지 참가하고 싶은 마음이지만, 약의 제한이 해제되지 않아서 말이야."

"저로서는 좋은 소식이네요. 숨어서 잡을 기회를 노리고 있는 줄 알았거든요."

"이번에는 그러지 못했을 거야. 이렇게나 즐거운 싸움을 보고 있으면 도저히 숨어 있지 못할 테니까."

"당신, 괜찮은 말을 하는데?"

투아와 유지로의 대화를 듣고 있던 곤도르는 뭘 좀 안다며 동족을 보는 듯한 눈으로 투아를 보았다.

유지로와 론타는 이 전투광 놈들, 하고 말하는 듯한 눈으로 두 사람을 보았다.

"다리가 완치되면 꼭 참가하게 해주게."

"두 번 다시 하고 싶지 않거든요. 이런 싸움."

절대 싫다며 유지로가 고개를 가로젓는 사이 곤도르가 투아를 향해 고개를 돌렸다.

"뭐야? 터무니없는 짓이라도 한 건가?"

"그래, 미오기를 재현해보려고 무모한 짓을 해서 말이지."

"평원의 민족이 미오기를? 아무래도 무리일 거라고 생각하는데."

평원의 민족과 산의 민족은 육체 강도가 다르다. 그것을 아는 곤도르는 도전자 정신을 칭찬해도 될 것인지, 기막혀 해야 할 것인지 알 수 없다는 표정을 지었다. 그 모습에 투아는 쓴웃음을 지었다.

"젊은 혈기에 저지른 실수 같은 느낌이었지."

"다리가 다 나으면 또 무리하는 거 아닌가요?"

"이 나이에 아무래도 그렇게까지는 못하지. 오르간 씨한테 혼난다고."

"아, 오르간 씨는 잘 계시나요?"

친숙한 이름이 나와서 근황을 물어보았다.

"왕도에 간 후로는 한 번 돌아갔던 게 전부고, 주로 편지로 대화하기는 했지만 잘 지낸다고 쓰여 있었다네."

"갑자기 잡담은 하지 말아줘."

론타는 유지로와 투아에게 어이없다는 시선을 보냈다. 약간 맥이 풀린 느낌이었다.

"그래. 그럼 다시 시작해볼까?!"

"나는 이대로 잡담을 하는 게 좋은데!"

"잡히면 얼마든지 이야기할 수 있을 거야!"

발차기와 주먹과 검이 부딪히고, 전투가 다시 시작되었다.

투아는 진심으로 부럽다는 눈으로 그 모습을 보고 있었다.

이 싸움에 결판이 나는 일은 없었다. 충분히 날뛰었다고 판단한 세리에와 고제로가 물러나기로 했고, 멀리서 세리에가 한 말을 들은 유지로도 바로 자리를 떴던 것이다.

남은 곤도르는 계속하겠느냐는 론타의 질문에 오늘은 만족했다고 답하며 주먹을 내렸다. 그리고 그대로 진지에 들어가 동료들을 회수해 떠났다. 소동 수습에 여념이 없던 군은 그들을 막지 못했다.

이번에 군은 주로 인적 피해를 입었다. 부상자는 지난번보다 적었지만, 사망자는 많았다. 물자는 얼마 전에 판 구멍에 대부분 옮겨두었기 때문에 그나마 피해가 크지 않았다. 피해 규모는 구멍에 다 넣지 못해 밖에 보관하던 것들의 절반 가량 정도였다.

그 결과, 내일 진격은 그대로 진행하기로 결정되었다. 뒷수습에 많은 인원을 써야 했기 때문에 평소와 같은 수를 보낼 수는 없었지만.

또한 유지로가 물러난 방향을 보고 그가 숲속에 있으리라고 확신한 곤도르도 다음 날 숲에 들어가게 된다.

37 숲의 공방 5

　유지로 일행은 뿔뿔이 흩어져 탈출하게 될 경우 합류할 지점을 정해두었다. 그것은 숲 입구 근처에 있는 거목이었다.

　유지로에게 후퇴를 알렸던 세리에도 당연히 그곳을 향해 달렸다.

　그 진로를 막듯이, 어둠을 가르며 불 마법이 옆에서 날아들었다.

　한밤중의 불은 눈에 띄는 만큼 맞는 일이 없었지만, 발을 멈추게 하기엔 충분했다.

　"잠복한 보람이 있네."

　마법이 날아온 방향에서 레라가 나타났다.

　진지에서 세리에를 쫓았던 레라 일행은 피로를 모르고 뛰어다니는 세리에를 뒤쫓는 것을 포기하고, 잠복을 하기로 했던 것이다. 어디서 기다릴 것인가를 의논하고, 숲으로 돌아가는 도중이라면 방심할 것이라며 진지에서 나와 숲 방면의 평지에 흩어져서 대기했다.

　불 마법을 쓴 것도, 세리에를 멈춰 세우는 것 외에도 동료에게 발견 위치를 알리기 위함이었다.

　"끈질긴 여자는 미움받는데?"

　한숨을 내쉬며 그리 말한 세리에는 유지로도 끈질겼었지, 하는 생각을 했다. 그러다 그건 그거고 이건 이거라며 생각을 고치고, 세리에는 레라를 보았다.

"시끄럽거든. 그렇게나 당하고 도망치게 둘 수는 없잖아?"

그렇게 말한 레라는 검을 휘두르며 달려왔다. 봐주지 않는다. 진지에서의 전투로 세리에 쪽의 실력이 위라고 인정했기 때문이다. 죽일 셈으로 덤비지 않으면 잡는 것은 불가능하다고 판단하고 있는 힘껏 공격했다.

"미안하지만 도망가야겠어. 이런, 위험하잖아!"

서둘러 뿌리치려고 생각하던 때에 급하게 합류하러 온 칼먼드의 대거가 날아들었다.

세리에는 그것을 겨우 눈치채고 피했다. 그리고 내심 큰일 났다고 중얼거렸다. 또 한 명이 접근해 오는 발소리를 들은 것이다.

"여기는 억지로라도 따돌리겠어!"

약간 다치는 건 어쩔 수 없다며 힘껏 발을 내디디려 한 순간, 대음량의 류트 소리가 귀를 때렸다.

무슨 일인가 싶어 얼굴을 찌푸린 세리에가 그쪽으로 정신을 돌린 틈을, 레라와 칼먼드는 놓치지 않았다. 칼먼드가 어깨부터 몸통 박치기를 했고 세리에의 자세가 무너졌다. 거기에 레라가 세리에의 가슴을 노리고서 대검 옆면을 휘둘렀다.

"으윽?!"

폐의 공기를 짜내는 듯한 충격과 전신에 울리는 통증 속, 세리에는 실수를 분하게 여기며 의식을 잃어갔다. 정신을 잃으면 기다리는 것은 죽음뿐이라는 사실은 알고 있었다. 하지만 아무리 이어가려 발버둥 쳐도 의식은 손가락 사이로 빠져나가는 물처럼 흐려져갔고, 이내 어둠으로 물들어갔다.

힘없이 지면에 쓰러진 세리에의 상태를 레라가 확인하더니 어이없어하는 기색을 보였다.

"어때?"

살아 있느냐고 묻는 바슐트에게 고개를 위아래로 끄덕여 보였다.

"기절했을 뿐이야. 가슴뼈에 금 정도는 갔을지도 모르지만, 죽을 만한 상처는 어디에도 없어. 온 힘을 다한 공격을 맞고도 이 정도라니, 지나치게 얕봤어."

조금이라도 방심했다면 지금쯤 도망쳤으리라. 용사라느니 영웅이라느니 하며 칭송받는 자신들이 부끄럽게 느껴졌다.

그런 레라의 마음을 눈치챘는지 칼먼드가 여동생의 머리를 가볍게 툭 치고 이제 어찌할지 물었다.

"이대로 데려가면 병사들 손에 죽을 것 같은데."

"어쩔 수 없다고 생각해. 오늘 습격으로 많은 사상자가 나왔으니 원한을 품은 녀석들이 분명 있을 거야."

바슐트의 의견에 두 사람도 고개를 끄덕였다. 그런 두 사람을 보며 바슐트는 말을 이었다.

"하지만 죽여버리면 정보를 얻을 수 없겠지. 어디에 거점을 두고 있는지, 어느 정도의 전력이 있는지, 얼마나 많은 식량을 비축해두었는지. 그런 걸 얻어내야 해. 그러지 않으면 애써 잡은 게 아무 소용 없어지니까. 그러니까 하루 동안 심문 시간을 갖자고 하면 어떨까 싶은데, 어때?"

"하루만?"

"그 이상은 병사들이 참지 못할 것 같은데."

하루만이라도 참아주면 다행이라는 바람이 담긴 생각이었다.

그리고 동시에 그 짧은 시간에 유지로가 어떻게 움직일 것인가를 예상해보았다. 관측자 기질이 드러났다고 할 수 있는 순간이었다.

"전장에서 사람이 죽고 사는 건 특별할 것 없는 일이지만, 원수가 가까이에 있으면 참을 수 없으려나. 나는 그걸로 좋다고 봐."

"나도 그래. 이렇게 말하기는 뭐하지만, 우리 중에서는 사망자가 나오지 않았으니까. 가까운 사람이 죽었다면, 지금 이 자리에서 검을 찔러 넣었을 거야. 그래서, 심문은 우리가 하는 거야?"

"다른 녀석한테 맡겼다가는 폭력으로 정보를 얻어내지 않을까 싶은데."

레라와 칼먼드는 간단히 그 모습을 상상할 수 있었다. 죽음이 거의 확정되어 있다고는 해도, 쓸데없이 고통을 주는 것은 레라 일행도 썩 내키지 않았다. 자신들이 심문을 맡는다는 점에 이론은 없었다.

쓰러진 세리에를 조사하고 무기를 압수한 다음, 레라가 짊어지고 진지로 돌아갔다.

진지를 걷자 세리에의 존재를 눈치챈 병사들이 놀라움과 분노와 원한 같은 감정이 담긴 시선을 보내왔다. 그 감정의 직접적인 대상이 아닌 레라가 불쾌하게 느낄 정도였다. 기절해 있지 않았다면 상태가 안 좋아지지 않았을까, 레라는 그런 생각을 했지만 세리에는 이런 시선에 익숙했다.

그대로 걸어서 배정받은 텐트로 돌아간 다음 손과 발을 밧줄로 묶었다.

그러는 사이에 세리에 생포 소식을 들은 뷰트의 사자가 찾아왔다.

"날뛰던 사람 중 한 명을 잡았다고 들었습니다만, 사실입니까?"

론타가 대응하며 고개를 끄덕였다.

"사실인 모양이다. 안에 있어."

"인도를 요구합니다."

이런 경우 요구라는 말은 걸맞지 않다. 병사들은 론타 일행에게 인도를 강요할 권한이 없었다. 론타 일행은 군 관계자가 아니라 외국에서 온 협력자다. 그러므로 의뢰나 요청이라고 말하는 편이 좋을 터다.

하지만 그런 말투를 신경 쓰지 않고 론타는 고개를 가로저었다. 어째서냐며 사자의 눈이 가늘어졌다.

"그에 관해 동료들과 이야기를 나눴다. 넘기면 원한을 가진 병사가 폭행할 테고, 정보도 제대로 얻지 못한 채 죽을 거라고. 이쪽으로서도 마왕에 관한 정보는 필요하니, 아무런 정보도 얻지 못하는 건 곤란해.”

“적을 감싸겠다는 겁니까?”

“하루만이다.”

“하루?”

“그래, 하루. 그때까지 정보를 얻지 못하면 목을 날려버리지.”

론타로서는 가능하면 그런 짓은 하고 싶지 않았다. 하지만 병사들의 심정을 생각하면 계속 감싸줄 수 없다는 것도 간단히 예상할 수 있었다.

사자는 론타의 눈동자에 깃든 망설임을 눈치챘다.

“할 수 있겠습니까?”

“할 수 있고 없고의 문제가 아니잖아? 하지 않으면 주변이 가만히 있지 않을 테지.”

적어도 죽일 때는 고통을 느끼지 않도록 일격에 목을 베리라고 마음먹었다. 원한을 풀기 위해 폭행을 바라는 자가 있다고 해도, 그들이 움직이기 전에 자신이 움직이기로 했다.

폭행이라고 해도 성적 폭행은 있을 수 없었다. 이종족이라면 또 모를까, 하프 따위 돈을 준다고 해도 거절이라는 자가 대부분인 것이다. 그러니 세리에를 사랑하며 안고 싶다 느끼는 유지로는 정말이지 괴짜로 보였다.

“……알았습니다. 단장님께 그렇게 보고하겠습니다.”

경례한 사자는 그 자리에서 서둘러 물러났고, 남은 론타는 자그맣게 한숨을 내쉬었다. 그대로 주변에 주의를 돌리고, 살해 목적으로 접근해 오는 자가 없는지 경계했다.

사자에게 보고를 받은 뷰트는 확실히 정보가 있으면 도움이 되리라며 납득하고, 하루의 유예를 인정했다. 이 결정을 병사들에게 알리고 하루만 참도록 강하게 명령했다.

세리에를 잡은 것은 론타 일행의 공이었고, 그것을 빼앗고 정보 입수를 방해하는 것은 그들의 감정을 상하게 하는 짓이라고 이해한 뷰트는 하루의 유예 동안 아무도 세리에에게 손을 대지 못하게 하기 위해 고심했다.

이 이야기를 들은 투아는 어찌 움직여야 할지 생각했다. 도와주어도 좋지만, 일부러 병사들을 적으로 돌릴 만한 이유가 없었다. 다소간의 교류가 있었다고는 하나, 세리에도 병사를 죽였다. 그렇다면 죽을 각오도 했으리라 생각되어 세리에만 특별히 취급할 마음은 들지 않았다. 세리에가 죽으면 유지로가 분노로 미치리라. 자신의 죽음도 개의치 않고 진지에서 날뛰리라는 것은 상상하기 어렵지 않았다. 아무리 강하다고 해도 전력 차는 어찌할 수 없을 것이다. 유지로가 죽으면 플라카 입수는 어려워진다.

"자, 어떻게 할까."

투아는 곤란하다고 중얼거리며 생각에 잠겼다.

거의 같은 시각, 합류 지점에 유지로가 나타났다. 그리고 고제로만 있는 것을 보고 고개를 갸웃거렸다.

"영감님뿐이야? 세리에는 먼저 돌아갔어?"

"모른다. 여기에 온 후로 세리에는 보지 못했다만."

"먼저 돌아간 거면 다행이지만, 잠시 기다려볼까?"

그렇게 말한 유지로는 나무에 등을 기댔다. 고제로는 그 자리에 앉았다.

1분, 5분, 시간은 흘러갔고, 여전히 모습을 드러내지 않는 세리에를 기다렸다. 유지로는 팔짱을 끼고서 손가락으로 팔을 톡톡 두드렸다. 리듬이 조금씩 빨라지는 모습을 통해 불안과 초조함이 점점 커져간다는 것을 알 수 있었다.

15분이라는 시간이 흐르고, 아무래도 너무 늦다며 유지로는 기댔던 나무에서 등을 뗐다.

"잡힌 거 아냐?! 바로 구하러 가야겠어!"

고제로도 자리에서 일어나 당장 뛰쳐나가려고 하는 유지로의 어깨를 잡았다.

"기다려라. 거점에 돌아가 있을지도 모른다. 일단 돌아가자."

고제로가 자리에서 일어나 당장 뛰쳐나가려고 하는 유지로의 어깨를 잡았다.

"돌아가는 사이에 세리에가 고문이라도 받으면 어떡하는데?!"

"어디 있는지도 모르지 않나? 무턱대고 뛰어들었다간 세리에를 인질로 내세워 너까지 잡힐 가능성이 있다."

유지로는 전력 면에서도, 약이라는 점에서도 숲 측에 반드시 필요한 존재였다. 잡히리라는 것을 알면서 보낼 수는 없었다. 세리에를 못 본 척하려는 것도 아니었다. 구할 마음이었지만, 냉정함을 잃은 지금 상태로 가본들 제대로 된 대응은 불가능하리라는 것을 알고 있을 뿐이었다.

"가만두지 않겠어!"

"피폐해진 상태로 갔다 당할 수는 없지 않은가. 일단 진정하고 구해낼 방법을 생각해라. 조급한 마음은 나쁜 결과만 낳는다."

이 이상 말해도 듣지 않는다면 패서라도 데리고 돌아가겠노라고, 고제로는 마음속으로 정했다.

"……말하는 바는 알겠지만, 역시."

한숨을 내쉰 고제로는 잡고 있던 어깨에서 손을 떼고, 진지 쪽을 바라보고 있는 유지로의 옆얼굴을 때렸다.

보내주는 거라고 생각하고 있던 유지로는 주먹을 제대로 맞았고, 기절은 하지 않지만 비틀거리는 상태가 되어 그 자리에 주저앉았다.

"무, 무슨 짓이야."

"이런 기습도 피하지 못할 만큼, 머리에 피가 몰려 있는데 보내줄 수 있겠나. 일단 돌아간다."

유지로를 짊어진 고제로는 거점을 향해 걷기 시작했다. 유지로는 그런 상태로도 구하러 가겠다고 버둥거렸지만, 고제로의 반복된 설득에 조금은 머리의 열이 식었는지 얌전

185

해졌다.

스스로 걸을 수 있으니 내려달라고 한 유지로는 어떻게 구할지를 생각하며 소비한 회복약 등의 재료를 모으면서 마을로 돌아갔다. 집락의 입구에서 똑똑한 너구리와 하인드가 드라이어드와 함께 유지로 일행의 귀환을 기다리고 있었다.

"어서 와. 세리에는?"

드라이어드의 그 말에 역시 세리에가 돌아오지 않았다는 것을 알았다.

유지로는 초조함을 어떻게든 억누르기 위해 심호흡을 하면서 대답했다.

"돌아오다 잡힌 모양이야."

"그런!"

믿을 수 없다며 손으로 입을 막으며 놀라는 드라이어드. 동시에 유지로가 날뛰지는 않을까 모습을 살폈지만, 겨우겨우 차분함을 유지하고 있는 듯 보여 자그맣게 안도의 한숨을 내쉬었다.

"구할 방법은 있어?"

"생각 중이야. 변장해서 진지로 숨어든 다음 붙잡혀 있는 곳을 찾아내는 방법 정도밖에 생각나지 않아."

세리에의 귀 모양을 바꾼 것처럼, 변장용 약은 있다. 크게 변하는 것은 아니지만, 반다나로 머리 모양을 바꾸거나, 진흙 등으로 피부색을 속이면 다소는 어떻게든 되지 않을까 생각했다.

"우선 조금 쉬어야 한다. 체력을 소모한 상태로는 세리에를 데리고 도망치는 것도 어려울 거다."

고제로의 말에 드라이어드도 그러는 편이 좋겠다면 고개를 끄덕였다.

이야기가 일단락되었다고 판단한 똑똑한 너구리가 입을 열었다.

"줄 게 있어."

그렇게 말하며 배낭에서 식량 같은 것들을 꺼냈다. 명백하게 배낭의 수납량을 넘는 양이 그 안에서 나왔다. 절약해서 소비한다면 이 집락에서 사흘은 쓸 수 있을 듯했다.

"흡혈귀와 다른 마물들이 보낸 거야. 가져다주라고 부탁을 받았어."

"큰 도움이 될 거야."

식량에는 아직 여유가 있었지만, 줄어들기만 할 뿐 느는 양은 적었다. 집락 안에 작은 밭을 만들었지만, 수확량은 그리 많지 않았던 것이다. 그런 상황에서 물자의 추가는 기쁜 일이었다.

"조금 더 모아서 또 가져올게."

"부탁할게."

똑똑한 너구리는 고개를 끄덕이고 한 걸음 물러섰다. 다음은 하인드의 차례다.

"큰일이 난 모양이더군요."

"그래. 세리에의 일도 포함해서, 전부 엉망이 되고 있어."

"똑똑한 너구리에게 소식을 전해 듣고 저희도 무척이나 놀랐습니다. 또 공격해 올 거라고는 생각하지 못했던지라."

어딘가 그리운 듯 보였다.

"흡혈귀도 영감님처럼 지난번에 인간들과 싸웠던 거야?"

"예. 저희가 한 일은 주로 보급선을 무너뜨리는 것이었습니다. 이번에도 그걸 맡으려고 합니다만, 어떻겠습니까? 이쪽으로 전력을 돌리는 편이 좋을까요?"

"보급은 당연히 있겠지? 눈앞의 일에만 정신이 팔려 있었어. 숲의 전력이 늘지 않는 건 뼈아프지만, 저쪽 전력이 느는 것도 큰일이겠지."

유지로는 흡혈귀의 제안을 받아들이는 방향으로 가기로 했다. 고제로 일행에게도 의견을 물었다. 다른 이들이 이쪽으로 전력을 돌리기를 원한다면 그것도 고려할 셈이었다.

고제로도 유지로와 같은 생각이었다. 저쪽 병력이 추가되는 것은 막고 싶었다. 아직 전투에 본격적으로 참가하고 있지 않은 드라이어드는 아무런 말도 하지 않았다.

"그럼 주인어른께 그리 전하겠습니다."

"협력에 무척 감사한다고 전해주겠어?"

"알았습니다. 그럼 실례하겠습니다."

인사를 마친 하인드는 똑똑한 너구리를 데리고서 물러났다. 하인드는 연락 담당과 함께 똑똑한 너구리의 호위를 겸하고 있었다. 숲에서 조금 떨어진 곳에서 호위를 마치고, 하인드는 그대로 동쪽으로 나아갔다. 흡혈귀들은 숲에서 도

보로 닷새 거리에 진을 치고 있었다. 그곳에서 적의 보급 부대를 찾는 중이었다.

집락 앞에 놓인 식량을 다 함께 나르고, 유지로는 잠시 쉬겠다는 말을 남기고서 오두막으로 들어갔다. 그리고 피로 회복제를 먹고 잠자리에 들었다. 이미 잠들어 있는 마카벨의 얼굴을 보고 유지로는 폭주에 관해 똑똑한 너구리와 하인드에게 묻는다는 것을 완전히 잊었었다며 아쉬워했다.

세리에가 걱정되어 유지로는 새벽녘에 자리에서 일어났다. 피로는 다 풀렸지만 마력은 완전히 회복되지 않았다.

한 번 자고 일어나 냉정해진 머리로 어찌 움직일지를 생각했다. 시간이 있으면 대량으로 수면제나 마비독을 만들어 뿌릴 테지만, 서둘러 구하러 가고 싶었던지라 빠르게 만들 수 있는 변장약을 이용하는 쪽으로 움직이기로 했다.

마카벨을 깨우지 않도록 주의하며 약을 만들기 시작했고, 세 시간에 걸쳐 완성했다. 그사이에 일어난 마카벨에게 사정을 설명하고, 변장용 옷과 갑옷 준비를 부탁했다.

30분 정도가 지났고, 마카벨은 드라이어드와 함께 돌아왔다.

"잠입할 예정이라고 들었는데, 괜찮겠어?"

"변장하고 들어갈 거니까 괜찮을 거야. 그쪽에는 만 명 이상의 인간이 있으니, 모두가 서로의 얼굴을 기억하고 있을 리 없을 테니까."

"하지만 요란하게 날뛰었잖아? 얼굴을 기억할 거라고 생

189

각하는데."

"약으로 눈매라든가 코 모양 같은 걸 바꾸고 갈 거야. 옷도 갈아입을 거고."

그러면 괜찮으려나? 하고 드라이어드는 고개를 갸웃거렸다.

"언제 갈 거야?"

마카벨이 걱정스러운 얼굴을 하고 물었다. 적진에 혼자 있는 세리에가 걱정스럽기도 했고, 지금부터 적진에 혼자 잠입하겠다고 하는 유지로를 걱정하는 마음도 들어 당장에라도 울음을 터뜨릴 것만 같았다.

그런 마카벨의 머리를 천천히 쓰다듬고서 둘이 함께 돌아오겠노라 약속했다. 그리고 바로 출발하겠다고 전했다.

"당장 움직이고 싶은 마음은 이해하지만, 요기 정도는 하고 가도록 해."

유지로는 드라이어드가 건네준 과일을 베어 물었다.

서둘러 먹고 싶었지만 마카벨을 진정시키기 위해 페이스를 맞춰서 먹었다.

식사를 마친 다음 조금 큰 갑옷을 입고 망토를 두른 다음 검을 찼다. 평소 입는 코트와 부츠가 아닌 탓인지 움직임에 위화감이 느껴졌다.

폭싱이 만든 숄더백을 챙기고 약과 함께 들켰을 경우를 대비한 방어구로서 코트를 안에 넣었다.

"그럼 다녀올게. 히아 씨에게 군의 모습을 살펴봐 달라고 전해줄래? 움직임이 있으면 이쪽도 대응을 해야 하니까."

그 말에 드라이어드는 고개를 끄덕였다.

"거점 입구까지 배웅할게. 변장용 약은 숲을 나가서 사용할 거야?"

"변장 지속 시간이 짧으니 그래야겠지. 서둘러 만든 탓에 품질이 낮아."

이야기하면서 걷던 유지로는 입구에서 진지 쪽을 바라보았다. 그곳에 있을 세리에를 생각해 한 행동이었는데, 가느다란 빛줄기가 하늘로 오르는 것이 보였다. 해가 나와 밝아졌어도 분명하게 알아볼 수 있는 빛줄기였다.

"왜 그래?"

"아니, 저 빛은 뭘까 싶어서."

유지로가 가리킨 방향으로 마카벨과 드라이어드가 시선을 돌렸지만, 두 사람에게는 그런 빛이 보이지 않았다.

"빛 같은 거 없는데?"

"뭐? 가늘기는 하지만 저렇게 빛나면 눈에 띌 텐데? 진짜 뭐지? 시력이 나빴던가?"

"나도 안 보여. 정말로 보이는 거라면, 당신에게 어떤 원인이 있는 거라고 생각해."

원인이라는 말을 듣고 떠오른 것은 바스티노가 눈에 뭔가를 한 건가 하는 생각이었다. 그러나 1년 이상 이쪽에서 지내면서 저런 빛은 본 적이 없었다.

"약의 효과로 보인다거나 그런 거 아냐?"

드라이어드도 생각해보며 원인이 될 만한 것을 꼽았다.

"자기 전에 사용한 약으로는 지금까지 이런 식으로 보인 적이 없었고, 일어나서는 약을 쓰지 않았어."

"그럼…… 달리 생각나는 게 없는데. 정말로 보이는 거지?"

"계속 보이고 있어."

"인간들이 뭔가를 해서, 인간에게만 보이는 걸까?"

"그렇다면 마카벨한테도 보일 거야. 강한 힘을 가졌다고는 해도 인간이잖아. 마왕은."

"그렇다고 들은 적은 있어. 앗."

드라이어드는 달리 떠오른 것이 있는지, 손을 탁 쳤다.

"오랜 옛날 도구일 수도 있어. 특수한 빛을 보는 도구 같은 걸 유적에서 주운 거 아냐? 벅스 노이드가 지내는 곳은 유적이잖아?"

잠시 생각하던 유지로는 무언가를 떠올렸다.

"……아, 여기서는 아니지만 훨씬 전에 주운 게 있어! 그렇다면 저건 세리에인 건가?!"

이전에 광석 채취 때 손에 넣은 물건을 떠올리고, 저것이 세리에가 보낸 신호라는 것을 안 유지로는 미소를 띠며 빛을 보았다.

"짚이는 게 있는 거야?"

유지로는 고개를 끄덕이고 코트를 꺼내서 핀 배지를 가리켜 보였다.

"이게 서로가 있는 곳을 알 수 있는 마법 도구라고 했어."

핀 배지가 달린 코트를 드라이어드에게 건네자 유지로의 눈에는 빛이 보이지 않게 되었고, 대신에 드라이어드가 빛을 보게 되었다. 마카벨도 확인한 다음 코트를 돌려받았다.

"저 빛이 시작되는 곳에 세리에가 있는 거구나. 네가 오기를 간절히 기다리고 있을 거야. 반드시 함께 돌아와야 해."

"당연하지! 그럼 다녀올게."

조심히 다녀오라며 마카벨이 크게 손을 흔들었고, 둘의 배웅을 받은 유지로는 속도의 능력 상승약을 먹고 숲을 내달렸다. 살아 있다는 것을 알자 미소가 자연스레 떠올랐고, 기대로 가슴이 두근거렸다.

나뭇잎을 밟고, 덤불을 가르며, 마물과 사람의 사체를 뛰어넘고서 숲 가장자리에 도착했다. 거기에서 주변을 살피고 아무도 없다는 것을 확인한 다음 약을 마셨다.

이어서 변화시키고 싶은 부분을 만졌다. 예를 들면 눈매를 바꾸기 위해서는 눈꼬리를 손가락으로 내린 다음 몇 초 동안 고정한다. 그러면 손을 떼도 쳐진 채 유지된다. 마찬가지로 코를 누르고, 뺨을 조금 부풀리고, 입꼬리를 살짝 옆으로 당기고, 머리카락을 올백으로 정리했다. 각각을 조금씩 변화시켰을 뿐이지만, 종합적으로 보면 닮은 다른 사람이 되어 있었다. 세리에나 투아, 혹은 유지로와 대치한 적 있는 론타라면 간파할 테지만, 날뛰고 다니던 모습을 보았을 뿐인 병사라면 아주 날카로운 관찰력을 갖고 있지 않은 한은 알아차리지 못할 터였다.

"다음은 당당하게 들어가기만 하면 돼."

의심을 받지 않도록 성큼성큼 진지로 향했다.

진지까지 약 30미터 정도 남았을 때 보초를 서던 병사와 마주쳤다.

"응? 어디 갔다 오는 거지?"

"볼일 보러 가는 김에 슬쩍 멀리서 숲을 좀 보고 왔지."

"일부러 무장까지 하고 볼일 보러 갈 건 없잖아."

현재로는 의심받지 않고 있다며 속으로 안도의 한숨을 내쉬고 대화를 이어갔다.

"마물과 마주치기라도 하면 위험하잖아. 만약을 위해서야. 약간의 수입도 있었고, 가보길 잘했다니까."

"수입?"

"그래. 꽤 괜찮은 값에 팔 수 있는 벌레가 있었어. 날뛴 녀석들 덕분에 경기가 안 좋으니까, 이런 걸로 조금이라도 벌어둬야 한다고. 무구 수선비도 장난이 아니니까."

"그러게. 하지만 멋대로 행동하지는 말라고. 그러다 마물한테 습격이라도 받으면 자업자득인 셈이니까."

"알지 그럼. 혼자서 숲에 들어갈 만큼 바보는 아니야."

유지로는 그만 가보겠다고 말하고 진지 안으로 걸어 들어갔다. 그 모습을 지켜보던 병사도 계속해서 주변을 살피기 위해 걸음을 옮겼다.

잠입 성공에 안심하면서 진지 안을 걸었다. 슬슬 출발할 시간인지 분위기가 어수선했다. 유지로 일행이 날뛴 흔적은 여기저기에 보였고, 지금도 병사들이 손을 보고 있었다.

'종일 수리할 것 같진 않은걸. 출발이 늦어지는 정도인가? 히아 씨에게 상황을 봐달라고 부탁해두길 잘했군.'

그런 생각을 하면서 빛이 보이는 방향으로 걸어갔다. 확실히 가까워지는 세리에와의 거리에 어서 구해내고 싶다는 마음이 커졌고, 걷는 속도도 빨라졌다. 그리고 빛이 나오고 있는 텐트를 발견할 수 있었다.

"저건가."

이대로 돌격하고 싶은 마음을 억누르고, 우선은 상황을 살펴보았다. 안이 어찌 되어 있는지는 알 수 없었다. 어쩌면 핀 배지만이 이 안에 있을 가능성도 있었다. 소동을 일으켜 쓸데없이 경계가 강화되면 세리에를 구출하기 어려워진다.

그때, 안의 상황을 어찌 살피면 좋을지 생각하고 있던 유지로의 어깨를 두드리는 자가 있었다.

유지로가 잠입에 성공한 그때, 세리에는 론타 일행과 마주하고 있었다.

팔과 다리를 밧줄로 묶인 채, 바닥에 앉혀졌다. 흉부의 뼈에 금이 간 상태인지라 열이 나고 조금 멍했다. 몸을 틀면 욱신거리는 통증이 내달렸다.

팔은 뒤가 아니라 몸 앞쪽으로 묶여 있었다. 이는 상처 입은 세리에가 어느 정도 움직여도 어떻게든 대처할 수 있다고 판단한 론타의 의견 덕분이었다.

이 판단 덕분에 세리에는 핀 배지를 부술 수가 있었다.

"다시 한번 묻지. 마왕은 어디에 있고, 이 주변에는 어떤 마물이 있는지 말해줘."

론타는 아침부터 몇 번이나 했던 질문을 반복했다.

"……."

그 말에 세리에는 입을 다물고 아무런 대꾸도 하지 않았다. 눈을 감고, 대화 자체를 거부했다. 내어준 물도 음식도 약을 탔을지도 모른다고 생각해 손도 대지 않았다. 배지를 부순 것을 유지로가 눈치챘길 바라며, 구원의 손길을 기다렸다.

"아무 말도 안 할 셈인가."

하아, 하고 론타는 크게 한숨을 내쉬었다. 지금까지 협박하고 회유하려 해보았지만 아무런 반응도 없었다. 레라가 나이프를 목에 들이댔을 때는 그래도 움찔하고 반응을 보였지만, 결국 아무 정보도 얻지 못했다.

"정보 이외의 것이라면 말해주려나?"

오로스는 그리 말하며 어째서 마물과 함께 인간을 습격하는지 물었다.

이야기해도 문제없는 내용인지라 유지로가 구해주러 올 때까지의 시간 벌이가 되길 바라며, 세리에는 입을 열었다.

"……이해가 일치했을 뿐이야."

제대로 된 답이 돌아오자 오로스는 살짝 놀라면서 말을 이었다.

　"이해라니, 마물 따위랑 한편이 되는 것보다 인간과 한편이 되는 게 보통 아니야? 지금이라도 스파이로서 저쪽 상황을 알려주는 게 어때? 이대로라면 너는 죽을 거야."

　"거절하겠어. 어째서 인간과 한편이 되어야 하지?"

　"어째서라니, 당연한 걸 묻네?"

　사람과 사람이 손을 잡는 것이 의문을 가질 일이냐며 레라는 이상하게 여겼다.

　"언제나 하프라고 업신여기는 상대와 한편? 말도 안 되지."

　레라 자신도 하프라며 세리에를 아래로 보았던지라 납득했고, 더는 말하지 않았다. 칼먼드와 오로스도 비슷했다. 론타는 원래부터 하프에 대한 차별 의식이 적었고, 바슐트는 차별 의식이 없었다.

　입을 다문 레라 대신에 바슐트가 물었다.

　"하프라든가 그런 건 어찌 됐든 상관없어. 그보다 나도 묻고 싶은 게 있는데. 너랑 함께 있는 약사는, 뭐지?"

　자신의 동족이라고 거의 확신하고 있었지만, 혹시나 싶어 물어보았다. 이 질문에는 모두 흥미가 있었는지 시선이 세리에에게 집중되었다.

　그 질문에 돌아온 것은 한마디뿐이었다.

　"약사야."

"그건 알아. 약사치고는 너무 강하고, 만들 수 있는 약도 고품질이잖아. 보통 인간이라면 그 둘을 양립하는 건 무리일 거야. 아니면 자세한 건 모르는 건가?"

"몰라."

비밀이 있다고는 들었지만 그것을 말할 마음은 없었다. 슬슬 가르쳐주지 않을까 하는 생각이 들었고, 유지로가 구해주면 그 후에 가르쳐달라고 해야겠다 마음먹었다.

그런 세리에를 보고 바슐트는 출신을 가르쳐주지 않은 것이리라 생각했고, 다른 사람들은 알고 있지만 정보를 건넬 마음이 없는 것이리라 생각했다.

"줄곧 이 상태입니까?"

동석하여 상황을 살피던 뷰트의 사자가 정보를 이야기하지 않는 모습을 보고 론타 일행에게 물었다.

"그래, 보는 대로 정말로 듣고 싶은 건 말하질 않아."

"그런가요…… 아무래도 계속 이 상태일 것 같군요. 그렇다면 기다려본들 의미가 없다고 생각합니다만?"

"그건 처형을 앞당기겠다는 건가?"

"네, 고통을 주면 무언가 말할지도 모르겠지만, 애초에 정보를 얻을 수 있으리라고는 생각하지 않았으니까요. 얻지 못해도 이쪽으로서는 아무런 피해도 없습니다. 그렇다면 정보는 포기하고 처형을 실행하여 병사들의 울분을 풀어주고 사기를 높이는 편이 유용하다고 생각합니다."

제지하고 싶은 마음이었지만, 그리할 이유를 찾지 못해

론타는 입을 다물었다.

세리에에게 집착하는 유지로의 마음을 알았다면 인질로 쓰기 위해 살려둔다는 안을 떠올렸을 테지만, 카트루나에게 들은 이야기만으로는 적진 한가운데에 혼자 잠입해 올 정도라고는 예상하지 못한지라 거기까지는 생각이 미치지 못했다.

"그 방향으로 이야기를 진행하겠습니다."

사자가 그렇게 말한 순간, 텐트 앞에서 안을 향해 말을 걸어온 사람이 있었다.

입구의 가림막을 젖히고 얼굴을 내민 것은 투아였다.

"실례하지. 여기에 지인이 있다고 들어서, 얼굴을 한번 보고 싶은데. 들어가도 괜찮을까?"

"투아 씨……였던가요?"

사자의 말에 투아는 고개를 끄덕였다.

"지인이라는 건 이 하프를 말하는 겁니까?"

"응. 오랜만이야."

"……그쪽도, 건강해 보이네."

경계를 하면서도 세리에는 대꾸했다.

"혹시 구하러 오신 겁니까?"

투아는 바로 고개를 가로저었다.

"가능한 일이라면 그렇게 하겠지만, 무리겠지. 그저 얼굴을 보러 왔을 뿐이야. 또 한 사람을 만났을 때, 세리에의 상황을 전해줄까 싶어서. 임종 때는 만나지 못할 테니까 말이야."

투아는 자세를 낮춰 세리에와 시선을 맞추고 유언은 있는
지 물었다. 그러자 세리에는 무언가 생각에 잠기는 모습을
보였다.

그런 두 사람을 보던 론타는 투아라면 정보를 끌어낼 수
있는 것은 아닐까 생각했다. 그래서 부탁을 해보았지만 투
아는 무리일 거라고 대답했다.

"지인이라고 해도 그렇게 가깝지는 않아서 말이지. 약점
을 쥐고 있는 것도 아니고 정에 호소할 수도 없어. 일단 물
어는 볼게. 그런 연유로, 어떤가? 세리에."

의욕이 전혀 없는 질문에 세리에는 휙 고개를 돌렸다.

투아는 론타에게 역시 무리였다고 말한 다음 용건은 끝났
다며 몸을 일으켰다.

"론타 씨, 이 이상 기다려도 의미는 없을 것 같으니 처형
을 실행할까 합니다만. 이론 있으십니까?"

"……아니, 없어."

대답을 들은 사자는 세리에의 팔을 잡아 일으켜 세웠다.

순순히 일어서는 세리에의 태도에 사자는 그녀가 단념한
것일까 생각하면서 텐트 밖으로 데리고 나갔다. 단념했다
고 해도 날뛸 가능성은 있다고 생각한 그는 레라와 칼먼드
에게 양쪽에서 팔을 잡아달라고 부탁해 세리에가 날뛰어도
문제없게 했다.

텐트에 들어간 후로 한 번도 모습을 보이지 않았던 세리

에가 나오자 주변에 있던 자들은 어찌 된 것인지 이야기를 나누었고, 예정보다 일찍 처형이 시작되는 것이리라고 결론을 내렸다.

텐트 밖으로 나온 세리에의 모습은 밖에 있던 유지로에게도 보였다. 레라와 칼먼드가 떨어졌을 때가 움직일 타이밍이라고 판단하고 조금 거리를 두고서 따라갔다. 이 시점에서 변장이 풀리기 시작했지만, 모두의 이목이 세리에에게 모여 있는지라 눈치채는 자는 없었다.

세리에는 자그마한 광장으로 끌려갔고, 흙을 쌓아 급하게 만든 것으로 보이는 단 위로 올려 보내졌다. 세리에에게 욕설이 날아들었다. 이전에는 자주 들었던 말들이라, 그런 말을 듣지 않고 지냈던 유지로와의 생활이 얼마나 소중한 것이었는지를 새삼 실감할 수 있었다.

기요틴 같은 요란한 건 여기까지 가져올 수 없었던지라, 목을 벨 도끼가 흙으로 만든 단에 꽂혀 있었다. 평평하게 다져진 흙 위에는 목제 책상도 놓여 있었다. 거기에 세리에의 몸통을 눕혀 모두에게 목을 베는 모습을 보기 쉽게 하려는 것이리라.

유지로는 그렇게 두지 않겠다며 언제든 움직일 수 있도록 품질 좋은 속도의 능력 상승약을 몰래 마셨다.

레라와 칼먼드가 받침대 위에서 세리에를 제압하고 있었기 때문에 아직 움직일 수 없었다. 이대로 두 사람이 계속

붙어 있는다면 회오리 마법으로 세리에를 감싸고, 거기로 뛰어들리라 마음먹고 있었지만, 처형에까지 어울릴 생각은 없는지 그 둘은 병사들과 교대해 단 위에서 내려갔다.

단 주변에는 처형을 지켜보려는 많은 사람이 모여 있었다. 그들에게 들려주려는 듯 군의 우두머리 한 사람이 연설을 시작했다.

'저 두 사람이 충분히 멀어졌을 때다.'

연설을 무시하고 관중 속에서 레라 일행이 한 걸음 한 걸음 멀어져가는 모습을 가만히 바라보았다. 두 사람은 론타 옆으로 이동하려는 모양이었고, 그 론타는 관중에게서 조금 떨어진 위치에 있었다.

그리고 두 사람이 론타와 이야기를 시작했을 때, 유지로는 마술을 쓰기 위해 다리에 마력을 보냈다.

'간다!'

지면을 힘껏 박차며 갑자기 뛰어오른 유지로를 보고 가까이에 있던 자들은 무슨 일이냐며 놀란 표정으로 유지로를 바라보았다.

유지로는 관중들을 뛰어넘어 단 위에 착지하는 데 성공했다.

쥐죽은 듯 조용해진 그곳에서, 많은 이의 시선을 모으며, 믿음직한 미소를 띤 유지로는 세리에에게 손을 내밀었다.

"데리러 왔어."

"유지로!"

바로 누구인지를 알아본 세리에는 기뻐하며 자신을 제압하고 있던 손을 떨쳐내고서 몸을 일으켰다.

그제서야 연설을 하던 남자가 퍼뜩 정신을 차리고 무언가를 말하려 했지만, 그런 건 들을 마음이 없다는 듯이 세리에를 안고 다시 한번 뛰어올랐다.

구조된 세리에는 유지로를 단단히 끌어안고 잡혀 있는 동안에 느꼈던 불안과 공포를 달랬다.

"쫓아라! 혼자서 나타난 얼빠진 놈이다. 놓치지 마라!"

그 말에 응하여 사람들이 움직이기 시작했다. 하지만 이번에는 진지 안을 엉망으로 만드는 게 목적이 아니었다. 곧장 도망치는 데에만 집중하니, 유지로를 쫓을 수 있는 사람은 아무도 없었다. 뒤를 쫓는 것은 어중이떠중이 같은 병사들뿐이었고, 론타나 오로스 같은 실력자들은 쫓을 수 없으리라는 점을 간파하고 쫓지 않았다.

도망치는 두 사람을 론타는 어딘가 안심한 듯 보고 있었다. 그는 이대로 침공이 계속되면 군의 승리로 전쟁이 끝나리라 예상하고 있었다. 그때 두 사람이 살아 있지는 않을 거라 생각했지만, 그래도 지금 이곳에서 죽지 않은 것을 기뻐하는 자신을 깨달았다. 두 사람이 여기에 있는 사정을 알고 있는 탓이라는 자각을 한 론타는, 역시 상대에 관해 알게 되면 싸우기 힘들어진다며 한숨을 내쉬었다.

38 숲의 공방 6

　도망치는 데 열중한 유지로는 순식간에 진지를 빠져나와 숲 지척까지 이르렀다.

　숲에 들어와 몇 미터를 더 나아간 다음 세리에를 내려주었다. 등 뒤를 보고 아무도 쫓아오지 않는다는 것을 확인하고서 세리에에게 말을 걸었다.

　"괜찮아? 다친 데는 없어? 이상한 걸 먹이지는 않았어? 용사들이 성희롱을 하지는 않았어? 여기가 좋은 건가? 느껴버려 더는 안 돼 하는 상황이 되지는 않았어? 솔직히 그 장면을 보고 싶긴 하지만, 그런 짓을 했다고 하면 용사들을 때려죽여야지."

　단숨에 걱정하는 마음과 욕망을 토해낸 말에 세리에는 포로가 된 후로 줄곧 품고 있던 공포가 사라져가는 것을 느꼈다. 전에는 불쾌하게 여겼던 언동이 평소와 다름없다는 안도감을 주는 것을 느끼고, 정말로 유지로를 좋아하게 되었다는 사실을 다시 한번 자각했다. 후반의 욕망을 억눌러주었다면 훨씬 더 기뻤을 테지만.

　"아무 일도 없었으니까 안심해. 그보다 밧줄을 풀어줬으면 좋겠는데. 그리고 회복약도 좀 줘."

　"어디 다쳤어?"

　"뼈에 살짝 금이 갔어."

　유지로는 고개를 끄덕이고 서둘러 회복약을 꺼내 건넸다.

세리에가 회복약을 복용하는 사이, 유지로는 단단히 묶인 밧줄을 힘으로 풀어내면서 이야기를 이어나갔다.

"그나저나 용케 핀 배지를 갖고 있었네? 까맣게 잊고 있었어."

사라져가는 통증과 열에 안도하면서 세리에는 유지로에게 되물었다.

"그랬어? 빛을 눈치채지 못할 가능성도 있었던 거네? 그렇게 안 돼서 다행이야."

세리에는 유지로를 좋아하는 마음을 자각한 후로 핀 배지를 커플 배지라 생각하고 소중히 여기고 있었다. 그런 모습을 들키면 어쩐지 부끄러울 거 같아, 언제나 몰래 보이지 않는 부분에 달고 있었다. 소중히 여기는 것을 부수는 데 저항을 느끼기는 했지만, 역시 목숨 쪽이 더 소중하다고 생각하며 부수었다.

"배지를 코트에 쭉 달아두지 않았다면 큰일 날 뻔했어. 아니, 잠입한 뒤 병사들한테 정보를 얻으면 감금 장소까지는 알아낼 수 있었을지도 모르겠지만."

빛을 눈치채지 못하고 침입했다면 무사하다는 사실을 몰라 불안한 마음이었을 테고, 예상치 못한 실수를 저질렀을지도 모른다.

"고작 그 정도 변장으로 침입하다니, 너무 위험했던 거 아냐? 금방 들킬 것 같은데."

"괜찮았어. 투아 씨를 빼면."

"투아 씨한테는 들켰었어? 하지만 그 사람, 그런 말은 한 마디도 안 했는데."

"여기서 죽게 두면 마음이 좋지 않을 거라며, 살짝 도와주겠다고 했었어. 소용없어지기는 했지만."

투아와 마주친 것은 론타 일행의 텐트 근처였다. 누군가 뒤에서 어깨를 두드려 돌아보니 투아가 있었다.

잠시 대화하며 얼굴이 아니라 기척과 유지로 특유의 움직임을 보고 알아보았다는 말을 듣고 유지로는 감탄과 어처구니없는 심정을 동시에 느꼈다.

"변장한 의미가 없었네. 역시라고 해야 하려나."

"그대로 텐트 안을 살펴봐 주겠다는 이야기가 되었는데, 세리에와 용사 일행이 텐트에서 나와서 의미가 없어졌어. 그리고 구하기 위해 상황을 살피다 구했다는 흐름."

"투아 씨는 저쪽 편 아니야? 대체 무슨 생각이지?"

그렇게 말하면서 밧줄 자국이 남은 손목을 쓰다듬었다. 피가 통하지 않을 만큼 꽉 묶였던 것은 아닌지라 다행히 팔다리에 이상은 없었다.

몸 곳곳을 확인한 다음 두 사람은 가볍게 달려 거점으로 향했다.

"어쩌다 잡힌 거야? 인원수에 밀렸던 거야?"

"아니, 허를 찔렸다는 느낌이려나? 갑자기 커다란 소리가 귓가에 울려서 그쪽에 정신이 팔린 사이에 공격을 허용하고 기절했어."

"기회가 있으면 내가 꼭 복수해줄게."

세리에의 몸에 평생 남을 상처가 생기기라도 했으면 어쩔 뻔했느냐며, 유지로는 어두운 미소를 지었다.

"그건 내가 할게."

당한 채로 끝내는 건 좋아하지 않는다.

세리에가 그렇게 말한다면, 하고 유지로는 레라 일행에게 보내던 감정을 억눌렀다. 한동안은 마음에 감정이 남아 있겠지만, 세리에와 지내다 보면 그쪽에 푹 빠져서 레라 일행에 관한 것은 어찌 되든 상관없어지리라.

마음이 넓다기보다는 우선순위의 차이라고 해야 할까? 흥미가 없는 존재를 신경 쓰기보다는 세리에라는 가까이 있는 존재에 의식을 기울이는 쪽이 중요했던 것이다.

"아무튼 결론은 아무 짓도 안 당했다는 거잖아? 어째서지? 나로서는 다행인 일이지만, 보통은 냉큼 죽이지 않아?"

"이쪽 상황을 알고 싶었던 모양이야. 마왕은 어디 있는지, 거점은 어디인지, 어느 정도의 전력이 있는지 같은 걸 물었어. 말하진 않았지만."

"흐음, 그럼 반대로 뭔가 저쪽 상황을 알게 된 게 있어?"

그러네, 라며 잡혀 있던 때의 일을 떠올렸다.

"커다란 소리를 듣고 잡혔다고 했잖아? 그 소리는 현악기였던 것 같아. 그러니까, 류트 같은 걸 짊어진 푸른 머리카락을 가진 청년이 용사들 사이에 있었어. 소리를 낸 건 그 남자일지도 몰라."

"그 녀석인가."

점술 신전에 있던 다리에서 시선이 마주쳤던 남자를 떠올렸다.

"그 녀석과 대치할 때는 귀마개를 하는 게 좋으려나."

세리에는 "그럴지도"라고 답하고 말을 계속 이었다.

"다음은 군의 우두머리 이름이 뷰트라나 봐. 뭐, 이름만 알아서는 의미가 없지만."

"우두머리를 행동 불능 상태로 만들면 지휘 계통에 혼란이 생기겠지만, 얼굴을 모르니 저격도 불가능하겠네."

이야기하는 사이에 히아가 살고 있는 커다란 나무가 보이기 시작했다. 나무 아래에서 말을 걸자 히아가 내려왔다.

"안녕. 몸 상태는 좀 어때?"

"안녕하세요. 불편한 곳은 전혀 없답니다."

그 자리에서 빙글 돌아 보였다. 한 박자 늦게 복숭앗빛 머리카락이 펼쳐졌다가 원래대로 돌아왔다.

"세리에 씨를 무사히 구하셨군요. 축하드립니다."

"고마워. 한 번 다녀왔을지도 모르지만, 다시 한번 군의 상황을 보러 가줄 수 있을까? 움직일 준비를 하고 있었던 것 같거든."

"알겠습니다."

하늘로 날아오른 히아는 10분 정도 후에 지면으로 내려왔다.

"슬슬 출발하려는 분위기였습니다."

"그렇구나. 서둘러 거점으로 돌아가야겠네."

히아에게 감사 인사를 하고, 휘말려 들지 않도록 거점으로 오라는 말을 한 다음 유지로와 세리에는 바삐 거점으로 돌아갔다.

거점의 고블린들은 전투 준비를 마쳐 언제든 나갈 수 있는 상태였다.

"돌아왔나."

"데리고 왔어. 히아 씨한테 들었을지도 모르겠지만, 군이 움직일 거야."

"그래, 들었다. 출발하려고 하던 참이었다."

"폭싱들을 움직일 수 있을까? 크로스보로 활을 한 번 쏜 다음에 물러나기만 해도 도움이 될 텐데."

한 번이라도 공격해두면 상대해야 할 수를 줄일 수 있다. 그런 소소한 이점이 언젠가 도움이 될 수도 있는 것이다.

"접근해서 싸우는 건 아니니 괜찮을 것 같군."

"물어보자."

세 사람은 폭싱 촌장이 있는 곳으로 가서 이야기를 해보았다.

고제로와 촌장의 표정을 보니 좋은 대답은 기대하기 어려울 듯했다.

"힘들다는군."

"무서워서 그런 건가?"

"그럴 테지."

"그럼 우리가 소수만 지휘해서 공격하는 건 어떨까? 폭싱들끼리 움직이는 것보다는 나을 테고, 무슨 일이 생기면 우리가 싸워서 도망칠 시간을 벌 수도 있으니까."

폭싱 촌장은 그런 조건이라면, 하고 고개를 끄덕였다.

거기에 더해 무척이나 지친 듯한 고블린들을 보고 자신들도 움직일 필요가 있을지도 모르겠다고 생각했던 것이다. 무서워서 말을 꺼내지는 못했지만.

이야기를 나누어 한 사람이 스무 마리를 이끌고 숲으로 나가기로 정했다. 오랫동안 싸우지는 못할 테니 화살은 한 마리당 세 발이면 충분하리라고 판단해 배포했다.

모든 폭싱이 겁먹은 표정을 하고 있어 과연 도움이 될 것인가 하는 불안이 샘솟았지만, 멀리서 공격하는 정도라면 가능하리라 기대해볼 수밖에 없었다.

남은 폭싱들은 평소처럼 외벽 강화와 화살 만들기를 하기로 했다. 그리고 이전에 가르쳐준 마비독과 그것을 넣을 약간의 장치가 된 나무 상자 만들기를 의뢰했다.

마카벨이 움직일 수 없게 된 대신에 마법 등이 닿지 않는 높은 곳에서 액체 마비독을 진지에 뿌릴 셈인 것이다. 뿌릴 수 있는 양이 적어서 귀찮은 괴롭힘 정도밖에 안 될 테지만, 진지를 방치해두는 것보다는 나으리라 판단했다.

"세리에는 대기하고 있어. 피로가 완전히 풀리지 않았을 테니까."

"괜찮아. 잡혀 있었다고는 해도 충분한 휴식은 취할 수 있었으니까. 무리는 하지 않을게."

육체적인 피로는 약으로 풀 수 있지만, 정신적인 피로까지는 풀 수 없다. 그것을 스스로도 알고 있는 만큼 오늘은 무리하지 않고 바로 물러나겠다고 말해 설득했다.

하지만, 하고 내켜 하지 않는 유지로를 인원이 조금이라도 많은 편이 좋을 거라는 말로 결국 설득시켰다.

바로 물러나야 한다고 못을 박아두고 유지로는 세리에가 나가는 것을 떨떠름하게 인정했다.

돌아오자마자 바로 다시 나가느라 정신없었지만, 그들은 각각 나아갈 방향을 정해 출발했다.

길을 나아가다 보니 살기등등한 마물들의 시선이 느껴졌다. 하지만 유지로 일행에게 손을 댈 마음은 없는지 습격해 오는 일은 없었다. 폭싱들만 나왔다면 공격했으리라.

40분 정도 빠르게 걸어 이동한 끝에, 유지로는 잠복할 장소를 정했다. 그리고 그 자리에 폭싱들을 멈춰 세웠다. 한편 세리에와 고제로는 높은 탐지 능력을 살려서 병사들을 찾아 선수를 치는 방식으로 싸우기로 했다.

세리에는 발견한 병사와 한 차례 교전을 하고, 병사가 후퇴한 것을 확인한 다음 집락으로 돌아왔다. 그러자 세리에를 기다리고 있던 마카벨이 와락 안겨들었다. 무사히 돌아왔나 싶었더니 바로 나가버렸다는 말을 듣고 심하게 걱정하고 있었던 것이다. 그렁그렁한 눈으로 노려보는 미카벨을 보고 나니, 세리에의 입에서는 사죄의 말밖에 나오지 않았다. 드라이어드도 마카벨과 함께 기다리고 있었고, 이쪽은 무모한 짓을 했다며 가볍게 야단쳤다.

유지로 이외에도 걱정해주는 이들이 있다는 사실을 기쁘게 여기며 미소를 지었더니 설교가 길어졌지만, 그런 것은 사소한 일이리라.

고제로도 세리에와 비슷하게 싸웠다. 이쪽은 두 번 공격을 시도하고 물러났다. 폭싱을 데려다주고는 평소처럼 병사들을 죽이기 위해 나갔다. 유지로 일행은 지나가는 병사가 없어 시간이 좀 더 걸렸지만, 세 시간에 걸쳐 세 번 사용할 화살을 전부 다 쓰고 집락으로 돌아갔다. 그리고 유지로는 고제로와 마찬가지로 다시 숲으로 나갔다.

폭싱들은 모두 무사히 돌아왔다는 사실에 안도하면서 자신들도 싸울 수 있다며 조금 자신을 가졌다.

이 공격으로 죽은 병사는 스무 명도 안 되었다. 하지만 보이지 않는 곳에서 화살을 이용한 강습이 있을 수 있다는 점을 군대 측에 인식시켜 진격 속도를 늦출 수는 있었다.

유지로와 고제로는 각각 단독으로 기습 작전을 계속했다. 오후 두 시쯤 되었을까 싶을 무렵, 숲속에서 포효가 울렸다. 들어본 적 있는 포효 소리였다.

"이건…… 수룡?! 누가 호수에 접근한 건가?"

유지로는 포효 소리를 듣고 몸이 얼어붙었다. 숲에 들어온 병사들도 마찬가지로 놀랐고, 위험한 것이 움직이기 시작했다며 후퇴하는 자가 여럿 있었다.

유지로는 확인을 위해 서둘러 호수로 달려갔다. 30분 정도 후에 호수에 도착하자, 나무들이 어지럽게 쓰러진 광경이 펼쳐져 있었다. 역시 수룡은 깨어나 있었다. 격분한 수룡의 시선 끝에는 곤도르가 쓰러져 있었다. 수룡의 공격을 받았는지 온몸이 젖어 있고 곳곳에 피도 흐르고 있었다. 멀리서 봐서는 살았는지 죽었는지 알 수 없었고, 그 주변에는 어제 함께 있던 산의 민족의 모습이 전혀 보이지 않았다.

"인간인가."

수룡은 유지로에게 시선을 보냈다. 위압감이라고는 없는, 차분한 시선이었다. 그 눈빛에 유지로는 안심하며 말을 걸었다.

"오랜만이야. 몸 상태는 어때?"

"잠들기 전보다는 나아졌지만 원래 상태가 되려면 아직 멀었다."

수룡은 생각했던 것 이상으로 쇠약해진 상태였다. 잠든 지 4개월 이상이 지났건만 회복 상태는 6할을 겨우 넘는 정도였다. 억지로 깨우지 않았다면 1년 가까이 잠들어 있었을지도 모른다. 그래도 회복한 것 자체는 감사한 일이었다.

"역시 그렇구나…… 얼마나 움직일 수 있어? 지금 숲 밖에 인간들이 잔뜩 몰려와서 숲을 공격하는 중이야. 가능하다면 그 녀석들을 전부 쫓아내 줬으면 좋겠는데."

깨어났으니 움직여주었으면 좋겠다고 생각하며 물어보았다. 그러자 수룡은 시시한 이야기를 들었다는 듯이 차가

운 시선을 보냈다.

"인간 정도는 지금 상태에서도 얼마든지 내쫓을 수 있다. 어디냐?"

"저쪽. 숲에서 떨어진 곳에 진을 치고 있어."

호수에서 나온 수룡은 뱀처럼 움직여 이동했다.

그 뒤를 따르려던 유지로는 걸음을 멈추었다.

"곤도르는 어쩌지. 숨통을 끊어놓는 편이 좋으려나?"

수룡을 깨울 법한 문제를 또 일으키는 건 곤란하다 생각하며, 망설이듯 접근했다.

그사이에 끼어들 듯이, 코빼기도 안 보였던 산의 민족이 나타났다. 그들도 홀딱 젖어 있었다. 그들은 수룡의 공격 여파를 받고 날아갔던 것이다. 잠시 기절했다 막 깨어난 것으로 보였다.

두 사람이 축 늘어진 곤도르를 부축했고, 한 사람은 결사의 각오를 하고 자세를 취하고 있었다. 눈앞에 선 산의 민족에게 유지로는 성가시다는 표정을 지으며 말을 걸었다.

"이대로 숲에서 물러나 너희 나라로 돌아간다면 손대지 않을게. 회복약도 하나 주지."

수룡이 일으키는 혼란을 틈타서 진지 안을 엉망으로 만들고 싶었던 유지로는 쓸데없이 시간을 뺏기고 싶지 않아 그렇게 제안했다. 그러자 산의 민족은 서로의 얼굴을 마주 보았다.

"약은 필요 없지만, 순순히 물러나면 정말 손을 대지 않는 건가?"

"안 대. 너희를 상대하고 있을 시간이 없거든."

자세를 취하고 있던 남자는 등 뒤의 두 명에게 시선을 보내고 고개를 끄덕이더니 곤도르를 안고서 빠르게 물러났다. 여파라고는 해도 의외로 큰 대미지를 입고 있어 싸움은 피하고 싶었던 것이다.

그 등을 바라본 유지로는 강자가 한 명 탈락한 사실에 러키라고 중얼거렸다. 남자들의 제지를 떨쳐내고 곤도르가 돌아올 가능성도 있었지만, 수룡의 공격을 받았으니 한동안은 행동 불가능이리라 생각되었다. 단련된 산의 민족 특유의 튼튼함이 아니었다면 죽었을 게 틀림없었다. 그러니 정신을 차려도 다시 싸우기는 어려울 터였다.

수룡의 뒤를 쫓자마자 호수로 향해 오던 고제로와 합류했다. 달리면서 사정을 간단히 설명했다.

"수룡이 깨어났다면 이 전투는 끝이겠군."

싸움의 끝을 예감하고 긴장이 풀린 듯한 표정을 지으며 기뻐하는 감정을 드러냈다. 그 감정에 동의하듯 유지로는 고개를 끄덕였다.

"그렇겠지? 겨우 편해질 거라고 생각하면 기분 좋네."

"그래."

수룡의 용맹한 모습을 구경이나 하자는 가벼운 기분으로 숲을 나와 저 멀리 보이는 수룡의 뒤를 쫓았다. 이 전투가 시작되고 처음 생긴 여유였다.

한편 군은 당황하고 있었다. 그 포효를 수룡의 것이라 가정하고 서둘러 가져온 대책을 준비했다.

진격 초반부터 모습이 보이지 않았던지라 아직 거주 지역에 접근하지 않은 것이리라 생각하고 있었는데, 갑자기 이런 상황이 되었다. 예정으로는 거주 지역을 발견하더라도 바로 공격하지 않고, 관찰 부대를 두고 만반의 준비를 갖추고서 끌어낼 셈이었다.

"기둥을 전부 운반해! 용살 부대를 서둘러 준비시켜라!"

뷰트에게 지시를 받은 병사들의 목소리가 높다랗게 울렸다.

준비에는 모두가 총동원되었고, 포효가 들린 지 20분 후에는 진지에서 30미터 떨어진 위치에 200명의, 어딘가 넋이 나간 듯한 병사들이 늘어섰다. 그리고 투명한 수정으로 만든 기둥 여섯 개가 10미터 간격으로 세워졌다. 이 수정은 보석이 아니라 물 속성의 광석이었다.

병사들은 사인병보다 안색은 나았지만, 움직임은 둔했다.

론타 일행은 대체 무얼까 하며 그 모습을 바라보고 있었다.

"저 병사와 기둥이 수룡 대책?"

론타는 옆에 선 뷰트에게 물었다. 론타의 다른 일행들도 곁에 있었다. 오로스의 손에는 애용하는 창이 없었다. 어제의 싸움에서 망가져서 수리 중이다.

"그렇습니다. 기둥은 수정을 정련하여, 물을 막는 마법 도구로 만들어진 것입니다. 저 여섯 개를 만드는 데 국가 예산 2년분을 조금 넘는 돈이 들었다더군요. 병사 쪽은 협력 마법을 씁니다."

론타 일행은 국가 예산 2년분이 실제로 얼마 정도인지 알 수 없었지만, 터무니없는 돈을 들였다는 것은 알 수 있었다.

"병사의 모습이 이상한데, 저것도 사인병?"

사인병을 가까이에서 보았던 레라는 비슷한 분위기를 느꼈다. 칼먼드도 같은 느낌을 받았다.

"비슷하지만 다릅니다. 그쪽은 자의식이 거의 없지만, 이쪽은 아직 남아 있죠."

세뇌되어 사령부의 명령에 따라 움직이므로 실제로는 사인병과 다르지 않을지도 모른다.

"저자들은 몇 년이나 전부터 용에게 효과적인 독을 먹으며 생활해왔습니다."

"어째서 그런 짓을?"

레라 일행은 얼굴을 찡그렸다. 예사로운 생활은 아니리라고, 깊이 생각하지 않아도 알 수 있었다.

"피와 살은 물론이고 끝내는 영혼에까지 용을 죽인다고 하는 독성을 띠게 하기 위해서라던가요? 그런 자들이 발하는 마법과 마술은 용에게 효과적인 대미지를 준다고 합니다. 실제로 몇 번이나 하위 용을 간단히 토벌했다는 정보가 들어와 있습니다."

영혼에 독성을 띠게 하기 위해 옛 마법까지 이용했다. 그 탓에 그들의 병증은 약으로도 고칠 수 없는 것이 되어버렸다.

이 200명은 살아남은 이들이다. 이 정도의 병사를 만드는 데 3천 명 가까운 인간이 독에 버티지 못하고 죽었다.

"모든 건 수룡을 쓰러뜨리기 위해서, 인가."

"네. 숲을 개발하기 위해 인간의 도리를 벗어난 짓을 하고 있는 것이지요."

사용하고 있다고는 하지만 뷰트도 좋은 기분은 아닌 것이리라. 하지만 왕이 내린 명령이다. 개인적인 감정을 앞세워 용살 부대를 쓰지 않는다는 선택지를 취할 수는 없었다.

뷰트와 모두의 시선 끝에 하얀 거체가 나타났다. 그것은 멀리서 보아도 자신들의 몇 배나 되는 크기라는 것을 알 수 있었고, 여기서도 위압감이 들 법한 마물의 정점 중 하나였다.

병사들 사이에서 동요가 일었다. 그것을 지우려는 듯이 뷰트는 커다란 목소리로 명령했다.

"왔구나! 용살 마법 준비를 시작해라!"

병사들이 용살 부대 사이로 약을 뿌리고 다니며 준비를 갖추었다. 약을 뿌린 다음 트럼펫을 불어 신호를 보내고, 부대에 마법 준비를 시작하게 했다.

수룡도 자신 주변에 3미터 정도 되는 물 구슬을 출현시켰다. 하나둘 떠오른 물 구슬은 금세 늘어나 이내 서른 개를 넘겼다.

수룡이 더욱 접근했고, 용살 마법이 닿을 수 있는 거리가 되었다. 용살 부대의 지휘관이 마법 사용 허가를 내렸다.

"지금이다, 쏴라!"

『용을 멸하는 포효!』

수룡을 집어삼킬 듯한 굵은 흰색 광선이 소리 없이 일직선으로 쏘아졌다. 오직 용을 죽이기 위한 마법인지 지면과 풀에는 아무런 변화도 가져오지 않은 채 용을 노렸다.

수룡은 닥쳐드는 빛에 놀라면서 물 구슬을 기세 좋게 발사했다.

뒤쫓아온 유지로와 고제로는 하얀 광선에 삼켜진 수룡을 목격했다. 수룡은 인간의 공격 따위 무의미하다며 아무런 방어도 하지 않았던 것이다.

10초 이상 광선을 방출하는 사이에 물 구슬이 진지에 날아들었다. 하지만 물 구슬은 보이지 않는 벽에 부딪혀 파열했다.

"막고 있어, 수룡의 공격을 막고 있다고!"

뷰트는 눈앞의 광경에 흥분한 듯 웃었다. 인간이 닿을 수 없는 고위의 존재와 짧은 시간이나마 대적하고 있는 것이다. 흥분한다고 해도 어쩔 수 없으리라.

하지만 수정 기둥 옆에 있는 자들로서는 기뻐할 수 없는 일이 벌어지고 있었다. 처음에는 부딪혀 흔들리는 정도였었다. 그러나 부딪히는 수가 늘어날수록 수정 기둥에 가느다란 금이 갔다. 금이 늘어날 때마다 버텨낼 수 있을 것인가 하는 불안이 더해졌다. 파편이 떨어지고, 상황이 좋지 않다는 생각이 들기 시작했을 때, 광선 방출이 멈추었다. 이내 물 구슬의 격돌도 멈추었다.

　병사들의 시선 끝에는 천천히 쓰러져가는 수룡의 모습이 있었다. 얕보고 있던 공격이었는데, 아직 완전하지 않은 그 몸에는 버거웠던 모양이었다.

　병사들이 환성을 지르는 사이, 당황한 유지로와 고제로는 수룡에게 다가가 호흡을 확인했다. 다행히 수룡은 살아 있었다.

　"이대로 안심할 수 있다면 좋겠지만, 군이 움직이고 있어."

　"듣고 있나? 인간이나 동물로 변신해라."

　수룡의 숨통을 끊기 위해 움직이는 군을 보고 고제로는 의식이 있는지 알 수 없는 수룡에게 큰 목소리로 부탁했다. 예전에, 아직 인간을 미워하지 않던 때에 인간으로 변화한 수룡을 보았던 적이 있었던 것이다. 그 소리가 들렸는지 수룡의 몸이 희미하게 빛나면서 줄어들어 갔다. 빛이 사라지자 옅은 물색을 띤 머리카락을 가진, 서른을 넘긴 것처럼 보이는 여자가 나타났다. 표정은 괴로운 듯 일그러져 있었다.

　보통 때라면 사람으로 변신한 그 모습에 놀랐을 테지만, 지금은 그럴 만한 상황이 아니었다. 유지로는 가방에서 천의무봉이 아니라 천하무쌍이 담긴 작은 병을 꺼냈다. 오늘 아침에는 적진에 침입했는데, 이번에는 단독 돌격인가 생각하며 고제로에게로 시선을 돌렸다.

"내가 발목을 잡고 있을 테니까, 영감님은 그쪽을 부탁해."

"혼자서 괜찮겠나?!"

"비장의 수를 쓸 거야. 용사라도 날려버릴 수 있어."

"무모한 짓은 하지 마라."

이걸 쓰는 시점에서 무모한 짓을 하는 셈이지만, 그런 사실은 알리지 않았다. 그저 고개만 끄덕이고 약을 비웠다. 오랜만에 느끼는 고양감과 조금씩 힘이 깎이는 감각이 느껴지고, 약을 만드는 데 성공했다는 것을 확신했다.

도끼를 빌린 유지로는 곧바로 군을 향해 돌격했다.

수룡을 쓰러뜨렸다며 기세가 잔뜩 오른 병사들은 홀로 달려드는 유지로를 보고 기운차게 맞부딪혔다.

천을 넘길 법한 불화살과 얼음 덩어리를 유지로는 간단히 회피하고, 병사들을 날려버렸다. 많은 이가 지금이라면 현상금을 획득하는 것도 꿈은 아니리라며 유지로에게 몰려든 탓에 유지로가 도끼를 한 번 휘두를 때마다 최소 세 명은 쓰러졌다. 게다가 도중에는 큰 낫을 쓰는 자의 무기를 빼앗아 변칙적인 이도류가 되었고, 살상 수는 늘어갔다.

그 결과, 순식간에 백을 넘는 병사가 지면에 쓰러지며 군의 발이 묶였다. 병사의 피를 잔뜩 뒤집어쓴 유지로는 그사이를 곧장 나아가 수정 기둥에까지 이르렀다.

"이건 성가시니까, 부수도록 하겠어!"

유지로는 저지하려 드는 병사들을 무시하고 수정 기둥을

차 부수었다. 원래 금이 가 있었던 만큼, 힘을 조절한 발차기로도 간단히 부서졌다.

그 모습에 곳곳에서 비명이 터져 나왔다. 아마 고가의 물건이 순식간에 부서진 탓이리라.

"이걸로 됐어."

다음은 수룡에게 큰 대미지를 준 자들 차례라며, 광선이 발사되었던 지점을 떠올리고 그쪽으로 달려갔다.

용살 부대는 역할을 마치고 그 자리에 주저앉아 있었고, 병사들이 그들을 옮기는 중이었다. 그 사이로 유지로가 태풍처럼 달려들어 그들을 유린했다. 그 후 유지로는 그대로 진지 안을 마음껏 뛰어다녔다.

시간 상으로는 20분 정도 폭주했지만, 군대의 피해는 지난밤보다 컸다. 태풍이 발생했다고밖에는 말할 수 없는 상황에 병사들은 저건 진짜 같은 인간인 것일까 하는 공포와 의문을 품었다.

날뛰던 속도 그대로 유지로는 숲 쪽으로 달려갔다.

론타 일행은 그 뒷모습을 망연히 바라보았다.

"저 속도는 뭐야? 전혀 쫓아갈 수가 없잖아!"

"저게 비장의 수라는 건가."

"형님 뭔가 아시는 건가요?"

칼먼드의 물음에 자세한 건 모른다며 론타는 고개를 가로저었다. 들은 것은 호각 이상으로 싸우던 어제보다도 더 위의 강함이 있다는 이야기뿐이었다.

"그게 저 모습인 걸 테지."

그 말을 들은 바슐트는 저것이 바스티노에게 받은 힘인 것일까 생각했다. 자신보다 먼저 바스티노가 발견한 자가 있다는 이야기는 들었지만, 어떠한 힘을 갖게 되었는지까지는 듣지 못했었다. 자신도 그렇듯이 어느 정도의 신체 능력 같은 게 있으리라는 것은 알고 있었다. 하지만 저 힘은 그것을 가볍게 웃돌았다. 약사라고 하니 약으로 저 정도의 힘을 얻은 것인가 생각했지만, 그런 일이 가능한지 자신이 알고 있는 약을 바탕으로 상상해보며 고개를 갸웃거렸다.

"용사보다 강한 약사라니, 대체 뭐냐고."

어이없다는 목소리로 그리 말하고 레라는 그 자리에 주저앉았다.

"늘 쓰고 있는 건 아닌 모양이니, 아직 뭔가 방법이 있지 않을까?"

"언제나 쓸 수 있다면 어제도 썼을 테니까."

오로스의 말에 론타는 고개를 끄덕였다. 이점은 있지만 결점도 있으리라 추측하고, 론타와 오로스는 결점에 관하여 이야기를 나누었다. 하지만 정보가 적어서 추측의 영역에 머물 뿐이었다.

그들은 이야기를 멈추고 또다시 엉망이 된 진지 안을 정리하기 위해 움직였다.

숲에 들어간 유지로는 서둘러 집락으로 돌아갔다. 슬슬

시간이 다 되어가고 있다. 지칠 대로 지친 상태로 숲속을 이동하고 싶지는 않았다. 평소에는 유지로를 덮치지 않는 마물도 소모된 상태라면 이길 수 있으리라 여기고 덤벼들 가능성이 높다.

산을 오르고, 집락을 2백 미터 앞둔 지점에서 효과가 다해 힘이 쭉 빠졌다. 도끼와 큰 낫을 들고 이동하기는 힘들어서 길가에 버려버리고 무거운 몸을 겨우 이끌고 집락 입구로 돌아왔다.

그 입구에는 새우 인간과 게 인간 같은 집단, 알마네이드가 40명 정도 있었다.

"이 집단은 뭐야? 얼른 자고 싶은데, 또 무슨 사건이람?"

좀 봐달라고 생각하면서, 이목을 모으며 입구로 걸어갔다. 입구에는 세리에와 드라이어드와 고제로가 있었다. 드라이어드는 알마네이드와 이야기를 하고 있었다. 알마네이드 쪽은 큰 목소리로, 드라이어드는 달래듯 이야기하고 있었다.

유지로가 돌아온 걸 알아챈 세리에가 걱정스러운 표정을 지으며 달려와 주었다. 기진맥진한 모습에 걱정하는 마음이 더욱 커졌다.

"그걸 쓴 거지? 괜찮아?!"

"그냥 엄청 피곤할 뿐이야. 얼른 자고 싶네."

"얼른 자게 해주고 싶지만."

세리에가 힐끔 알마네이드를 보았다.

"뭐, 자긴 그른 거 같네. 뭐가 어떻게 된 거야?"

유지로 일행이 폭싱들을 돌려보낸 다음의 일이었다.

인간과의 전투에서 줄곧 밀리고 있던 알마네이드들은 수룡의 분노한 목소리를 듣고 불안정한 정신 상태가 되었고, 전투에서 이길 가망이 없다고 판단하게 되었다. 그래서 조금이나마 살 가능성이 있으리라 여겨지는, 드라이어드가 말했던 폭싱 집락으로 여자들을 보내기로 한 것이다.

그 호위로 남자 다섯 명도 함께 집락으로 찾아왔다. 그리고 남자들은 폭싱들에게 자신들을 들여보내라 명령했다. 그 소동을 듣고서 드라이어드와 세리에가 알마네이드들을 제지하는 상태가 되었다. 그러던 때에 고제로가 수룡을 데리고 돌아왔다. 수룡까지 졌다는 사실에 그 자리에 있던 모두가 놀랐다. 알마네이드는 안전한 곳을 원하며 이주를 강요했다.

이 태도는 알마네이드가 폭싱과 고블린을 깔보고 있기 때문이었다. 명령받으면 그 말을 듣는다. 평소라면 그런 태도여도 요구를 들어주었다. 하지만 지금은 긴급 사태인지라 순순히 고개를 끄덕일 수는 없었다. 드라이어드도 위아래가 없는 동료로서라면 받아들이겠노라 말했지만, 알마네이드는 그 제안을 거절하고 어디까지나 이 집락의 우두머리로 있겠노라 주장했다.

"과연, 그렇군. 간단히 말하자면, 폭싱이 위라는 걸 알려주면 되는 거네? 발리스타로 날려버려."

"그랬다간 사망자가 나올 텐데?"

크로스보라면 타고난 갑각으로 튕겨낼 수 있겠지만, 발리스타라면 관통 확정이다.

"그쯤 해주면 이 새우 인간들도 얌전해지지 않을까? 식량을 축낼 인원을 받아들이라고 하는 거니, 얌전히 있어주는 편이 이쪽으로서도 좋지."

지친 상태라 일찍 끝내고 싶은 것인지 난폭한 제안을 했다.

그걸로 괜찮은 거냐며 세리에는 드라이어드와 고제로를 보았다.

"그래도 좋을 것 같다. 소란을 피우면 싸우는 데 방해가 된다."

"나는 다투지 않았으면 싶지만, 이대로는 언제까지고 평행선일 것 같으니까."

이윽고 유지로의 제안은 알마네이드 대표자에게 전해졌다. 그 제안을 들은 알마네이드 대표자는 소리 내 웃었다. 폭싱이 자신들을 이길 수 있을 리 없다며 비웃은 것이다.

"어때? 웃음소리를 듣고 나니 조금은 혼쭐을 내줘도 괜찮겠다는 생각이 들지 않아?"

"기분 거슬리는 웃음인 건 확실하네."

유지로의 물음에 살짝 움찔하는 표정으로 드라이어드가 답했다.

모의전으로 승부하기로 정해졌다. 알마네이드는 대표자 한 명, 폭싱은 도구를 가진 여덟 마리가 참전하기로 했다.

실력 차를 생각하면 보통은 무기를 가진 폭싱이 열 마리 있어도 알마네이드 한 마리에게 이길 수 있을 리 없었다. 감각을 깨부술 만한 근력이 없기 때문이다.

모의전에 참가하지 않는 폭싱들이 준비를 하는 사이, 유지로는 무기를 들고 숲으로 나갔던 폭싱들에게 싸움의 작전을 가르쳐주었다. 그리 어렵지도 않았다. 전에 이야기했던 발리스타를 맞추는 방법을 실행하면 될 뿐이었다.

싸움을 경험한 폭싱들은 알마네이드에게 크게 겁먹지 않았다. 공포로 움직이지 못하게 되는 사태는 일어나지 않을 터였다.

준비가 끝나고, 집락 밖에 마물들이 모였다. 꽤 많은 수가 나와서 성원을 보내고 있었다. 답답한 생활이 계속되고 있으니, 기분 전환을 하려는 것처럼 보였다.

드라이어드가 신호를 보내기로 했고, 양쪽의 중앙에 섰다.

돌을 던져 지면에 떨어진 순간 시작이라는 것을 양쪽에게 전하고, 손에 들고 있던 돌을 던져 올렸다.

돌이 지면에 떨어지는 것과 동시에 알마네이드가 움직였고, 폭싱들은 여섯 마리가 일제히 얼음 덩어리를 날렸다. 싸움을 지켜보던 알마네이드들은 폭싱들이 마법을 쓸 수 있다는 사실을 전혀 몰랐기에 갑자기 날아온 얼음 덩어리에 새된 비명을 질렀다.

모의전에 나선 알마네이드도 무심코 걸음을 멈추었다. 하지만 이내 다치지 않는다는 것을 알자 다시 걸음을 옮겼다.

눈과 목을 철저하게 방어하면 다칠 일이 없으리라 생각하고 두 번째 마법도 걸음을 멈추고 버렸다.

그 직후, 두 마리의 폭싱이 좌우에서 접근해 병을 던졌다. 피하기 힘든 타이밍이었기에 병은 그대로 알마네이드에게 명중했고, 병이 깨지면서 다리와 지면에 내용물이 흩뿌려졌다. 안에 들어 있던 것은 점착액이었다. 알마네이드는 그대로 끈적끈적한 액체에 다리를 붙들려 넘어졌다. 그 사이 폭싱들은 서둘러 발리스타 발사 준비를 했다. 다 함께 알마네이드를 향해서 발리스타를 움직이고, 네 마리의 폭싱이 릴을 감고, 세 마리가 말뚝을 메기고, 남은 한 마리가 알마네이드의 움직임에 맞춰서 신호를 보냈다.

몸을 일으킨 알마네이드는 자신을 향해 날아드는 말뚝을 튕겨내기 위해 오른팔을 들어 휘둘렀다.

그 결과, 알마네이드의 오른팔이 통째로 날아갔다. 커다란 비명이 주변에 울렸다.

자랑하던 감각이 간단히 깨졌다는 사실에 지켜보던 알마네이드들도 비명 같은 목소리를 냈다.

드라이어드가 계속할 것인지 물었다. 알마네이드가 격이 떨어지는 폭싱에게 질성싶으냐는 자존심에 속행 의사를 밝힌 순간, 두 번째 말뚝이 날아왔다. 그것은 조준이 틀려 얼굴 옆을 스쳐 지나갔을 뿐, 맞지는 않았다. 그러나 마음을 꺾어버리는 데는 충분했고, 알마네이드가 기절하여 승자는 폭싱이 되었다.

"이걸로 얌전히 지내려나. 이래도 받아들이지 않는다면, 영감님이 전원을 때려눕혀 줘. 물리적으로 얌전하게 만드는 거야."

"그러도록 하지."

뒷일은 맡기겠다고 말하고 유지로는 집락으로 들어갔다. 이제 그만 자고 싶었다.

세리에의 어깨를 빌려 집 안으로 들어가 침상에 드러누웠다. 마카벨은 슈피니아와 함께 수룡의 상태를 보러 갔다. 퐁은 마비독을 만드느라 바빴다.

그대로 잠든 유지로는 열두 시간 가까이 잤고, 날이 밝기 전에 일어났다. 아주 약간 나른하기는 했지만, 싸우는 데는 아무런 문제도 없었다. 세리에와 마카벨 사이에 끼인 상태에서 슬쩍 빠져나와 집 밖으로 나갔다.

참고로 세리에는 유지로가 깊게 잠든 것을 확인하고 살며시 손을 쥐거나, 팔을 끌어안거나 하는 등, 부끄러워하면서도 행복하게 잠에 빠져들었었다.

조용한 집락을 나와 길가에 두었던 도끼와 큰 낫을 회수해 돌아왔다. 그때 입구에 서 있던 드라이어드가 말을 걸어왔다.

"잘 잤어? 피로는 좀 풀렸어?"

"안녕. 거의 다 풀렸어. 알마네이드들은 어떻게 됐어?"

"반항이 조금 있었어. 하지만 고제로가 둘 정도 패자 얌전해졌어."

흐응, 그렇구나 하고 흘려넘기고 지금은 어디에 있는지 물었다. 현재 건물이 부족한 상황이라 건물 밖에 방치된 상태라고 했다. 원래 그런 생활을 해온지라 신경은 쓰지 않았다.

"알마네이드는 그만 됐어. 그보다 여기서 기다린 건 뭔가 용건이 있어서야?"

"맞아. 수룡을 봐줬으면 해. 줄곧 잠들어 있어."

"나는 의사가 아닌데."

"의사에 가깝잖아? 나보다는 뭔가를 알 수 있지 않을까 싶어서."

가보자며 드라이어드에게 안내를 받아 한 오두막으로 들어갔다. 마른 풀을 모아 만든 침대 위에, 얇은 모포를 덮은 인간 형태의 수룡이 잠들어 있었다. 원래도 하얀 피부였지만, 이젠 핏기가 아예 없어 보여 완전히 병자처럼 보였다.

슈피니아는 베갯머리에서 몸을 말고 잠들어 있었다.

열은 어떤가 싶어 유지로는 수룡의 이마에 손을 올려보았다. 올리고서 용의 평상시 체온 같은 건 모른다는 사실을 깨달았다.

"잘 모르겠네. 전에도 썼던 방법을 다시 써보자."

"회복약 같은 걸 먹일 거야?"

"맞아, 그거야."

수룡에게 직접 몸 상태에 대해 들으면 아직 손을 쓸 방법이 있으리라 생각했다.

약을 둔 오두막에서 회복약과 피로 회복제, 산의 민족의 비약과 숲의 민족의 비약을 가져왔다. 이 정도면 정신을 차리리라며 천천히 마시게 했다. 30분 정도에 걸쳐서 약을 다 썼고, 드라이어드가 말을 걸어보았다.

그러자 수룡이 반응을 보였다. 조금 더 강한 목소리로 말을 걸자 수룡은 눈을 떴다. 원래 모습 때와 같은 하늘색 눈이 천장을 바라봤다.

"일어났어? 몸 상태는 어때?"

"최악이다."

그 기분을 드러내듯 목소리는 낮았고, 생기가 없었다. 드라이어드 쪽으로 고개를 돌리는 것도 귀찮은지 천장을 바라본 채로 대답했다.

"어떤 식으로 최악인데?"

"몸속 깊은 곳이 뚫린 듯한, 체력이 계속해서 사라져가는 느낌이라고 말하면 될까?"

"독인가? 용을 죽일 수 있는 독은 있지만, 당한 공격은 마법이었잖아? 일단 해독제를 만들어볼까."

유지로는 들은 이야기를 바탕으로 앞으로의 방침을 정했다.

"해독제에 피를 사용하고 싶은데, 팔에 살짝 상처를 내도 될까?"

"인간으로 보여도 용이니까, 웬만한 날붙이로는 상처를 낼 수 없을걸?"

괴로워 보이는 수룡을 대신해 드라이어드가 대답했다.

"어떡하지? 힘의 능력 상승약을 마시고 검을 찔러넣거나 하면, 슈피니아가 울겠지?"

"울 거야. 확실하게."

이야기를 듣고 있던 수룡은 입을 움직여 안쪽 볼을 깨물었다. 혀에 피 맛이 느껴졌다.

"드라이어드, 입에 손가락을."

수룡은 뻗어진 드라이어드의 손가락에 혀를 대서 피를 묻혔다.

그걸 쓰라고 말하고 수룡은 눈을 감았다. 그리고 다시 잠들었다. 드라이어드가 말을 걸어도 반응하지 않았다.

이번에 쓴 약의 양은 인간 한 사람분이라 수룡에게는 부족했던 것이다. 일시적으로 회복할 수는 있었지만, 조금 전 대화가 고작이었다.

드라이어드의 손가락에 묻은 피를 작은 접시에 바르게 하고, 보존 마법을 걸었다.

"다음은 숲을 돌아다니며 재료를 모아 와야겠네. 잠깐 다녀올게."

"재료를 가르쳐주면 어디에 있는지 알 수 있을 텐데, 물어보지 않아도 돼?"

"지금까지 다니던 곳에 있으니까 괜찮아."

"조심히 다녀와."

유지로는 고개를 끄덕이고 오두막을 나섰다. 누가 어디 있는지 묻는다면 용건을 전해달라고 부탁해두었다.

집에 돌아와 보니 두 사람은 아직 자고 있었다. 오직 바인만 소리에 반응해 고개를 들었다. 바인에게 조용히 하라는 몸짓을 해 보이고서 나갈 준비를 마쳤다.

테이블에 있던 어제 저녁 식사로 보이는 것을 먹은 다음 집락을 뒤로했다.

유지로가 집락에 돌아온 것은 해가 뜨고 고제로들이 싸우러 나간 지 약 한 시간 정도 지났을 때였다. 세리에도 유지로를 걱정하다 싸우러 나간 상태였다.

마카벨은 드라이어드와 함께 수룡을 돌보고 있었다.

퐁에게 사정을 이야기하고 함께 약을 만들기 시작한 지 30분 정도가 지났을 때, 오두막에 알마네이드가 찾아왔다.

유지로의 모습을 발견하더니 매섭게 노려보았다. 인간들 때문에 피해를 입고 있으니 어쩔 수 없는 일이리라. 알마네이드는 그대로 퐁에게 말을 걸었다.

"약을 내놓으라고 말하고 있어."

"치료하는 건 어제 진 사람?"

"응."

알마네이드는 계속해서 강한 말투로 퐁에게 말을 걸었다.

"뭐래?"

내용은 이해할 수 없었지만, 귀찮은 일이리라는 추측은 할 수 있었다.

"내놓지 않으면 멋대로 찾아서 가져가겠대."

"안 줄 거라고, 원하면 이 인간을 쓰러뜨리고 가져가라고 전해줄래?"

크게 한숨을 내쉬며 말했다. 원만하게 부탁했다면 주었겠지만, 아직 혼이 덜 난 모양이니 다시 한번 침을 놓아둘 필요가 있겠다 싶었다.

퐁이 말을 전하자 분을 풀려는 셈인지 알마네이드가 받아들였다.

유지로에게 준비 같은 건 필요 없었고, 곧바로 오두막 밖으로 나갔다. 퐁에게 신호를 보내달라고 부탁하고 단숨에 접근해서 반응하지 못하는 알마네이드의 다리를 쳐서 쓰러뜨린 다음 목덜미를 밟았다. 그리고 조금씩 힘을 실었다.

"쓸데없는 소동을 일으키지 말고 얌전히 있으라고 어제도 말했을 텐데? 이런 작은 약속도 지키지 못할 만큼 머리가 나쁜 거야? 또 같잖은 언동을 하면 여자들까지 전부 쫓아낼 줄 알아. 우리로서는 그쪽이 편하거든?"

말은 통하지 않을 테지만 강한 말투로 말했으니 위협하고 있다는 것은 전해지리라. 그 증거로 알마네이드의 눈에 겁먹은 빛이 어렸다.

이걸 퐁이 통역해주었고, 알았다는 답을 받은 다음 효과가 낮은 회복약을 하나 들려서 돌려보냈다. 팔이 재생되지는 않겠지만, 상처는 아물고 통증도 사라질 터다.

약을 받아 든 알마네이드는 도망치듯이 자리를 떴다.

"이걸로 얌전히 있어주면 좋겠는데."

"여기가 위험해지면 불안해져서 소란을 피울지도 몰라."

"그럴 것 같네. 하지만 그런 경우는 어쩔 수 없지 않을까? 폭싱도 허둥댈 테니까."

목숨의 위기가 닥쳤는데, 알마네이드에게만 무서워하지 말라고 강제하는 것은 무리한 말이리라.

다음에 날뛸 때를 대비해 바인을 상주하게 해두는 게 어떨까 하는 이야기를 하면서 둘은 오두막으로 돌아갔다. 혹여 발리스타가 없으면, 이라는 생각을 하는 자도 있을지도 모르니 폭싱을 감시로 배치해두는 안에 관해서도 이야기를 나누었다.

그런 이야기를 나누고 드라이어드가 있던 곳에서 돌아온 마카벨의 상대를 해주면서 약을 만들었다.

약은 사흘에 걸쳐 만들어야 했고, 첫 하루를 제외하면 아침에 약을 조정하는 것 외에는 특별히 할 일도 없는지라, 유지로는 숲에 나가기로 했다.

마물 수가 줄어들면서 인간의 진격을 막는 것은 적어졌고 병사들은 숲 깊숙한 곳으로 들어오게 되었다. 지난 사흘 동안은 진지에 쳐들어가지 않았던지라 병사들의 상태도 좋았다. 집락에 접근한 병사도 있었지만, 전부 죽였기 때문에 집락에 병사들이 몰려드는 일은 없었다. 하지만 이대로 발견되지 않으리라 여기는 것은 지나치게 낙관적인 판단일 터였다.

조금씩 밀리는 느낌을 받으며 유지로는 해독제를 완성시켰다.

해가 지고, 약이 완성된 것을 확인한 다음 수룡에게 해독제와 회복약을 마시게 했다.

"기분은 어때?"

"자기 전보다는 낫다."

눈을 뜬 수룡에게 말을 걸었던 드라이어드는 휴우 하고 안도의 한숨을 내쉬었다. 슈피니아는 눈을 뜬 어머니의 품에서 잠들어 있었다.

유지로도 수룡의 대답에 해독제가 효과를 발휘한 모양이라며 안심했다.

"이제 막 일어났는데 이런 걸 묻기는 좀 그렇지만, 싸울 수 있겠어? 가능하다면 군을 쳐부숴 줬으면 해."

"무리다. 그 공격 탓에 회복했던 힘이 이전 이하로 떨어졌다. 중위 용에도 미치지 못할 정도다."

"이 싸움이 무사히 끝나면 다시 한번 장시간 잘 필요가 있다는 뜻이야?"

"그래, 완전히는 회복되지 않겠지만."

앞으로 2백 년 정도 남아 있던 수명이, 지금은 회복해도 백 년도 살지 못할 만큼 줄었다는 것을 자각하고 있었다. 완전 회복하기 전에 독에 당해 힘을 잃은 것이 무척이나 뼈아팠다.

"한동안은 아무것도 못 할 거라는 말이지?"

수룡이 전력에서 빠지면 힘들어지리라 생각하면서 유지로는 물었다.

"소모를 억누른 상태에서라면 인간이 쓰는 마법과 비슷한 정도의 공격은 가능하다."

"……할 수 있는 게 있구나. 달리 무리하지 않는 범위에서 뭔가 할 수 있는 게 있을까?"

"그 외라면…… 비구름을 부르는 정도다. 비를 내리게 하는 것까지는 못한다만."

비구름이라는 말을 듣고 유지로는 히아가 군의 진지 상공을 날 때 몸을 감출 수 있을지도 모른다고 생각했다.

"그 비구름이라는 걸 군의 저쪽 진지 상공에만 발생하게 할 수 있어?"

"가능하다. 매일은 불가능하지만."

"그걸 부탁하게 될지도 모르겠는걸. 잠깐 나갔다 올게."

히아가 있는 곳으로 가서 말을 걸었다.

"약사님, 무슨 일이신가요?"

"묻고 싶은 게 있어서. 히아 씨는 구름 위까지 날 수 있어?"

"네, 거기까지 나는 일은 그리 많지 않지만, 몇 번 정도는."

"짐을 갖고서 거기까지 비행할 수 있을까?"

"이전에 받았던 힘이 세지는 약을 쓰면 할 수 있을 거예요."

이것으로 또다시 인간의 군을 괴롭힐 수 있게 되었다며 기쁜 마음이 솟아올랐다.

"또 날아줬으면 해. 수룡에게 진지 위로 비구름을 불러달라고 할 거야. 그 위에서 마비독을 마구 뿌려줘. 모습을 감추면서 행동하는 거니까 이번에는 안전할 거야."

비구름 속의 물방울에 분말 상태의 마비독이 달라붙으면 무게가 늘어난 물방울은 비가 되어 지상으로 떨어질 거라고, 어렴풋하게 기억하고 있는 이과 지식을 바탕으로 제안했다.

그렇다면, 하고 안심한 히아도 고개를 끄덕였다.

"맡겨주세요. 그런데, 언제부터 하나요?"

"내일 아침이려나? 날이 밝은 후에, 군의 인간들이 출발하기 조금 전 정도가 딱 좋을 것 같아."

밤이면 대부분의 인간이 텐트 안에 있어서 비에 젖는 일이 없으리라 생각되었다.

히아는 그렇게 하겠다고 답했고, 유지로는 수룡에게 이 이야기를 전한 다음 재료를 찾기 위해 숲으로 나갔다. 이번에는 질보다도 양을 중시해서 약을 만들었다. 심야 두 시 정도에 완성했고, 세 시간 정도 뒤에 드라이어드가 깨워 일어났다. 그리고 수룡의 비구름 소환을 보게 되었다. 세리에도 함께 일어났지만, 아침 식사 준비를 하기 위해 집에 남았다.

39 숲의 공방 7

집락 앞에서 수룡은 가만히 하늘을 올려다보았다. 남색 동쪽 하늘에서 서서히 색이 빠지기 시작하는 것이, 새벽녘이 다가오고 있다는 것을 알 수 있었다.

"좀 졸린데."

유지로는 흐아암 하고 하품을 눌러 삼키며 수룡의 모습을 바라보았다.

"이게 끝나면 좀 더 자도록 해. 늦잠을 조금 잔다고 해도 세리에도 고제로도 불만은 없을 거야."

"준비가 끝나면 그렇게 할게."

유지로와 드라이어드의 작은 목소리를 들으며 수룡은 손을 하늘로 들었다가 바로 내렸다. 그리고 두 사람을 돌아보았다.

"이걸로 됐다. 날이 밝아올 때면 비구름이 퍼져 있을 게다."

"고생했어. 몸 상태는 어때?"

"조금 지쳤지만, 잠에 빠질 정도는 아니다."

"고생 많았어. 남은 건 이쪽에서 할게. 충분히 쉬도록 해."

"너도 휴식이 필요해 보인다만."

인간에게 마음을 쓰는 모습에 드라이어드는 "어머" 하고 자그맣게 중얼거리고 미소를 지었다. 인간 전체를 용서하라고는 말할 수 없지만, 같은 숲에 사는 동료에게는 마음을 열어주고 있는 것인가 싶어 안도했다. 다음은 이대로 군을 몰아내기만 하면 평온이 돌아올 텐데 생각하며 드라이어드는 군이 있는 방향을 살짝 노려보았다.

"체력에는 자신이 있거든."

그렇게 답하고 마비독 등의 준비를 위해 집으로 돌아가려다가 걸음을 멈추었다.

"물어보고 싶은 게 좀 있는데, 마왕이 폭주했다는 얘기를 들어본 적 있어? 자신의 힘을 제어하지 못하게 된다던데."

"없다만. 그러한 일은 한 번도 없었다. 인간에게 토벌되었다는 이야기는 몇 번이나 들었지만, 폭주했다고 하는 이야기는 한 번도 들은 적 없다."

"모르는 게 아니라?"

"갑작스러운 변덕으로 인간 마을에 간 적이 있었다. 선선대 마왕이 날뛰고 있던 때였지. 그때 마왕에 관한 이야기를 들었다. 마왕의 죽음에는 두 가지가 있다. 제멋대로 날뛰다 토벌당하든가, 수명이 다해 죽든가. 날뛰는 것도 자의식을 잃고 그리했다는 기록은 남아 있지 않다고 들었다."

인간 마을에 갔었다니, 지금은 증오스러운 기억일 뿐이다. 괴로운 표정으로 당시에 들었던 이야기를 해주었다.

유지로는 수룡에게 감사 인사를 하고 집으로 향했다. 수룡의 이야기가 전부 옳으리라고는 할 수 없겠지만, 폭주는 없을 가능성도 생겼다. 다음에 하인드나 똑똑한 너구리와 만났을 때 잊지 말고 물어보겠노라 가슴에 새기고, 새로운 정보 수집을 명심하기로 했다.

세리에와 함께 아침 식사를 하고, 유지로는 자루에 담은 마비독을 들고서 히아에게로 갔다. 그때 동쪽 하늘에 검은 구름이 떠돌기 시작하는 것이 보였다.

"이걸 비구름 여기저기에 뿌려줬으면 해."

"알겠습니다. 달리 해야 할 일이 또 있나요?"

"아니, 이거면 돼. 부탁할게."

고개를 끄덕인 히아는 약을 마시고, 자루를 발로 단단히 움켜쥐더니 하늘로 날아올랐다. 그 모습을 지켜보고 나서 유지로는 집으로 돌아갔다.

"어서 와."

"왕."

아침 식사를 하고 있던 마카벨과 바인이 식사를 멈추고서 인사를 해주었다. 그 인사에 다녀왔어 하고 답하고, 마카벨 옆에 앉아 그대로 테이블 위에 엎드렸다.

"잠깐만 잘게. 신경 써서 조용히 하거나 하지 않아도 돼."

그렇게 말하면 휘휘 손을 흔들었다.

함께 아침을 먹을 때 수면 시간이 부족하다고 들었던 세리에는 그 이야기를 마카벨에게 해주고 가능한 한 조용히 있자며 함께 고개를 끄덕였다.

마카벨이 식사를 마칠 무렵에는 잠든 숨소리가 들렸고, 세리에와 마카벨과 바인은 조용히 설거지를 하고 집을 나왔다.

유지로는 그대로 잠들었다 약 두 시간 후에 일어났다. 세리에들이 마침 출발한 참이었고, 비가 오는지를 보러 갔다가 세리에들의 뒷모습을 배웅하는 형태가 되었다. 그들 사이에 바인의 모습은 없었다. 퐁에게 집락 내의 경비 이야기를 듣고 남은 것이다.

"유지로는 오늘도 안 나가는 거야?"

약간 기대하는 눈을 하고서 마카벨은 옆에 선 유지로를 올려다보았다. 마카벨의 머리에 손을 올리고 쓱쓱 쓰다듬었다.

"아니, 조금 있다가 나갈 거야. 며칠이나 쉬고 있을 여유는 없으니까. 여기서는 비가 내리는지 알 수 없네. 비구름을 불러낸 수룡에게 물어보면 알려나?"

마카벨과 함께 집락으로 돌아가 그대로 수룡이 있는 집으로 향했다.

누워 있는 수룡의 배 위에 슈피니아가 있었고, 그 상태로 드라이어드와 이야기를 나누고 있었다.

마카벨은 수룡을 무서운 존재라고 들었던지라 유지로의 옷을 움켜쥐고 등 뒤에 숨었다.

"벌써 일어났어? 좀 더 자는 게 좋지 않을까?"

"아니, 충분해. 좀 물어보고 싶은 게 있어서 왔어."

드라이어드가 "나한테?"라며 고개를 갸웃거렸다.

"수룡한테."

"뭐냐?"

"부른 비구름에서 비가 내리고 있는지 알 수 있을까 싶어서. 거리가 있는데. 알 수 있어?"

"잠깐 기다려라."

그렇게 말하고 눈을 감았다. 물이 어디서 어떻게 움직이고 있는지는 알 수 있었다. 그 감각을 군의 진지로 보냈다.

"내리고 있는 것 같다."

"성공한 걸까? 비구름에 마비독을 뿌려달라고 했는데, 비에 그런 게 포함되어 있는지도 알 수 있어?"

"그건 무리다."

가까이 있는 물이라면 또 몰라도, 이렇게 거리가 있으면 몸 상태가 만전이어도 무리다.

"그런가. 비가 내린 걸 안 것만도 다행이야. 그럼 나도 나가볼까."

"벌써 가는 거야?"

마카벨이 유지로의 옷을 잡은 손에 힘을 실었다.

"열심히 해야지."

"그 녀석을 데려가지 않는 것이냐? 지금의 나보다 전력이 될 텐데?"

수룡이 마카벨을 보면서 말했다. 힘의 종류는 모르지만 힘의 크기와 불온한 기적은 알 수 있었다. 그 시선에서 도망치듯이 마카벨은 다시 유지로의 등 뒤에 숨었다.

"마카벨은 싸우는 건 잘 못 하거든. 게다가 싸우기 시작했을 때 열심히 해줬어."

"싸움을 싫어해도 도움이 된다면 데려가는 편이 좋으리라

본다만."

수룡이 말한 대로 자신도 가는 편이 좋겠느냐며 유지로를 올려다보는 마카벨. 그 시선을 받고 유지로는 자그맣게 고개를 가로저었다.

"그럴지도 모르지만, 이 아이가 활발하게 움직이면 용사도 활발하게 움직일 테니까. 어떻게 할 방법이 없을 때는 나가달라고 할게. 그때까지는 비장의 수로서 조용히 지내줘."

유지로는 준비를 위해 집으로 돌아갔고, 마카벨은 퐁을 도우러 갔다.

비를 맞은 병사의 움직임은 약간 둔해졌고, 고블린들로서는 싸우기 쉬워졌다. 오랜만에 많은 고기를 먹을 수 있게 되어 스트레스가 풀린 모습이었다.

병사들은 자신의 몸이 둔해진 게 약 때문이라는 사실을 눈치채지 못했다. 강력한 마비가 아니었던지라 하루하루의 피로가 쌓인 것이라 착각한 것이다. 그 때문에 철수하는 자가 많았다.

고블린들도 별로 지치지 않은 상태로 집락에 돌아와 체력을 온존할 수 있었다. 오늘은 이쪽의 사망자 수가 제로였다. 이 결과를 본 유지로는 이 방법을 또 사용해야겠다 마음먹었다. 세 번째부터는 아무래도 의심스러워할 테지만 비를 피하기 위해 출발을 늦추는 것도 기대할 수 있는 만큼 반복할 가치는 있을 것 같다고 생각했다.

그날, 제일 큰 부상을 입은 것은 고제로였다. 운 나쁘게도 론타 일행과 만났던 것이다. 그대로 싸우게 되었고, 회복약을 사용하여 겨우 무승부를 낼 수가 있었다. 이 무승부는 고제로에게 있어서 운이 좋았던 결과였다. 네 명이 전부 나선 연계는 고제로와 호각이었다. 마비독을 눈치채고 회복한 상태였다면 졌을지도 모른다. 다음부터는 네 명을 한꺼번에 상대하지 않고, 속공으로 한 명을 쓰러뜨리고 여유를 갖겠노라 마음먹었다.

진공이 시작되고 2주가 지났다. 군의 수는 여기에 온 날부터 계속해서 줄어갔다. 수송되어 온 약을 써서 움직일 수 있게 된 중상자를 후방으로 돌려보냈고, 치료한 보람도 없이 사망한 자의 수와 새로 들어온 병사의 수가 같지가 않았다.

사기라는 면에서 보면 그렇게 나쁘지는 않았다. 기습을 이야기로 듣기는 했지만 경험해보지 못해 무서워하지 않는 자가 있었다. 그런 자들의 분위기에 이끌려 기운을 차린 자들과 보내진 술로 기분을 푸는 자도 있어서 점점 나아져갔다.

그런 흐름이 끊긴 것은 보급 부대 괴멸 소식을 전달받았을 때였다.

"흡혈귀가 떼로 공격했다고?"

"네."

이전에 왔던 질레아와는 다른 부대장이 고개를 끄덕였다. 흡혈귀에게 습격을 받고 도망쳐 살아남은 병사였다. 보급 기지로 돌아가는 것보다는 이쪽이 가까웠던지라 살아남은 부대는 전원이 이쪽에 와 있었다. 도망칠 때 물자의 대부분을 포기했기 때문에 가져올 수 있었던 물자는 예정의 절반에도 미치지 못했다.

"분명 40년 전에도 같은 일이 있었다고 했는데."

뷰트는 뭔가를 떠올리듯 눈을 가늘게 떴다.

"그렇습니까?"

"그래, 당시의 전투에 관해 쓴 자료를 본 적 있다. 어디선가 나타난 흡혈귀에게 습격 받고 피를 전부 빨렸다더군."

"대처는 어떻게 했나요?"

"보급선을 복수로 준비하고, 호위를 강화했다는 모양이다. 하지만 그건 본국에 꽤 가까웠기 때문에 가능했던 일이지. 여기는 멀리 떨어져 있어서 연락도 바로 할 수가 없어."

"연락을 보내도, 그 사자가 습격받을 가능성이 있겠군요."

"그렇지. 모처럼 잘 풀리기 시작한다고 생각했는데. 또 물자를 절약해야 하는 건가. 머리가 아파 오는군. 정말이지."

관자놀이에 손가락을 대고 누른다. 그저 몸만 움직이면 되는 일반 병사들이 부러웠다. 가능하다면 임무를 포기하고 아무것도 생각하지 않고 마음껏 날뛰고 싶었다.

"흡혈귀 토벌은 진행되지 않았던 겁니까?"

"했었다더군. 의외로 많은 흡혈귀를 죽일 수 있었지만, 이쪽의 피해도 컸던 모양이다. 기본적으로 그쪽이 더 강하니까."

"그건 실감했습니다."

기습당한 탓도 있을 테지만, 일방적이라고 해도 좋을 전개였다.

"이쪽에서 토벌에 나선다면, 열 명 스무 명이 아니라 백명 단위로 보내야 할 테지. 어디 있는지도 모르니 식량도 넉넉하게 가져가게 해야 할 테고. 절약해야 한다고 말한 참인데 지출을 생각하게 됐군."

"면목 없습니다."

자신도 폐를 끼친 쪽인지라 그 말만 하고 고개를 숙였다.

뷰트는 부대장을 쉬라며 물러가게 하고 다른 병사를 불렀다.

"무슨 일이십니까?"

"모기 친척을 죽이기 위해 병사들을 보낸다. 희망자를 모아 오도록. 참가만 해도 각금화 한 닢. 하나 죽일 때마다 추가로 각금화 한 닢이다. 습격해 온 녀석들은 열 명 정도였다고 한다. 그게 전부라고는 생각하지 않으니, 최소라도 백명은 필요하다."

"흡혈귀 토벌인 겁니까?"

이야기의 흐름으로 모기의 친척이 흡혈귀를 가리킨다는 것을 알았지만, 확인을 위해 물었다.

"그래."

"알겠습니다."

병사는 경례를 하고 동료와 협력해서 임시 토벌을 용병들에게 알렸다.

약 110명이 모였고, 그들에게 열흘 치 식량을 주고 출발시켰다.

이 토벌대가 미끼 역할을 하여 이후 보급 부대 전멸이라는 사태는 피할 수 있었다. 그러나 흡혈귀의 수는 30을 넘었고, 토벌대로서는 수가 부족해 피해가 완전히 사라지는 일은 없었다.

물자에 관해서는 절약해나갈 수밖에 없었다.

서서히 힘들어져 가던 숲 측이었지만, 군 역시 비슷하게 힘이 깎여나가고 있었던 것이다.

보급 부대가 흡혈귀에게 습격을 당한 지 일주일이 지났다. 그 사이에도 집락의 인원수가 아주 조금씩 줄어갔고, 어두운 분위기가 감돌게 되었다.

군의 진공은 더욱 진행되었고, 결국에는 집락이 병사들의 표적이 되었다. 그곳에 유지로와 마카벨이 있다는 사실을 알지는 못했지만, 다른 장소보다도 수비가 단단하고, 문명이 느껴지는 곳이라 그곳에 있을지도 모른다고 예측하여 집중 공격이 정해졌던 것이다. 그리고 바로 유지로 일행이 그곳에서 나오는 모습이 확인되었고, 본격적인 공격이 결정되었다.

병사들이 속속 모여들기 시작하자 고블린들을 밖으로 내보내는 것은 중지하고 마법과 사격 같은 원거리 공격으로 대응해가게 되었다.

병사들 쪽에서도 사격을 해 왔고, 운 나쁘게도 그 공격에 심장이나 머리를 꿰뚫린 자도 있었다. 회복약으로는 어찌할 수 없는 경우가 생겼다.

"오늘도 열심히 하고 와."

기합이 빠진 유지로의 목소리가 폭싱들 사이를 빠져나갔다. 긴박한 모습을 보이면 폭싱들이 겁을 먹는지라 여유가 있는 것처럼 말하고 있는 것이었다.

거기에 폭싱들이 울음소리로 답하고 각자 발리스타와 크로스보를 준비하러 갔다. 그들은 기본적으로 집락의 정면에 대응하고 있었다.

후면은 유지로와 고제로가 집락을 나가 산의 반대쪽에 위치를 잡으러 갔다. 세리에는 자신의 활을 들고 전면에서 폭싱들을 지휘했다. 마카벨은 크로스보의 화살을 운반하는 일을 거들거나 세리에 옆에서 지내게 되어 있었다.

"사격 중지!"

세리에의 목소리가 울리고 폭싱들은 쏘던 화살을 멈추었다.

세리에는 유지로가 갖고 있던 타워 실드를 담장 위에 세우고 그 뒤에서 주변을 살피며 폭싱들을 지휘하고 있었다.

담장 저 멀리에서는 크로스보에 맞고 쓰러진 병사가 동료들에게 회수되고 있었다.

잠시 휴식을 취할 수 있을까 생각하던 세리에는 산을 오르는 론타 일행의 모습을 포착했다. 화살을 다시 쏘도록 명령했지만, 론타 일행의 방어를 꿰뚫을 수는 없었다. 발리스타는 잔뜩 경계하고 있는지 말뚝이 집락에서 날아오른 순간 피하듯이 그 자리에서 바로 벗어났다.

"큰일인걸."

세리에 혼자서 네 명의 용사 일행을 상대할 수는 없었다.

잠시 생각하고 옆에 있던 폭싱에게 마카벨을 불러와 달라고 부탁했다. 대화는 불가능하지만, 마카벨의 이름은 알고 있기 때문에 이름을 부르면 데려오도록 정해져 있었다.

"마카벨의 이능으로 용사들이 물러나면 좋겠는데. 안 되면 돌격해서 시간을 벌고, 그 사이에 유지로들을 불러오게 할 수밖에 없으려나."

바인도 불러와 밖에 나가 있는 유지로에게 연락을 해달라고 부탁했다.

세리에는 다가오는 론타 일행을 바라보며 현 상황을 극복할 방법을 고민했다. 그러나 뾰족한 방법은 떠오르지 않았다. 초조함 때문일까, 세리에는 가지고 있던 약을 꾸욱 움켜쥐었다.

크로스보의 화살을 운반하고 있던 마카벨에게 폭싱이 달려왔다. 폭싱이 담장을 가리키는 모습을 보며 세리에가 부르고 있다는 것을 안 마카벨은 폭싱과 함께 집락 정면의 담장 쪽으로 향했다.

"불렀어?"

"마카벨에게는 안 좋은 소식이라고 생각해. 용사가 접근하고 있어."

"……용사."

담장에서 고개를 내밀어 세리에가 가리킨 방향을 바라보니 용사들이 보였다.

마카벨의 표정에 두려움이 떠올랐다. 세리에는 미카벨의 손을 꼭 잡아주었다.

"저 사람들 앞에 나가라는 말은 안 해. 그냥 여기에서 힘을 방출할 수 있을까? 그걸로 물러나 주면 다행이고, 움직임이 둔해지면 내가 저지하러 나갈게. 부탁해도 될까?"

"하지만 용사와 싸우는 건 위험해!"

"알아. 하지만 누군가가 상대를 해야만 하잖아. 바인한테 유지로를 불러오라고 했으니까, 시간 벌이를 목적으로 하면 돼."

다치기는 하겠지만, 아무런 상처 없이 저들을 제압하는 것은 무리한 이야기다. 어느 정도의 부상은 각오하고 있다.

"……응, 해볼게."

마카벨은 몸을 조금 내밀고 그들이 이능이 닿는 거리에 있다는 것을 확인한 다음 제어를 느슨하게 하여 약간의 힘을 방출했다. 이전에도 느꼈던 힘에 론타 일행은 마카벨이 있다는 것을 확신했다. 약으로 버텨낸 론타 일행은 바슐트가 연주로 더해주는 힘을 등으로 받으며 빠르게 전진하기 시작했다. 그 순간 이번에는 제어된 힘이 강하게 방출되었

다. 그 힘은 간단히 론타 일행의 가드를 꿰뚫었다. 이전과
는 조건이 달랐다. 전에는 막연하게 퍼지고 흐를 뿐이었지
만, 지금은 수련을 통해 힘을 효과적으로 다룰 수 있게 된
것이다. 이전 그대로의 약으로 버텨낼 수 있을 리 없었다.
바슐트의 연주 보조가 있음에도 불구하고 말이다.

약의 가드를 꿰뚫는 마카벨의 힘에 론타 일행은 놀랐다.
이대로는 마카벨의 앞에 서지도 못하고 쓰러지리라며 속도
를 높였다.

"물러나지 않는 건가…… 나갈게!"

"조심해야 해."

"노력해볼게."

약을 단숨에 삼키고, 바슐트의 연주에 대비해 준비한 귀
마개로 귀를 막은 다음 세리에는 마카벨의 머리를 한 번 쓰
다듬고서 담장을 뛰어넘어 밖으로 나갔다.

"이 이상 다가오는 건 그만둬 주겠어?"

"거기서 비켜!"

"귀마개를 하고 있어서 무슨 말을 하고 있는지 모르겠는
걸!"

세리에는 휘둘러진 론타의 검을 튕겨내며 대꾸했다.

마비와 이능에 의한 컨디션 난조로 론타 일행의 움직임은
둔했다. 비록 부상을 입었지만, 세리에는 네 명을 막는 데
성공했다. 바슐트는 연주를 멈출 수 없어 공격에는 참가하
지 않고 있었다.

"이 상황에 약사나 예의 고블린이 오면 불리해! 여기는 우리가 어떻게든 막을게. 론타 너는 마왕을 쓰러뜨려!"

무모하다고도 할 수 있는 돌격을 하면서 오로스가 말했다. 칼먼드와 레라도 그 뒤를 이었고, 세리에가 베고 들어도 떨어지려 하지 않았다.

"으윽, 떨어져!"

"들어줄 수 없는 얘기네. 라고 말해도 들리지 않겠지만."

피를 흘리면서도 손을 멈추지 않는 레라 일행. 이를 상대하는 세리에도 점점 지쳐갔다, 그 사이에 론타는 담장을 향해 달려갔다.

세리에를 지켜보고 있던 마카벨은 용사가 닥쳐드는 공포로 몸이 굳어 움직이지 못했다. 뇌리에 검에 베였던 일이 떠올랐고, 눈꼬리에 눈물이 맺혔다.

마카벨이 방패 뒤에서 움직이지 못하고 있다는 것을 확인한 론타가 뛰어올랐다. 그리고는 검을 휘두르기 위해 검 자루를 양손으로 잡았다.

론타가 높게 뛰어올라 낙하하기 시작한 순간, 세리에와 오로스 일행은 마카벨이 베이는 모습을 뇌리에 그렸다.

그 상상을 떨쳐내고 세리에는 유지로와 고제로의 기척을 필사적으로 찾았지만, 가까이에서는 느껴지지 않았다. 론타의 검을 멈춰줄 이가 아무도 없다는 것을 깨달았다. 오로스 일행을 떨쳐낸다 해도 제때를 맞추지 못할 터였다. 이제 틀렸다고 생각하며 마카벨의 이름을 부른 그 순간.

『쿠웃!』

폭싱들이 동시에 낸 목소리가 울렸고, 직후에 커다란 불구슬이 나타나 론타를 덮쳤다.

론타의 표정이 경악으로 물들었다. 공중에서는 피할 수 없었기 때문이다.

결국 지름 4미터 정도의 불꽃에 삼켜진 론타는 오로스 일행의 뒤편으로 날아갔다. 칼먼드와 레라가 론타가 무사한지를 확인하기 위해 세리에게게서 떨어졌다. 마카벨이 공격하지 않는 지금, 바슐트는 틈을 만들기 위해 세리에에게 대음량을 때려 넣었다. 그러나 귀마개가 제 역할을 다하고 있어 시끄럽기는 했지만 틈을 만들 정도의 소리는 닿지 않았다.

"……누가? 아니, 폭싱들이겠지."

날아드는 오로스의 창을 쳐내면서 세리에는 생각했다.

폭싱들이 저런 규모의 불 마법을 구사할 수 있을 줄이야. 숲의 민족이 구사하는 마법보다 더욱 강력한 마법이었다.

"아, 협력 마법. 연습 중이라고 했었지."

"협력 마법? 너희 말고도 평원의 민족이 있는 건가?"

새어 나온 세리에의 중얼거림에 오로스가 반응했다. 거기에 세리에는 아무런 대꾸도 하지 않은 채, 여기서 오로스를 없애기 위해 더욱 세차게 공격했다.

그때 칼먼드가 가세하러 나타났고, 오로스는 구사일생으로 깊은 상처만 입은 채 물러날 수 있었다.

"어떻게든 됐네."

세리에는 크게 한숨을 내쉬며 멀어져가는 론타 일행을 바라보았다.

퇴각하는 론타 일행을 원호하기 위함인지 숲에서 화살과 마법이 날아왔다. 세리에는 서둘러 그 자리에서 물러나 담장으로 돌아왔다. 마카벨의 옆에는 쓰러진 폭싱이 열 마리 있었다.

떨고 있는 마카벨을 안아주고, 세리에는 폭싱들에게 사격 준비를 명령했다. 잇따라 화살이 날아갔고, 숲속에 떨어졌다. 그것으로 날아오던 마법은 멈추었다.

"위기는 넘긴 건가. 그 불꽃에 관해 물어야겠지."

마카벨을 안은 채, 가까이에 있던 폭싱에게 퐁을 불러다 달라고 부탁했다.

퐁을 통해서 들은 이야기에 따르면, 역시 마카벨을 구한 마법은 폭싱들이 개발한 협력 마법이었다. 다만 아직 미완성이라 한 번 쓰면 기절한다고 한다. 쓰러진 폭싱들이 그 협력 마법을 쓴 것이리라.

자세한 이야기를 들어보니, 폭싱들이 쓴 협력 마법은 일반적인 협력 마법과 다르다는 것을 알 수 있었다. 복수의 인원이 마법을 쓴다는 부분은 같지만, 마법의 효과와 인원 제한이 달랐다.

폭싱의 협력 마법은 열 마리가 아니면 쓰지 못한다. 그보다 적으면 발동하지 않고, 그보다 많으면 폭발하는 것이다.

그리고 마법도 협력 마법처럼 독자적인 것이 아니라, 불화살이나 얼음 덩어리 등에 응하여 효과를 낸다. 조금 전에는 불의 화살을 썼다.

그런 점으로 보자면, 폭싱들이 구사한 협력 마법은 마법을 강화하는 기술이라고 하는 편이 맞을지도 모른다. 얼음 덩어리를 예로 들면, 발리스타에 사용하는 말뚝 같은 얼음 기둥이 몇 개나 날아간다. 바람의 마법이라면 회오리 급으로 기세가 강한 바람이 온갖 것들을 날려버리리라.

이것은 평원의 민족에게 있어서 매력적인 마법이었다. 평원의 민족과 폭싱으로는 효과가 낮아서 쓰기 힘든 치유 마법도 회복약 수준의 효과를 발휘할지 모르는 것이다. 군침이 줄줄 흐를 만큼 갖고 싶은 마법이리라.

이야기를 듣고 납득한 세리에는 고마움을 느꼈다. 폭싱들이 그것을 완성하지 못했다면 마카벨이 죽었을지도 모른다.

"엄청나게 큰 도움이 됐다고 전해줄래?"

"알았어."

퐁이 고개를 끄덕이고 이야기를 전하자 폭싱들이 기뻐하며 소리를 질렀다.

"무슨 소란이야?"

"아, 어서 와."

바인을 따라 돌아온 유지로가 울음소리를 내는 폭싱들을

의아하다는 듯이 보고 있었다.

그런 유지로에게 방금 있었던 일을 이야기해주었다.

론타가 여기에 와서 마카벨을 죽일 뻔했다는 말을 듣고 유지로는 등줄기가 얼어붙는 듯한 충격을 받았다. 두 사람이 상처 입은 것에 화가 끓어올랐지만, 그 이상으로 무사하다는 사실에 안심했다.

"마카벨도 세리에도 무사해서 다행이야."

"이제 틀렸다고 생각했었는데. 폭싱들에게는 정말로 감사하고 있어."

여전히 떨고 있는 마카벨을 달래기 위해 유지로는 집락에 남았다. 대신에 바인이 나갔으니 다소는 어찌 되리라 생각했다. 두 시간 정도가 지났고, 마카벨이 진정된 것을 확인한 유지로는 뒤쪽을 순찰하러 나갔다.

해가 지자 병사들은 퇴각했다. 집락을 공격하기 시작한 첫날은 그 자리에 남아서 야영 준비도 했었지만, 어두운 중에 집락 근처에서 체재하는 것은 유지로 일행에게 사냥해달라는 말이나 다름없는 것이었다. 날뛰고 후려치며 체재하고 있던 병사를 괴멸시켰다. 그것이 원인이 되어 병사들은 숲속이나 주변에서 야영하기를 그만두었다. 정찰과 감시로서 몇 명의 인원이 남는 일도 있었지만, 바인이 발견해 사냥했다. 빛 마법을 미끼로 삼아 어둠 속에서 공격하다니, 평범한 짐승에게는 불가능한 행동에 병사들은 일방적으로 희롱당할 뿐이었다.

병사들이 물러난 밤 동안에 고블린들과 협력하여 사용했던 말뚝과 화살을 회수했다. 낭비할 수는 없었다. 이렇게 회수할 수 있는 건 회수해야 한다. 그리고 그 김에 고제로에게 나무 한 그루를 베어달라고 해서 쓸 수 없게 된 화살 보충도 했다.

다음 날도 그다음 날도 비슷한 공방이 계속되었다. 병사가 접근해 오면 발리스타와 크로스보로 대응하고, 때때로 마카벨이 힘을 썼다. 용사가 오는 일도 있었지만 폭싱들의 협력 마법으로 얼음 덩어리와 돌풍을 강화해서 발목을 잡고, 거기에 제어를 강화한 마카벨의 이능으로 다른 병사들을 쓸어버려서 격퇴했다. 그 탓에 이능의 영향을 받은 주변의 나무와 풀들이 전부 말라버렸다.

집락 뒤편에서도 싸움은 벌어졌다. 그쪽에서는 유지로가 대응하고 있다는 사실을 안 투아가 나타나면서 고전이 이어졌다. 유지로는 투아가 나오자 주저하지 않고 천하무쌍을 썼고, 내던지기만 하며 제대로 싸우려 하지 않았다. 제대로 붙으면 잡힐 것만 같은 기분이 들었다. 천하무쌍을 사용한 상태라면 그렇지도 않겠지만, 투아는 강하다는 인상이 강해서 지나치게 신중한 대응을 하게 되었다.

진전이 없는 상태로 양쪽 진영 모두 계속해서 조금씩 소모해갔다. 유지로 일행은 알마네이드가 들어와 살면서 식량 소모가 빨라졌고, 군 측은 물자 운송 상태가 개선되지 않고 있었다.

"철수도 계산에 넣어야 하려나. 보급이 엉망이라, 사기가 저하되기만 하고 있으니."

뷰트가 한숨을 내쉬면서 말했다. 국경을 출발했을 때는 이렇게까지 고전하리라 생각하지 않았던 만큼 마음이 무거웠다.

뷰트의 옆에 있는 기사단 부단장도 같은 마음이었지만, 일부러 정반대의 말을 입에 담았다.

"국왕께서 추진하신 원정이지 않습니까? 마음대로 돌아가도 괜찮겠습니까?"

"그렇게 말한들, 보통이라면 이런 상황은 돌아갈 만하다고 생각하네만."

"뭐, 그건 그렇습니다만."

군 쪽의 피해는 집락을 공격하기 시작한 후부터 커져만 가고 있었다. 그 규모의 집락은 수로 밀어버릴 수 있겠지만, 실행하기 위한 인원이 모이면 마카벨의 이능에 먹이가 되어 자리에 드러눕는 자가 속출했다. 군에겐 운 나쁜 이야기지만, 혼자서 만 명을 압도할 수 있다는 역대 최고위 마왕의 진가가 여기에 와서 발휘되기 시작하고 있었다.

"치료가 필요하지 않고 휴식을 취하면 괜찮아진다고는 해도, 하루 쉬는 정도로 완전히 회복되는 건 아니니까."

"용사님들이 마왕을 쓰러뜨릴 수 있으면 좋겠습니다만, 약이 거의 무의미하다고 하니 말입니다."

"그때 죽이지 못한 게 뼈아프군."

바로 직전까지 이르렀었다는 보고를 들었다. 그대로 베어 버렸다면 지금쯤은 우세한 상황이 되었을 것이다.

"……그건 어떤가? 한꺼번에 공격해보는 거야. 전 방위에서 밤낮을 가리지 않고."

"꽤 큰 도박이로군요. 한곳에 모이면 마왕에게 순식간에 당할 겁니다."

"이대로 공격해도 당할 것 같으니까 하는 말일세. 마왕은 한 명이니, 모두에게 대응하기는 어려울 테지. 그 틈을 노려서 그곳을 유린, 할 수 있다면 좋겠는데."

하지만 유지로와 고제로, 세리에의 존재가 그렇게 단언할 수 없게 만들었다. 마카벨 정도는 아니지만 그들도 여러 사람을 상대로 우세하게 싸울 수 있었다.

체력 회복을 위해 오늘내일은 공격하지 않겠다고 모두에게 알렸다. 최근 절약하고 있던 식량도 풀기로 했다.

부단장과 부하가 소식을 알리러 나가고 혼자 남은 뷰트는 자신도 나가기 위해 무구 손질을 시작했다.

"실패하면 모가지려나."

전멸할 때까지 진행할 생각은 없었다. 한번 해보고 무리라고 판단되면 본국으로 돌아갈 셈이었다. 그럴 경우 해임, 혹은 투옥이리라고 생각하고 있었다. 아무리 그래도 처형은 아닐 것이다. 아니면 좋겠다고 생각하며 기합을 넣었다.

뷰트와 병사의 불안을 감추듯이 달이 구름 속에 숨었다. 그들의 마음 상태를 보여주는 듯, 달은 언제까지고 구름 속에서 나오지 않았다.

하루가 지나고, 병사들의 움직임이 멈추어 오랜만에 숲에도 조용한 시간이 다시 찾아왔다. 그것에 안도하는 것은 동물과 지능이 낮은 마물뿐이었다.

유지로와 고제로는 허름해지기 시작한 담장 위에 서서 사람 그림자가 보이지 않은 숲을 살피고 있었다.

"뭘 노리는 거라고 생각해?"

숲을 바라본 채로 질문하자, 질문을 받은 쪽도 시선을 움직이지 않은 채 대답했다.

"글쎄. 그다지 좋은 예감은 들지 않는다는 것은 분명하다."

"이전 싸움에서도 이런 일이 있었어?"

"모든 전장의 상황을 아는 것은 아니니, 뭐라고 말할 수가 없다."

"그렇구나. 경계는 해두기로 할까. 이쪽으로서도 휴식을 취할 수 있는 건 고마운 일이니까. 영감님, 또 나무를 구해다 줄 수 있을까?"

"알았다."

고제로는 고개를 끄덕이고 고블린들을 데리고서 산을 내려갔다.

유지로도 약의 재료를 모으기 위해 바인과 함께 집락을 나섰다. 바인은 산책 겸이다. 마카벨도 바인의 등에 올라 함께 따라왔다. 특별할 것 없는 잡담을 나누면서 재료를 모았

263

다. 오랜만에 찾아온 조용한 상황에 마카벨도 기뻐했다.

집에 돌아오자 세리에가 최근에는 만들지 못했던 공들인 요리를 만들어 기다리고 있었다. 서양식 고기 감자 조림 같은 느낌의 요리였다.

"역시 이런 느긋한 분위기가 좋다니까."

"그러게. 거친 일에는 익숙하지만, 좋아서 하는 건 아니기도 하고."

"더 줘!"

마카벨은 조금 적게 담겨 있던 요리를 전부 비우고 그릇을 내밀었다. 그 식욕에 세리에는 미소를 지었다.

"네네. 먹는 양이 조금씩 늘고 있어. 좋은 일이야."

"그렇지? 나도 한 그릇 더."

퐁과 바인도 더 달라는 듯 그릇을 밀었다.

만든 음식을 모두가 맛있게 먹어주자 세리에는 기분이 좋아졌다.

아버지와 어머니와 아이 같은, 가족의 단란한 모습으로도 보이는 식사가 끝나고, 약을 만들며 잡담을 나누는 시간을 보냈다.

그리고 다음 날, 정찰을 위해 하늘로 날아오른 히아가 평소처럼 움직이는 병사들을 보았다. 그 움직임이 숲 전체를 포위하는 것이 아니었기에, 명백하게 한곳으로 침입하려 한다는 것을 알 수 있었다. 평소보다 짐을 많이 갖고 있다는 것도 알아냈다.

그 보고를 들은 유지로 일행은 신음했다.

"전력으로 이곳을 함락하러 오는 거라고 생각하면 되려나."

"나도 그 생각에 동의해."

유지로와 세리에의 말에 고제로와 드라이어드들도 고개를 끄덕였다.

가장 중요한 국면이리라며, 유지로는 자신의 뺨을 두드려 기합을 넣었다. 그리고 폭싱과 고블린들을 모아 현재 상황을 설명했다.

"확실하게 말해서 힘들어질 거야. 그걸 뛰어넘기 위해서도 모두의 협력이 필요해! 여기서 상대의 수를 가능한 한 많이 줄일수록 앞으로가 편해질 거야! 밀어내고, 쫓아내고, 숲에서 추방해서, 저들을 저들의 나라로 내던져 주는 거야! 기합들 넣어둬!"

통역이 필요한지라 바로 반응이 돌아오지는 않지만, 모두 큰 목소리로 대답해주었다. 지금이 최선을 다해야 할 때라는 것을 모두 이해한 것이리라.

배치에 관해서 잠시 이야기한 다음, 각자 담당 위치로 흩어졌다.

유지로는 그러한 모습을 지켜보면서 위험해지면 도망칠 셈이었는데 결국 마지막까지 함께하게 될 것 같다고 생각했다. 어쩌다 이렇게 된 것인지 머리를 굴리면서 유지로도 움직이기 시작했다.

마카벨은 변함없이 집락 정면에 있었고, 드라이어드가 서포트로 옆에 자리를 잡았다. 크로스보와 발리스타는 집락으로 이어지는 길 이외의 곳을 조준하게 해두었고, 집락 뒤편은 유지로들이 맡아 대응하기로 했다. 집락 안에서 대기해야 하는 고블린들은 짐을 나르거나 발리스타 발사 준비를 돕기로 했다. 남은 폭싱은 서둘러 화살을 만들게 되었다. 배후는 인원이 적은 만큼 방비가 부족하다는 것은 이미 알고 있었다. 그래서 유지로는 수룡에게 부탁해 배후의 산기슭에 물웅덩이를 만들었고 마비 안개를 설치해두었다. 이전에 산과 숲의 민족 성지에서 썼을 때, 먼 위치에는 안개가 닿지 않았던 것을 떠올리고 집락이 있는 곳까지는 닿지 않으리라 생각했다. 최근 들어 사용하지 않는 바람에 유효하게 쓸 수 있을 이 방법을 완전히 잊고 있었던 것에 "이런" 하고 조금 낙담하기도 했었다.

움직이기 시작한 지 한 시간이 지나고, 기슭에서 인기척이 느껴졌다. 산을 둘러싼 병사는 1500명이었다. 남은 6천은 산에서 조금 떨어진 곳에 대기 중이었다. 어느 정도 시간이 지나면 1500명이 싸움에 나섰다가 물러난다. 그렇게 파상공격에 나설 셈인 것이다. 집락의 규모와 유지로 일행의 전력을 적다고 판단하고, 이 인원수로도 충분하리라고 뷰트는 추측했다.

길과 그 이외의 경사면에서 병사들이 속속 올라왔다. 공격을 먼저 시작한 것은 군 측이었다.

"활을 쏴라!"

뷰트의 신호가 방아쇠가 되어 집락 전면에 화살이 쏟아졌다. 드라이어드는 나뭇잎으로 집락 상공을 덮어 그 화살들을 막았다. 몇 번이나 쓸 수 있는 수가 아닌지라 지금까지는 참전하지 않았지만, 오늘은 나서는 편이 좋으리라 판단했던 것이다. 궁 마술은 막을 수 없지만, 멀리서 쏜 평범한 화살이라면 충분히 대응할 수 있었다. 이 상태를 하루 종일 유지할 수 있다면 좋겠지만, 그것은 무리인지라 써야 할 때를 잘 생각해야 했다.

반격으로 폭싱과 고블린들도 활을 쏘았다. 군대 측은 그것을 방패를 써서 막았다. 하지만 발리스타는 막을 수 없었고, 첫 피해가 나온 것은 군 쪽이었다.

"저런 방위책을 갖고 있었다니. 진격하라!"

뷰트의 말에 이어 곧바로 징이 울렸고, 병사들이 산을 오르기 시작했다.

마카벨이 있는 정면은 적게, 대신에 대각선과 배후에 많은 병사를 배치했다. 배후의 병사는 안개에 방해를 받아 나아가지 못하고 있었다. 곧바로 이변을 눈치챈 그쪽의 대장은 바람 마법을 쓸 수 있는 자를 모아서 안개를 흘려보내려 했다. 갈팡질팡하는 사이에 독 내성을 부여하는 약을 먹은 유지로가 돌입해 왔다. 그사이에 다시 한번 약을 물에 넣은지라 한동안은 안개를 날려버릴 수 없게 되었다. 병사들은 안개가 닿지 않는 곳을 통해 나아가려 했고, 그 침입로를 고제로가 막고서 병사들을 막아냈다.

그 병사들 사이에는 론타 일행이 섞여 있었다. 몇 번이나 마카벨의 힘을 받은 론타 일행은 몸 상태가 완전하지 않았다. 그 결과, 고제로를 돌파하는 데 고생을 하고 있었다. 물론 고제로도 부상 당한 상태였지만, 회복약을 써가며 밀려드는 병사의 파도에 버티고 있었다.

한편, 단독으로 돌격한 유지로는 투아와 대면하고 있었다.

"오늘은 갑자기 던져버리거나 하지는 않는 건가?"

"하고 싶지만 말이죠. 시작하자마자 드러누울 수는 없어서요."

"이쪽으로서는 다행스러운 이야기로군."

두 사람은 그렇게 말하며 자세를 취했다. 유지로로서는 투아 한 명에게 시간을 빼앗기고 싶지 않았지만, 제멋대로 움직이게 두는 것도 문제인지라 싸울 의사를 보였다. 양손에는 독을 들고 있었는데, 투아 한 명만이 아니라 다른 병사들에게도 던질 마음이 가득했다.

"공격해 오지 않는 건가?"

연속해서 발차기를 날린 투아가 유지로의 가드를 발판으로 삼아서 거리를 벌린 다음 그렇게 물었다.

"오늘은 방어 중시입니다. 약효가 다할 때까지 버텨서 투아 씨를 잡으면 그다음은 편해질 테니까요."

"이런, 내가 잡히는 쪽이 된 건가. 잡을 수 있겠나?"

"해보려고요."

그렇다면 한번 해보라고 말한 투아는 다시 공격하기 시작했다.

가슴 설레는 싸움은 아니었지만, 완전히 파악할 수 없는 상대와 오랫동안 싸우는 것도 나름대로 즐거운지라 투아는 도망치지 않고 마지막까지 싸웠다. 여기까지 온 이상 어쩌면 유지로 측이 이길지도 모른다고 생각한 투아는 플라카 획득을 위해 움직이는 것도 괜찮겠다고 생각한 것이다.

고제로 쪽도 엉망이 되었지만, 바인의 도움을 받아 론타 일행을 쫓아내는 데 성공했다.

징이 울리자 병사들이 물러났다. 휴식인가 생각했는데 다른 병사들이 밀려들었다. 고제로는 회복약과 피로 회복제를 복용하고, 배틀 액스를 움켜쥐었다. 집락에 있는 이들도 힘들어질 거라고 했던 유지로의 말을 크게 실감하고 있었다.

연속된 공격은 교대가 한 바퀴 돌 때까지 계속되었다. 비축해둔 약과 화살을 엄청난 기세로 소비하고, 수룡이 본모습으로 돌아가 허세를 부리기까지 하며 그 공세를 겨우 버텨냈다.

한번 시험 삼아 해본다는 생각을 갖고 있던 뷰트는 공세를 일단 늦추고 정보를 정리해나갔다.

초반 숲 측의 수비는 철벽이라 말할 수 있을 정도였지만, 후반으로 갈수록 지친 모습을 보이기 시작했다. 폭싱과 고블린들의 공격에 당하기는 했지만, 화살의 비와 고제로의 수비를 뚫고 집락에 잠입한 자도 있었을 정도다.

다만, 역시 군 측의 피해도 많았다. 천 명 이상의 사망자가 나왔고, 부상자 수는 그 이상이었다.

"이대로 멀쩡한 병사 3천 명으로 밀어붙일 것인가, 네 시간 정도 휴식을 취한 다음 다시 파상공격에 나설 것인가. 아니면 철수. 이건 아니지. 걱정인 건 마왕의 소모가 적다는 점인가."

집락 정면에서는 대치 상태가 이어졌고, 양쪽 모두 특별한 움직임은 없었다. 하지만 마왕의 대응에 따라서는 많은 인원이 움직여도 도리어 당하고 말 가능성이 있었다.

밀어붙여 보기로 정했을 때 경종이 울렸다.

주변에 울리는 목소리로, 약사가 마왕을 업고서 기습을 해 왔다는 사실을 알았다. 해가 지고 어두워져 접근을 눈치채지 못했던 것이다.

이것은 공격이 느슨해지면서 일단 집락으로 돌아가 소모 상태를 확인한 유지로가 시간을 벌기 위해 택한 행동이었다. 마카벨을 전장으로 데리고 나오는 것에 불안은 있었지만, 끝없이 공격이 계속되면 내일이 한계이리라 예측했다. 그래서 마카벨에게 반드시 지켜주겠다는 약속을 한 다음 데리고 나온 것이었다.

"공격을 늦춘 것이 악수가 되어 돌아온 건가?!"

뷰트는 나른해지기 시작한 몸을 억지로 움직여 밖으로 나왔다. 그리고 철수하라는 지시를 내렸다. 집락 정면의 방비가 약해져 있을 테니 공격에 나서야 하는 것은 아닐까 한순간 생각했지만, 산기슭에 배치해둔 병사는 5백 명도 되지 않았고, 운이 좋아도 양쪽 모두 쓰러질 뿐이라며 그 생각을 떨쳐냈다.

산발적으로 쏘는 화살을 방패로 막으면서 유지로 일행은 물러나는 병사들을 지켜보았다. 동료를 짊어진 병사가 많아서 움직임은 느렸다. 마카벨의 안전이 제일인 만큼, 추격에는 나서지 않고 돌을 던지는 정도로 끝냈다. 그 돌에 맞아 죽은 자가 몇 명이나 있었지만.

집락에 돌아온 유지로와 마카벨을 세리에를 비롯한 이들이 맞아주었다. 마카벨을 내려놓은 유지로에게 세리에가 말을 걸었다.

"어땠어?"

"어찌어찌 물러나게는 했어. 언제까지인지는 알 수 없지만 이걸로 잠시 쉴 수 있을 것 같아."

그 말에 모두 휴우 하고 안도의 한숨을 내쉬었다. 최소한의 경계만 남겨두고, 모두 쉬기로 했다.

여유가 있는 유지로는 사용한 화살 회수에 나섰고, 다른 이들은 휴식을 취했다. 세리에도 지휘를 하고 화살을 쏜 정도라 꽤 여유가 있었지만, 마카벨을 달래고 쉬게 하기 위해 집에 남았다. 집에는 투아가 있어 마카벨이 불안해 했던 것이다. 가진 물건은 압수했지만, 팔다리를 묶는 등의 구속은 하지 않았다. 약 없이는 가까운 거리가 아니면 싸우기 힘든 상태였기 때문이다. 마카벨은 애초에 접근하려 하지 않았고 거리가 가까워도 세리에에게는 이길 수 없었다. 본인에게도 싸울 의지가 없었던지라 자유롭게 두고 있었다.

어둠 속, 유지로는 바구니에 화살과 말뚝을 담으며 주위를 살폈다. 기척이 전혀 느껴지지 않아 병사는 한 명도 없다는 것을 알 수 있었다. 바구니가 가득 찼고, 그것을 고제로에게 전하자 사체를 먹기 위해 고블린들을 내보내고 싶다는 제안을 받았다. 자신이 보지 않는 곳에서라는 조건을 붙여서 허락했고, 고제로는 고블린들을 이끌고서 집락을 나섰다.

집에 돌아와 보니 아직 불이 밝혀져 있었다.

"다녀왔어."

"어서 와."

세리에가 일어나 있는 건가 했는데, 기다리던 것은 투아였다.

"아직 일어나 계셨네요?"

"뭐 그렇지. 도망칠 생각을 한 건 아냐. 그냥 깨어 있던 것뿐이지."

"저는 이제 잘 생각인데, 안 주무실 건가요?"

"슬슬 자도록 할까?"

영차 하고 말하며 투아는 자리에서 일어났다.

"아, 그러고 보니 군이 어찌 움직일지 예상이 가시나요?"

"글쎄…… 이번 공격은 결판을 낼 셈으로 움직인 것일 텐데, 실패했으니 앞으로의 공세는 느슨해질 거라고 보네. 본국으로 돌아갈 가능성도 없지는 않겠지만, 퇴각에도 준비가 필요하니, 내일 당장 사라지는 일은 없을 거야."

"고맙습니다."

투아는 방 한쪽에서 모포를 덮고 누웠고, 유지로는 옆 방에서 잤다.

다음 날부터는 투아의 예상대로 소수의 병사만이 숲에 들어왔다. 목적은 보기 드문 마물과 동물 포획으로, 집락에는 접근하려 들지 않았다.

유지로 일행은 먼저 공격하는 일 없이 상황을 지켜보기로 했다. 히아에게 정찰을 부탁했고, 그 결과 군은 멀리 떨어진 곳에서 휴식하며 조용히 지내고 있다는 보고를 받았다.

그렇게 조용한 닷새가 지나고, 병사들이 침입하는 일도 없어졌다. 그다음 다음 날에는 전 군이 물러났다.

군이 귀환 준비를 하고 있다는 것을 안 유지로는 투아를 진지 근처까지 데려가 풀어주었다. 그 사이에 플라카에 관해서도 이야기해두었다. 워프 장치를 써서 산의 벅스 노이드에게 전달해 놓기로 했던 것이다. 투아가 의사를 데리고 산의 벅스 노이드를 만나러 가면, 언제든 연락이 된다.

한편 의심을 받기는 했지만, 진지로 돌아간 투아는 겨우

겨우 도망쳤다고 둘러대며 군에 합류했다. 어차피 돌아가기로 했으니 회유당했다고 해도 상관없다고 생각한 것이다.

자유롭게 움직일 수 있게 된 투아는 용사들이 있는 곳을 물어 그쪽으로 향했다.

텐트 밖에서 말을 걸고 안으로 들어갔다. 론타 일행은 진지한 표정으로 무구 손질을 하고 있었다. 특별히 손질할 것이 없는 바슐트는 쌓인 피로를 푸는 데 도움이 될까 싶어 느린 곡을 연주하고 있었다.

"그 모습을 보니, 자네들은 귀환하지 않을 셈인 건가?"

"투아 씨, 무사하셨군요. 다행입니다."

아는 사람이 귀환했다는 사실에 안심하는 분위기가 텐트 안에 퍼졌다.

"유지로 군이 보낸 전언일세. 정말로 폭주하는지 확인해 보는 게 어떻겠냐고 하더군."

"무슨 의미죠?"

"폭주에 관해서 수룡과 드라이어드 같은 장수하는 마물들에게 물어봤다는 모양이야. 대답은 그런 건 모른다, 였다더군. 수룡의 경우, 선선대 마왕이 날뛸 무렵에 인간 마을에 갔던 일도 있어서 정보에 어두운 것도 아닌 듯했고."

"마물이 하는 말을 믿을 수는 없습니다. 게다가 왕에게 받은 명령이니 그리 간단히 포기할 수도 없는 일입니다."

마왕이 폭주하지 않는다는 사실을 알게 되어 토벌을 그만두었습니다, 라는 말에 왕은 납득하지 않을 것이다. 게다가 그 정보의 출처가 적이다. 믿기 어려운 이야기였다.

"그렇겠지. 앞으로는 여기 다섯 명만으로 마왕 토벌을 계속할 생각인가?"

"그럴 셈입니다. 물자도 나눠 받았습니다."

"마왕은 늘 유지로 군과 세리에 군 옆에 있다네. 게다가 기적 탐지를 잘하는 래그스머그도 곁에 있지."

"그 말씀은?"

"기습은 무리라는 걸 알려주라는 게 두 번째 전언이었네. 솔직히 말해서 그들을 제치고 마왕을 쓰러뜨릴 수 있겠나?"

"그건……."

다섯 명 모두 선뜻 대답하지 못했다. 긍정적인 대답을 할 수 없을 정도로 쓴 경험을 했기 때문이다. 다섯 명이 한꺼번에 덤빈다면 한 사람 정도는 쓰러뜨릴 수 있겠지만, 형편 좋게 혼자 있는 모습을 발견해 도전할 수 있을지 어떨지 알 수 없었다.

"일단 돌아가서 현재 상황을 보고한 다음 다시 지원을 받는 것도 방법이라고 생각하네."

질책은 받겠지만 적이 일국의 군을 후퇴시켰다는 이야기도 하면 그리 심각한 상황은 되지 않을 터였다. 장소도 장소다. 다섯 명만으로 토벌을 속행하는 것은 무리라는 점도 고려해 용병을 고용할 자금까지 줄 수도 있다. 그것이 무리라면 마왕 대책인 약의 품질 향상을 요구하고 싶었다.

"생각 좀 해보겠습니다."

"그러는 게 좋겠군."

투아는 그리 말하고 텐트 밖으로 나갔다. 그리고 고개를 갸웃거리며 자신에게 할당된 텐트로 걸어갔다.

'의뢰 달성이려나? 다섯 명이 공격하는 건 무모한 짓이라는 걸 시사했으니, 의욕이 조금 꺾였을 거라고 보는데.'

플라카를 넘겨받는 조건으로 용사 설득을 부탁받았다. 용사의 목적은 숲이 아니라 마왕인 만큼, 반드시 군과 함께 행동하리라고는 볼 수 없었다. 남아서 공격해 올 가능성도 있다고 투아는 유지로에게 말했고, 그 이야기를 들은 유지로 일행은 투아에게 용사 설득을 의뢰했다.

숲 측의 승리가 거의 확정되었으니 투아는 유지로 일행을 살려두기 위해 의뢰를 받아들이기로 했다.

서로 대화를 나눈 론타 일행은 현재 상황에서는 목적 달성이 어렵다고 판단했다. 일단 세지안드로 돌아가 대책을 생각하고 수련을 더 쌓아 도전하기로 했다.

군이 물러난 계기는 집락 공격을 시작한 지 닷새째 되는 날에 본국에서 파발마가 도착한 것이었다.

전달받은 편지를 펼쳐본 뷰트의 표정이 굳어졌다.

"뭐라고 쓰여 있습니까?"

"그러니까 간단히 말하자면 인원 보충은 없음. 그리고 물자 보급도 줄인다. 이걸로 싸우라는군."

"……어쩌실 생각이십니까?"

"철수한다."

"괜찮겠습니까?"

왕명을 거역하는 것이다. 부하는 걱정하는 기색으로 그리 물었다.

"그렇지 않아도 사기가 떨어져 있는데, 물자까지 줄인다 니. 흡혈귀들의 방해도 있으니 물자가 얼마나 전달될 것 같 은가? 낮은 사기가 더욱 떨어질 거다. 이런 상태로는 싸울 수 없다."

"어째서 인원 보충이 불가능해진 것인지, 편지에 쓰여 있 었습니까?"

뷰트는 고개를 끄덕였다.

모략의 바람이 너무 강했던 것이다. 귀족들은 서로를 의 심하느라 연계도 취할 수 없게 되었고, 각지의 내정이 정체 되고 치안이 악화되어갔다. 움직이던 병력만으로는 부족한 상황이 되었고, 대기시켜두었던 예비 병력을 써서 치안 유 지에 나설 수밖에 없게 되었다.

이러한 상황은 예측 범주 안에 있었다. 하지만 수송이 정 체되기 전에 상황이 끝나리라 여겼던 것이다.

편지가 전달된 시점에서 국내 상황은 안정을 되찾기 시작 했다. 괴뢰파로서는 안 좋은 이야기지만, 증거와 함께 모든 것이 밝혀졌고, 궁중의 대립은 괴뢰파의 몰락이라는 형태 로 마무리되었다. 덕분에 각지의 통치 기능이 본래의 기능 을 되찾았다. 하지만 그렇다고 해도 치안이 바로 원래대로 돌아가는 것은 아니었고, 한 번 해산시켰던 병사를 모으는 데는 시간이 걸리는 만큼 바로 추가 병사를 보낼 수는 없었다.

"퇴각 준비를 시작한다. 모두에게 알려라."

"네."

이리하여 군은 물러났고, 유지로 일행의 승리가 아니라 헤프시밍의 국내 사정이 원인이 된 형태로 상황은 마무리 지어졌다.

여기까지 버텨냈으니 유지로 일행의 승리라고 말할 수 있을지도 모르지만, 승리를 기뻐하는 목소리는 없었다. 살아남은 것에 안도하는 이들뿐이었다.

10장

건국을 향한 한 걸음

cheat kusushi no
isekai tabi

Tona Akayuki
illustration / kona

40 전쟁이 끝나고

　병사들이 물러난 후, 고블린과 폭싱들은 사흘 동안 오로지 쉬기만 하면서 시간을 보냈다. 위험에서 벗어나자 아무것도 하기 싫다며 잠을 자고 느긋하게 보냈다. 집락은 조용하고 평온했다.

　유지로 일행도 쉬어야 하는 상태였지만, 짧게 쉴 수밖에 없었다. 특히 유지로와 고제로, 드라이어드는 반나절만 쉬고 움직이기 시작했다.

　유지로는 유적으로 향했고, 고제로는 자신들의 집락과 밭으로, 드라이어드는 알마네이드를 데리고 늪지로 향했다.

　숲속은 짓밟혀 엉망이 되어 있었다. 대부분의 나무는 껍질이 벗겨지고 가지가 꺾인 상태였다. 드라이어드의 본체도 상처를 입었지만, 다행히 드라이어드가 죽을 정도는 아니었다. 밑동만 남거나, 잎과 가지를 전부 잃었다면 위험했을 테지만.

　지면에는 먹다 남은 사람 뼈와 죽은 채 방치된 마물, 부서진 무구 등이 굴러다니고 있었다. 곳곳에서 시체 썩는 냄새가 떠도는 것이 건강에 좋다고는 말할 수 없는 상황이었다. 유지로는 코를 막고 주변을 둘러보았다. 바람의 마법으로 냄새를 쫓아내 보았지만, 곧바로 다시 채워졌다.

　"무구는 모아뒀다가 앞으로 방어할 때 쓰는 게 좋을 것 같아. 사체는 모아서 태우거나 묻어야겠네. 이대로 뒀다간　계

속 악취를 풍겨 힘들 것 같아."

"그렇게 하는 게 좋겠다."

향하는 방향이 같은지라 유지로와 나이 든 모습의 고제로는 함께 걷고 있었다.

"이제 다시 폭싱들과 따로따로 살 거야?"

"그럴 셈이다만?"

"함께 사는 편이 이래저래 좋을 것 같은데. 지금까지는 약속 때문에 산까지 갔겠지만, 인원수가 줄어들었으니 이제 힘들 거 아냐? 폭싱도 크로스보 같은 걸 갖게 되기는 했지만, 적극적으로 공격할 타입이 아니니까 방어할 수단이 필요할 테고."

"허나……."

아무래도 영역 의식이 나오고 만다. 하지만 인원수가 줄어서 큰일이라는 것은 사실인지라 완전히 거부할 마음도 들지 않았다.

"한동안은 함께 지내야 할 테니까, 그때까지 생각해보도록 해봐."

"아직 더 같이 살아야 하는 건가?"

"아니, 집락이 무사할 거라고 생각해?"

그 정도의 사람이 들어왔었는데, 엉망이 되지 않았다고 한다면 그편이 더 이상하다.

고제로는 납득한 듯한 표정을 지었다.

"확실히 다시 고쳐 지을 때까지는 함께 살게 될 것 같군."

유지로와 헤어진 고제로는 폐허나 다름없는 느낌이 되어 버린 집락을 보고, 공존을 진지하게 생각해보기로 했다. 그리고 그대로 밭으로 갔다.

한편 유적 앞에 도착한 유지로는 완전히 파괴된 입구를 보고서 파내려면 고생 좀 하겠다며 한숨을 내쉬었다. 병사들도 여기에 무언가가 있는 것은 확실하다고 판단했지만, 토목 작업을 할 여유가 없어서 손대지 않고 지나쳤다. 숲을 점거한 다음에 파내면 된다고 생각한 것이다.

한 시간 정도 흙을 파내고 있으려니 고제로가 상황을 살피러 왔다. 마침 잘됐다며 도와달라고 부탁했다.

"좀 도와줄래?"

"그래."

고제로는 고개를 끄덕이더니 흙더미를 옮겼다.

"구멍을 파면서 생각한 건데."

"뭘 말이냐?"

"또 군이 쳐들어올지도 모르니까, 숲 동쪽에 해자라도 만들면 어떨까 해서. 가능하면 담이나 작은 망루까지 있으면 더 좋고."

"흐음. 두 번 쳐들어왔으니 세 번째가 없으리라고는 장담할 수 없지. 괜찮을지도 모르겠다. 다 함께 만드는 건가?"

"뭐, 그렇게 서두를 필요는 없다고 생각하니까. 나랑 젊어진 영감님이랑 조금씩 파내면 되지 않을까? 고블린과 폭싱은 본인들이 살 집을 만드느라 바쁠 거 아냐?"

아무래도 물러난 지 한 달 만에 군을 재편해서 돌격해 오지는 않을 테니, 년 단위 제작을 예정하고 있다. 두 사람 모두 힘이 세니 파는 속도는 보통 사람들과는 비교가 되지 않을 터다.

"둘이서는 힘들지 않겠나?"

"집 만드는 데 여유가 생기면 그때 도와달라고 하면 될 거라고 생각하는데…… 그렇지. 마카벨한테 구멍을 파는 마법이라도 만들어달라고 해볼까?"

　조금 배운 마법으로 응용까지 하는 재능이 있으니, 구멍을 파는 마법 작성도 기대할 수 있을지 모른다.

　그게 가능해지면 마카벨도 전력이 된다. 마법을 완성하기까지 시간이 얼마나 걸릴지도 모르고, 만들 수 있을지 어떨지도 알 수 없지만, 일단 부탁은 해보아야겠다고 생각했다. 싸우기 위한 마법이 아니니 마카벨도 거부하지는 않으리라.

"음?"

"왜 그래?"

"지면에서 진동이, 엇?"

　고제로의 발밑에 자그마한 구멍이 뚫리고 벌레가 나왔다. 자그맣던 구멍은 벌레가 흙을 제거하자 금세 커졌다.

　두 사람은 조금 떨어져서 상황을 지켜보았다.

"유적 안에서도 파고 있던 모양이네."

"그래. 이걸로 피난했던 자들이 돌아오겠구나."

　동료와의 재회가 기쁜지 고제로의 분위기가 부드러워졌다.

고제로가 드나들 수 있을 만한 구멍이 뚫리고 벌레가 물러난 다음, 두 사람은 안으로 발을 들였다. 유지로는 집에 돌아온 듯한 편안함을 느꼈다. 이곳이 돌아와야 할 곳이라 인식하고 있는 것이리라. 익숙한 통로를 나아가자 벅스 노이드가 맞은편에서 걸어왔다.

　"무사히 살아남았군. 축하한다."

　"싸운 지 한 달도 안 됐지만, 큰일이었지."

　"동료들은 건강히 잘 지내고 있나?"

　"너희를 무척 걱정하고 있지만 건강한 건 확실하다. 이쪽으로 다시 데려와도 되겠나?"

　"부탁한다."

　고개를 끄덕인 벅스 노이드는 따라오라고 말하더니 앞서 걷기 시작했다.

　오늘은 특별히 봐주는 것인지, 출입을 허락해주지 않았던 방에 두 사람을 들여보내 주었다.

　방 안에는 높이 1미터를 넘는 입방체의 물체가 있었다. 녹색이 감도는 투명한 유리 덩어리처럼도 보였다. 안에는 문자의 나열이 떠올라 있었고, 손가락을 움직일 때마다 문자가 이리저리 움직였다. 문자는 유지로가 본 적 없는 것이었다. 아마도 옛 문자이리라 생각되었다. 지금까지 유적 내에서 사용해오던 시설과 달리, 이것은 전혀 이해되지 않았다.

　벅스 노이드가 손가락을 멈추자 안쪽 벽에 세로 2미터 가로 1미터의 구멍이 뚫렸다. 맞은편은 새카매서 아무것도 보이지 않았다. 마치 먹을 벽에 마구 칠한 듯했다.

"산이랑 이어졌어?"

"그래. 금방 이쪽으로 올 거다."

5분 정도가 지나자 고블린과 폭싱이 줄줄이 나타났다.

재회를 기뻐하고 싶었지만 방에 다 있을 수 없어 밖으로 이동하게 했다. 마지막 한 마리까지 나오자 벅스 노이드는 구멍을 닫고 유지로와 함께 방을 나섰다.

"다시 여기서 살아도 괜찮을까?"

"괜찮다. 방에 있던 물건들은 그대로 두었으니 당장이라도 와서 지낼 수 있을 거다."

"집락 재건을 도울 셈이니까, 조금 더 저쪽에서 지내게 될 거야."

"알았다. 원할 때 돌아오면 된다."

유지로는 벅스 노이드의 배웅을 받으며 밖으로 나갔다.

시끌벅적 활기찬 무리의 전방에는 고제로가, 후방에는 유지로가 서서 호위를 해가며 폭싱 집락으로 돌아갔다. 마물 수가 줄어들기도 해서 습격을 받거나 하는 일은 없었다.

드라이어드는 먼저 돌아와 수룡이 있는 곳에 가 있었다.

"시끌벅적해졌네. 그나저나 식량이 괜찮을까?"

재회를 기뻐하는 고블린과 폭싱들을 보며 세리에는 웃음을 짓고 있었지만, 이내 조금 걱정스러운 표정으로 바뀌었다.

"어떠려나? 내일쯤 움직일 수 있는 이들을 모아서 식량을 구하러 다녀오는 게 좋을지도 모르겠는걸."

황폐해진 상황이라 제대로 구할 수 있을지는 알 수 없었다. 하지만 조금이라도 보충하는 편이 좋으리라며 나가 보기로 했다.

다음 날, 유지로 일행과 움직일 수 있는 멤버가 숲으로 가서 사냥과 사체 처리를 했다. 수룡 치료약 재료도 모았다. 완성되는 대로 호수에서 잠들게 할 예정이다.

그날 밤, 고제로와 폭싱 촌장은 앞으로의 일에 관하여 대화를 나누었다. 폭싱 촌장도 공존에는 솔직히 고개를 끄덕일 수 없었다. 하지만 인원수가 줄어들어 불안하다는 점에는 동의했다. 게다가 함께 있을 때 얻는 이점도 이해할 수 있었다.

다만, 촌장이 걱정하고 있는 것은 영역 문제만이 아니었다. 함께 살게 되면 강력한 리더가 있는 고블린 쪽이 우위에 서게 될 테고, 그렇게 되면 자신들을 마구 부려먹지 않을까 생각한 것이다. 계속해서 대등하게 있을 수 있다면 공존도 받아들일 수 있다는 이야기였다.

그래서 촌장은 유지로들도 함께 사는 것이 어떻겠느냐는 제안을 했다. 그들이 항상 함께한다면 고블린들이 강압적으로 나오더라도 막아주지 않을까 생각한 것이다.

곧바로 유지로 일행도 불려 왔고, 대화를 재개했다.

"우리도 함께라면, 이라."

"고블린 측으로서도 약사가 늘 함께 있는 건 마음 든든하다."

어찌하는 게 좋을까 생각했다. 솔직히 유적에서의 생활은 편리해서 그곳을 떠나고 싶지는 않았다. 하지만 여기서 거절하면 앞으로 마음이 편하지 않을 것 같았다. 생활 수준은 떨어지겠지만, 여행 중의 생활보다는 나을 터였다. 제대로 된 집을 지어준다고 한다면 받아들여도 괜찮겠다 싶었다.

"세리에는 어떻게 생각해? 나는 제대로 된 집을 지어주기만 하면 괜찮을 것 같은데."

"그러네……."

너랑 함께라면 어디든 좋아, 라는 생각이 자연스럽게 떠올라 얼굴이 붉어졌다.

그것을 감추며 다른 이유를 말했다.

"언제까지고 유적에 얹혀사는 것도 미안하니까, 집이 제대로 준비된다면."

"마카벨은 어떠려나?"

"그 애는 우리가 있으면 그걸로 만족할 거라고 생각하는데."

마카벨도 다소의 불편함은 신경 쓰지 않으리라. 누군가가 옆에 있고 혼자가 아니니, 늘 노숙을 하던 생활과 비교하면 쾌적하다고 생각할 터였다.

"확실히 그럴 것 같네. 그런고로, 제대로 된 집을 지어준다면 함께 살도록 할게."

고제로가 그 이야기를 전달하자 폭싱 촌장은 고개를 끄덕였다.

"마을 위치는 어떻게 할래?"

"우리 집락은 황폐해져서 고치기 어렵다. 처음부터 다시 만드는 거라면 원하는 대로 만들 수 있을지도 모르겠다만."

촌장이 고제로에게 무언가를 말했다.

"고블린이나 폭싱 중 한쪽의 주거를 사용하면, 그 종족의 힘이 커질지도 모르니, 완전히 새로운 곳에 만드는 것은 어떤가? 라고 한다."

"그러면 밭 근처에 만드는 것도 괜찮겠는걸. 지금까지는 집락에서 멀어서 오가느라 좀 고생했었잖아?"

"밭 가까이에 만든다면 작업도 좀 더 순조롭게 진행되겠지."

그 방향으로 진행해보자는 이야기가 되었고, 내일 한번 가서 살펴보기로 했다.

날이 밝고, 어제의 멤버에 드라이어드와 마카벨, 그리고 폭싱 촌장 대신 풍이 더해져 장소를 살피러 갔다.

유지로와 고제로는 무구 회수를 위해 바구니를 짊어지고 수레를 끌며 이동했다.

이야기를 들은 드라이어드는 놀란 후 납득했다.

"새로운 집락이라. 수도 줄었으니 고블린과 폭싱이 함께 사는 것도 효율적이겠네. 내 본체에서는 멀어져서 오가기가 조금 힘들어질지도 모르지만."

"나무째로 이쪽으로 옮겨올 수 없을까?"

세리에의 그 물음에 드라이어드는 곤란하다는 표정을 지

었다.

"유지로나 고제로 같은 장사가 있으니 불가능하지는 않겠지만, 병이 낫지 않은 지금 이동하는 건 좀."

"함께 살아보고 싶었는데."

드라이어드는 그리 말하며 아쉬워하는 마카벨을 등 뒤에서 끌어안았다.

"고마운 말을 해주네. 다 나으면 이쪽으로 올게."

"넘어지니까 너무 장난치지 마."

주의를 주는 세리에게 두 사람은 네 하고 대답했다. 얼마 전까지의 전쟁이 거짓말이었던 것 같은 평화로움이었다.

그런 모습에 쓴웃음을 지으며, 새가 지저귀는 소리에 이끌려 위를 올려다보니 나무들의 녹음이 더욱 짙어져 있는 것이 보였다. 초여름의 발소리가 들려오는 듯했다. 겨울이 찾아올 때까지는 반년 가까이 남았다. 마을 만들기에 식량 조달. 해야 할 일은 잔뜩 있었지만, 세리에는 어떻게든 될 거라고 생각했다.

밭에 도착한 일행은 엉망이 되어버린 밭을 보고 어깨를 축 늘어뜨렸지만 금세 의욕을 내고 주변을 살피기 위해 이동했다.

강이 있으면 좋았을 테지만 여기에는 없으니 가능한 한 탁 트인 장소를 찾고, 그곳을 개척하여 마을을 만들기로 했다. 우물을 팔 수 있을까 하며 수룡에게 지하수맥이 있는지 묻기로 했다.

벌채와 그루터기 제거는 유지로와 고제로가 있으면 충분하므로, 나머지는 마을로 돌아가면서 채취와 사냥을 해 식량 조달에 힘썼다. 휴식을 마친 고블린들도 사냥에 나섰기 때문에 식량 불안은 줄어들리라 여겨도 좋을 듯했다.

"여기, 젊어지는 약."

고제로는 유지로가 던진 약을 받아서 단숨에 비웠다. 젊어진 고제로는 도끼를 들고서 나무로 다가갔다. 그리고 힘을 실어 휘두르자, 단번에 나무가 쓰러뜨렸다. 굵은 나무라도 두 번 휘두르면 넘어갔다.

"영차."

근력 상승약을 먹은 유지로가 쓰러진 나무를 들어 올려 운반했다.

두 사람은 이 작업을 반복했고, 두 시간 만에 꽤 넓은 공간을 확보했다. 3백 명 정도는 문제없이 살 수 있을 만한 마을이 만들어질 것 같았다. 여기에 살 자들이 3백이 되지 않으니 지금은 이 정도면 충분하리라.

둘은 가지를 대강 쳐낸 나무를 쌓아갔다.

"다음은 그루터기를 뽑아내자."

"그래."

이쪽도 몇 명이 달려들어야 뽑힐 것 같은 그루터기를 혼자서 쑥쑥 뽑아냈다. 날이 저물기 시작할 무렵에는 베어낸 나무의 산 옆에 그루터기의 산이 생겨 있었다.

집락으로 돌아와 그 이야기를 하자 세리에는 너무 빠른

진행 속도에 어이없어했다.

"내일부터, 다 함께 거기 가서 마을 만들기를 시작할 거야."

"뭘 먼저 만드는 편이 좋을까?"

"비바람을 피할 집이려나? 우리 집은 마지막에 지어달라고 하고, 고블린과 폭싱용 집과 식량 같은 걸 넣어둘 창고부터? 집이 완성될 때까지는 유적에서 지내면 되니까. 아니면 안전을 위한 담장이랑 망루부터 만들까?"

"그 문제는 내일 다 같이 얘기해보자."

그래야겠네 하고 고개를 끄덕이고 저녁 식사를 차렸다. 저녁 식사 준비를 거들면서 마카벨이 유지로에게 말을 걸었다.

"나는 뭘 할 수 있어?"

"마카벨은…… 그래, 구멍을 파는 마법을 만들어봐 줄래? 있으면 도움이 될 거야."

"구멍을 파서 어떡하는데?"

"해자를 만들려고 하거든. 몇 년 후에 또 군이 공격해 올지도 모르잖아? 그때를 위해서 군이 접근하기 힘들게 지금부터 해자를 만들어두는 편이 좋겠다고, 영감님이랑 이야기했거든. 그리고 우물을 파는 데도 쓸 수 있으려나?"

"열심히 해볼게!"

마카벨은 오옷 하고 한 손을 들어 올리며 기합이 들어간 대답을 돌려주었다.

"응, 기대할게."

유지로에게 부탁을 받아서 기분이 좋아졌는지 구멍 구멍하고 말하면서 생각에 잠긴 마카벨의 머리에 세리에가 손을 얹었다.

"생각하는 건 나중에, 밥 먹어야지."

"응."

마카벨은 순순히 고개를 끄덕이고 유지로 옆에 앉았다. 퐁도 바인도 다 함께 식사를 시작했다.

다음 날, 마을 만들기가 시작되었다. 우선 담장을 만들기로 했다. 집락을 둘러쌌던 벽돌과 바위 일부를 다 함께 운반했고, 집락에 남은 폭싱들이 새 벽돌을 만들었다. 벽돌 운반 행렬의 호위는 세리에가 맡았고, 마을이 될 예정지에서 지면을 고르는 자들의 호위는 유지로가 맡았다. 밭에는 고제로가 가서 소수의 고블린들과 채소 심기를 재개했다. 집락 호위는 바인의 역할이었다. 마카벨은 마법을 생각하면서 유지로와 세리에 사이를 오갔다. 모두 힘든 작업이었지만 생사를 건 전투보다는 나은지라, 다들 불만 없이 묵묵히 작업에 몰두했다.

그러는 사이에 수룡의 치료용 약이 완성되었다.

그걸 갖고서 유지로와 드라이어드, 고제로와 용의 아이가 호수로 향했다. 유지로 일행이 빠지면 호위가 부족해지는지라, 다른 작업자들은 모두 쉬게 했다.

만든 약을 호수에 넣자 이전처럼 물이 맑아졌고, 수룡은 거체 상태로 물속으로 들어갔다.

"이번에는 1년 정도였던가?"

"그 정도라고 보면 될 거다. 또 무슨 일이 벌어지지 않는다면."

"또 큰 해프닝이 벌어지는 일이 없기를 바라."

드라이어드의 말에 유지로와 고제로는 진심으로 동의했다.

그러게 말이다 하며 자그맣게 미소를 짓고서 수룡은 슈피니아에게 잠시 작별 인사를 하고 호수 아래로 들어갔다.

"그럼, 영감님. 목재 좀 확보해서 돌아갈까?"

고제로도 함께 온 것은 쓰러진 나무들을 마을로 가져가기 위해서였다. 집과 담장을 만들어야 하므로 목재는 많으면 많을수록 좋은 상황이었다. 이대로 썩게 내버려 두는 것은 아까웠다.

어느 정도 모아 밧줄로 묶은 목재를 둘이서 운반했다. 마을 예정지에 목재를 두고 집락으로 돌아가니 똑똑한 너구리와 하인드가 와 있었다.

유지로는 고제로와 헤어져 두 사람과 이야기를 나누었다.

"승리, 축하해."

"고마워. 하지만 그걸 이겼다고 할 수 있으려나. 식량 고마웠어. 다른 마물들에게도 감사 인사 좀 전해줘."

"알았어. 그래서, 본론인데, 약 주문이 들어왔어."

"그래, 어떤 건데?"

세 가지를 부탁받았는데, 전부 그다지 어렵지 않은 것들이었다. 열흘 후에 가지러 오라고 말해두었다.

이번에도 식량을 전달하고, 똑똑한 너구리의 용건은 끝났다.

하인드가 앞으로 나와 고개를 숙였다.

"살아남아서 정말 다행입니다."

"응, 살아남았어. 피해는 적지 않지만. 그쪽은 어땠어? 죽은 사람은 없었어?"

"튼튼한 게 저희의 장점인지라. 부상을 당해도 습격한 인간의 피를 빨면 대부분 어떻게든 됩니다. 무모한 짓도 하지 않았고요."

하인드는 부드럽게 웃으며 그렇게 말했다.

사실 수가 적다고는 해도 죽고 만 자도 있었다. 하지만 참가는 자신들이 정한 일이고, 죽을 가능성이 있다는 것도 알고 있었다. 사망자의 가족 중에는 다소 안 좋은 마음을 가진 자도 있을 테지만, 죽은 당사자가 납득한 일이라는 것과 하인드들의 통제로 원망의 말이 나오는 일은 벌어지지 않았다.

생각을 표정에 드러내지 않는 연장자의 연기에 속아 유지로는 사망자가 나왔다는 사실을 눈치채지 못했다.

"곤란한 일이 생기면 이번에는 우리가 힘을 빌려줄게. 가능한 범위 내에서라는 조건이 붙겠지만."

"그때는 잘 부탁드리겠습니다. 이건 저희 도련님께서 보내신 겁니다. 식량이 되었으면 하신다며 씨앗을."

전쟁으로 밭이 못쓰게 되어버렸을 가능성이 있다고 생각

했고, 도움이 될까 싶어 씨앗을 모아 하인드에게 맡긴 것이다. 씨앗은 아직 여유가 있었지만 많아서 곤란할 일은 없었다. 감사히 받아 들었다.

"키트레제 군에게도 감사 인사를 전해줘. 큰 도움이 될 거야. 물론 흡혈귀들의 조력도 고마웠어."

"반드시 전하겠습니다."

"아, 맞다. 지금 고블린과 폭싱들과 새로운 마을을 만들고 있어. 완성되면 거기로 이주할 거니까, 유적으로 가면 만나지 못하게 될지도 몰라."

"알았습니다."

똑똑한 너구리가 뭔가를 생각하더니 입을 열었다.

"그 마을에서는 고블린과 폭싱이 함께 사는 건가?"

"응, 그렇게 될 거야."

그 대답에 똑똑한 너구리와 하인드의 표정이 살짝 달라졌다. 그들도 마물이라 영역 의식이 있었고, 그 문제를 해결했다는 사실에 반응한 것이었다.

그 두 종족만인 것인지 더 많이 받아들일 것인지를 물었다. 똑똑한 너구리도 하인드도 대답이 후자일 경우 앞으로 마을이 커질 가능성이 있다는 데 생각이 미쳤다.

"다른 마물도 받아들일 생각이야?"

"음…… 입장이 대등하다면 괜찮다고 보는데. 강하다고 해서 주민들을 거느리려고 드는 마물은 거절이고."

"그 조건에 맞춰서 살겠다고 하는 마물이 있으면 소개해도 될까?"

"일단 고제로 영감님과 폭싱 촌장에게 얘기를 해볼게."

혹시 싫어할 가능성도 있다. 셋은 이동하여 이야기를 전했고 조건에 맞는 마물이라면 괜찮다는 대답을 들었다. 다음으로 완성 전에 데려오는 것도 곤란한지라, 당분간은 권유를 자제해달라고 했다.

두 손님이 돌아가고, 마을 만들기를 시작한 지 2주 만에 담장과 망루가 완성되었다. 마을을 둘러싸듯이, 높이 2미터 정도에 두께 30센티미터의 벽돌벽이 세워졌다. 출입구는 동서로, 네 귀퉁이에 중형 발리스타를 설치한 망루가 만들어졌다. 거대종에게 높이는 아무런 효과도 없겠지만, 보통 마물이라면 충분한 방비다.

서둘러서 많은 양을 준비해야 했기 때문에 솔직히 벽돌의 질은 낮았다. 조만간 품질 좋은 벽돌로 교체해야 할 테지만, 지금은 이걸로 됐다며 그대로 두었다.

"이제 겨우인지 벌써인지는 알 수 없지만, 방비는 완성. 다음은 건물이야."

"예정대로 고블린과 폭싱의 집부터지?"

세리에의 확인에 유지로는 고개를 끄덕였다.

"계속해서 모두에게 애써 달라고 해야겠네."

"서로 협력하면서 동료 의식이 생기기 시작한 모양이니, 이대로 아무런 문제 없이 공존할 수 있게 되면 좋겠는데."

"지금 현재로는 괜찮은 것 같은데. 수가 늘어나면 어찌 될지 모르지만."

두 사람이 그렇게 이야기를 나누고 있는데 마카벨이 됐다, 됐다, 하고 신이 나서 떠들며 달려왔다.

"구멍 파는 마법 할 수 있어!"

"할 수 있게 된 거야? 바로 보여줄래?"

"응!"

마카벨은 지면에 손을 대고서 마법을 썼다.

"흙의 멍멍이들, 나와라!"

마카벨의 목소리에 반응하며 2미터 앞의 흙이 꿈틀거리더니 흙으로 된 개 네 마리가 일어섰다. 네 마리는 마카벨 곁으로 다가와 앉았다. 개가 나온 부분에는 구멍이 뻥 뚫려 있었다.

그 모습을 보고 있던 유지로와 세리에는 동물을 좋아하는 마카벨다운 마법이라며 미소를 지었다.

이것은 유지로가 기대했던 것 이상의 마법이었다. 유지로가 원했던 것은 그저 구멍을 파는 마법이었고, 그렇게 되면 파낸 흙이 그 자리에 남아서 운반하는 수고가 들 가능성이 있었다. 하지만 이 동물화 마법이라면 흙이 스스로 방해가 되지 않는 위치까지 이동해줄 터였다. 정말이지 편리한 마법이었다. 응용하면 무거운 돌을 동물화해서 힘을 들이지 않고 운반하는 것도 가능해진다.

요컨대, 즉석 골렘 작성 마법이었다.

"어때? 잘했어?"

마카벨은 대단해? 대단해? 하며 기대로 눈을 빛내면서 유지로를 올려다보았다. 개들도 마카벨의 감정에 동조하는 듯 꼬리를 흔들었고, 몸을 구성하는 흙이 날려서 꼬리가 작아졌다.

"대단해! 대단해! 열심히 해줘서 고마워!"

마카벨을 안아 들고 그대로 빙글빙글 돌기 시작했다. 그러자 마카벨은 즐거운 듯 소리 내 웃었다.

"으음."

눈썹을 찌푸리며 자그맣게 신음하는 세리에. 매달려 있는 마카벨을 떼어놓고 싶었지만, 노력해준 것은 사실인 만큼 분위기를 읽고 참았다. 기분 상한 듯 두 사람을 바라보는 것까지는 어쩔 수 없었지만.

"세리에. 지금부터 마카벨이랑 해자를 만들러 갔다 올게."

유지로는 마카벨을 내려놓고 세리에를 보며 말했다.

세리에의 표정이 풀어졌다. 자신에게 관심을 돌려준 것만으로 기분이 좋아지는 건 너무 무르기 때문인 걸까? 반해 있기 때문인 걸까?

"오늘부터?"

"하루에 얼마나 팔 수 있을지 확인해보고 싶거든."

"여기 수비는 어떡하고? 나는 운송대를 호위해서 집락으로 돌아가는데."

"자리를 오래 비울 수는 없겠네. 그럼 한 시간에 얼마나

가능한지만 시험해보고 올게."

"그 정도라면."

조금 긴 휴식을 취하도록 예정을 변경하고, 고개를 끄덕여 답했다.

"그럼 다녀올게." "다녀오겠습니다!"

"잘 다녀와."

놀러 나가는 듯한 두 사람의 모습을 쓴웃음 지으며 배웅하고, 세리에는 예정 변경 소식을 알리러 갔다.

유지로는 마카벨을 업고서 달렸다. 시간이 한정되어 있기 때문이었다. 숲 끝에서 100미터 정도 떨어진 위치에서 멈추고 마카벨을 내려주었다.

"이쯤이면 되려나. 해자는 얼마나 되는 걸 만들어야 하려나. 갑옷을 입은 병사가 어느 정도 점프할 수 있을까?"

이쪽에 오기 전, 학교에서 멀리뛰기 했던 거리를 떠올리면서 간단히 계획을 세웠다.

"3미터면 뛰어넘을 수 있으려나? 하지만 짐을 가진 상태잖아? 일단 폭 3미터로 만들고, 깊이는 2미터?"

혼잣말을 하면서 계획을 세워가는 유지로를 마카벨은 가만히 지켜보았다.

어느 정도 계획을 세우고, 마카벨이 이해하기 쉽게 선을 그어 표시했다. 3미터 폭으로 만들어보기로 한 모양이었다. 나중에 갑옷을 입은 고블린의 도움을 받아 비거리를 측정해보기로 했다. 그래서 불안하다고 느껴지면 1미터 더 늘리면 된다고 생각했다.

"이 선을 따라서 개를 만들어줄래?"

"알았어."

마카벨이 마법을 쓰자 여섯 마리의 토견(土犬)이 나타났다. 구멍의 깊이는 40센티미터 정도였다.

"마력은 아직 괜찮아?"

"응. 아직 더 부를 수 있어."

"그럼 한 줄씩 해보자."

오옷 하고 팔을 들고서 계속해서 마법을 썼다. 10미터 정도 진행하자 마카벨의 마력이 바닥났다.

마카벨은 죽 늘어선 토견들에게 둘러싸여 지친 듯 바닥에 주저앉았다. 유지로는 수고했다고 말하면서 마카벨의 머리를 쓰다듬어주고 만들어진 해자를 보았다.

"하루에 이 정돈가. 마카벨 혼자서 깊이 1미터 정도의 해자를 1킬로미터 만들려면 2년 이상 걸리겠는걸. 나랑 영감님이 반대쪽에서 만들어나가면 훨씬 빨라지겠지? 좋아, 돌아가자."

돌아서서 웅크리고 앉은 유지로의 등에 마카벨은 영차 하며 업혔다. 개들은 그 자리에서 흙으로 돌아갔다.

걸어가도 충분히 제때 도착할 수 있었으므로 느긋하게 돌아갔고, 그 도중에 마카벨은 기분 좋은 숨소리를 내면서 잠들었다.

이날부터 2주 정도가 지나자, 마을에 건물의 기초가 몇 개 보이기 시작했고, 깊이 1미터가 조금 안 되는 해자가 30미터까지 만들어졌다. 반대쪽에서도 40미터 정도 진행되어 있었다. 똑똑한 너구리에게 철제 곡괭이 등을 조달받아, 젊어진 고제로가 그것을 써서 함께 작업해주자 예상보다 빠르게 진행이 되었던 것이다. 유지로는 폭싱들이 만들어준 일륜차로 흙을 옮기는 작업을 맡아 했다.

이 작업으로 유지로와 마카벨이 둘이서 나가는 일이 많아졌고, 대신에 세리에와의 시간이 조금 줄어들었다. 마을을 만드는 중에도 바빠서 접점이 줄었고, 지금까지 하루 종일 함께 있던 것과 비교하면 따로 있는 시간이 늘어나는 것만 같아 세리에는 쓸쓸함을 느끼기 시작했다.

마음을 자각한 후로 시간도 꽤 지났으니, 좋아한다는 마음을 전하고 싶었다.

그러던 어느 날. 가끔은 휴식을 취하자며 유지로는 집에서 세리에, 마카벨과 함께 느긋하게 시간을 보내고 있었다. 세리에는 지금이 기회라며 언제나 풀어두었던 머리카락을 반 묶음 하여 변화를 주었다. 솔직한 마음으로는 단둘이 있고 싶었지만, 그러기 위해 마카벨을 쫓아내는 것은 내키지 않았던지라 대신에 마카벨이 좋아하는 과자를 많이 만들어 주의를 그쪽으로 돌렸다.

"아, 저기, 이렇게 느긋하게 지내는 건 오랜만인 것 같네."

"그러게. 계속 바빴으니까. 어서 느긋하게 지낼 수 있게 됐으면 좋겠어."

　의외로 이 상황을 즐기고 있는 유지로였지만, 세리에와의
접점이 줄어든 것은 아쉽다고 생각하고 있었다. 그것을 말
로 전한다면 세리에는 무척이나 기뻐하리라.

　"마을이 완성되면 이전처럼 살 수 있겠지? 나도 그쪽이
좋아."

　"나는 지금도 좋은데?"

　"그래? 나도 싫은 건 아니지만 말이지."

　마카벨처럼 유지로를 독점할 수 있는 시간이 있다면, 지금
의 생활에도 불만은 없다. 그렇게 말하고 싶었지만 좀처럼 입
이 떨어지지 않았다. 부끄러운 마음이 방해를 하는 것이다.

　"마카벨, 입가에 부스러기가 묻었어."

　"응, 고마워."

　마카벨의 입가에 묻은 과자 부스러기를 발견한 유지로는
손으로 떼어내 자신의 입에 넣었다.

　세리에가 그 모습을 빤히 바라보자 유지로는 "왜 그래?"
라는 시선을 보냈고, 세리에는 아무것도 아니라며 고개를
가로저었다.

　'부럽지만, 내가 흘리는 건 꼴불견일 뿐이겠지.'

　반대로 유지로가 흘렸을 때 떼어주는 건 어떨까 생각하며
힐끗 유지로를 보았다. 하지만 유지로는 세리에가 만든 것
을 매우 아끼는지라 그런 기회는 전혀 없었다.

　대신에 세리에가 만든 과자를 아주 맛있게 먹는 모습을

보고 기뻐지기는 했다.

그런 식으로 답답함과 기쁨을 느끼고 있으려니 방 밖에서 드라이어드의 기척이 다가오는 것이 느껴졌다.

늘 그렇듯 품에는 슈피니아가 있었다.

"안녕."

"어서 와."

"마카벨, 슈피니아랑 놀지 않을래?"

드라이어드가 권하자, 슈피니아도 조르듯이 마카벨을 보았다.

그 요청에 고개를 끄덕인 마카벨은 놀다 오겠다며 방을 나갔다. 놀러 가는 마카벨의 등을 지켜보던 세리에는 지금이 기회라며 기합을 넣었다.

'이거야말로 고대하던 절호의 기회! 여기서 결정타를 넣는 거야. 세리에, 파이팅. 어려울 거 없어. 간단해. 한마디, 좋아한다고 말할 뿐이니까. 아, 하지만 좋아한다는 말만으로는 부족하려나? 조금 더 덧붙이는 편이 좋을까? 예를 들면…… 너의 모든 것에 마음을 빼앗겼어, 라든가? 너무 과하려나? 그럼, 쭉 함께 있어줘. 이래서는 지금까지랑 다를 바 없잖아? 역시 단순하게 사랑합니다, 라든가? 직설적인 만큼 틀림없이 전해질 거라고 생각하지만, 사랑이라는 말은 좀 부끄럽네. 어떻게 전하면 좋을까.'

드디어 단둘이 되자, 세리에의 긴장감이 고조되었다. 3분 정도 생각에 빠진 채 아무렇지 않은 척 과자를 먹고, 차를

305

마시고, 각오를 다졌다.

"저, 저기."

"안녕."

유지로에게 말을 건 바로 그 순간, 퐁이 폭싱을 데리고서 유적에 돌아왔다.

마음을 전하는 일에 지나치게 집중한 나머지 퐁의 기척을 눈치채지 못했던 것이다.

"아직 돌아오기에는 이른 시간인데. 무슨 일 있어? 아, 그 전에 잠깐 기다려줄래? 세리에도 뭔가 할 말이 있나 봐."

퐁에게 양해를 구하고 유지로는 세리에를 보았다.

우선해준 것은 기뻤지만, 누군가가 있는 상황에서는 마음을 전하기 어려웠다. 저기, 그게, 그러니까, 횡설수설하기 시작한 세리에는 결국 고백을 뒤로 미루기로 했다.

"아니, 퐁이랑 먼저 얘기해도 돼. 나는 나중에 할게."

"……그렇다고 하네. 퐁, 용건을 들려줄래?"

"펌프라는 도구에 관해서 물어보고 싶은 게 있대."

"펌프 말이지."

수룡에게 수맥 조사를 부탁했을 때, 폭싱에게 우물에 관한 이야기를 해주었었다. 힘이 강하다고는 할 수 없는 폭싱에게 도르래 방식은 힘들 거라고 생각해 펌프 이야기를 꺼냈던 것이다.

"자세한 건 나도 잘 모르는데. 뚜껑을 단단히 닫고 공기를 주입하면 그 공기에 밀린 물이 관을 통과한다는 느낌?"

"가능한 한 자세하게 설명해주면, 자기들이 어떻게든 하겠다고 말하고 있어."

"진짜로 가능할 것 같은걸. 유적 앞으로 갈까? 바닥에 그림을 그릴게."

발리스타와 크로스보를 재현했던 성과가 있는 만큼 설득력 있는 말이었다.

기억을 뒤져 겨우겨우 간단한 구조를 떠올렸다. 종이에 그리는 건 아깝다 싶어 바닥에 그리기로 했다. 폭싱들의 기억력이라면 그걸로 충분하리라 생각했다.

"잠깐 나갔다 올게. 금방 돌아올 거야."

"아, 응. 다녀와."

폭싱들과 함께 나가는 유지로를 배웅하면서 세리에는 쿠키를 입에 넣었다. 탄 그래놀라에서 살짝 쓴맛이 났다. 애타는 마음에 딱 맞는 맛인 것 같아 씁쓸한 미소가 떠올랐다.

유지로는 20분 정도 후에 돌아와 세리에 옆에 앉았다.

"펌프라는 건 제대로 설명했어?"

"자세한 구조는 기억이 안 나. 그래서 설명이 부족할 거라고 생각해. 한동안 시행착오를 반복하게 되지 않을까?"

"제로에서 협력 마법을 만들어내는 거랑 어느 쪽이 더 어려울까?"

"어느 쪽이려나."

언젠가는 완성해내지 않을까? 하고 말하며 유지로는 차를 마셨다.

"그러고 보니 머리 모양이 조금 달라졌네? 잘 어울려."

"고마워."

칭찬받았다며 세리에는 기쁜 듯이 뺨을 물들였다. 지금이라면! 하고 기합을 넣고 입을 열려던 순간, 또다시 누군가가 다가오는 기척을 느꼈다.

기척은 빠른 속도로 접근해 오고 있었다. 그만큼 다급한일이라는 뜻이리라. 이번에도 틀렸나 싶어 세리에는 힘이빠졌다.

바로 자그마한 하피를 업은 히아가 들어왔다.

"갑작스런 부탁입니다만, 이 아이를 봐주실 수 있을까요? 제가 알고 지내는 아이입니다."

"그럼. 테이블 위에 눕혀줄래?"

"고맙습니다."

테이블 위의 과자 등을 한쪽으로 밀어두고, 일곱 살 정도로 보이는 어린 하피를 눕혔다. 넓적다리에 붕대가 감겨 있었다. 히아에게 증세를 듣고 상태를 추측했다. 상처를 보니뱀 같은 것의 독이리라 생각되었고, 효과는 약하지만 폭넓게 대응할 수 있는 해독제를 주었다. 그것으로 정신을 차리게 한 다음, 어떤 생물에게 물렸는지를 평소처럼 본인에게물기로 했다.

깨어난 하피에게 자세한 상황을 들은 유지로는 독에 맞는 해독제를 지식 속에서 발견해 만들기 시작했다. 그 사이에히아와 하피는 유지로의 침실에서 쉬게 되었다.

그 후에도 손님이 찾아왔고, 세리에는 마음을 전하지 못했다. 그 사이에 마카벨이 돌아왔고, 기회가 떠났음을 깨달았다.

저녁밥을 만들며 세리에는 자그맣게 한숨을 내쉬었다. 간단한 일인 듯 마음을 전해왔던 유지로가 실은 엄청난 일을 해왔던 것처럼 느껴졌다.

"하필이면 오늘 손님이 계속 오다니."

다음은 언제 기회가 찾아오려나. 냄비 속 내용물을 저으면서 눈썹을 모으고 답답한 표정을 지었다.

그때 약 만들기를 마친 유지로가 다가왔다.

"오늘은 건더기가 듬뿍 들어간 수프?"

"맞아. 히아가 답례로 버섯을 따다 줬고, 폭싱들은 말린 고기를 줬거든. 남은 채소도 있어서 전부 넣어봤어. 맛볼래?"

작은 접시에 덜어서 먼저 맛을 보고, 그대로 유지로에게 건넸다. 세리에가 입을 댔던 부분에, 아무렇지도 않은 듯이 유지로도 입을 대고 수프를 마셨다.

"오늘도 맛있는걸. 역시 세리에야."

"평소랑 똑같다고 생각하는데…… 아."

"왜 그래?"

"아무것도 아니야."

무심코 건넨 것이지만, 낮에 마카벨을 부러워했던 것과 비슷한 일을 했다는 사실을 깨달았다.

얼굴이 뜨거워지기 시작했고, 부끄러워하고 있다는 것을

들킨 것은 아닐까 싶어 힐끔 유지로를 보았다.

유지로는 테이블을 닦고 있었고, 세리에의 빨개진 얼굴을 눈치채지 못하고 있었다. 그 사실에 안심이 되는 듯하면서도 아쉬운 듯한 기분을 느꼈다.

'지금은 단둘뿐. 말할까?'

그렇게 생각한 순간 마카벨이 나타났다. 오늘은 그런 날인가 보다 하며 포기하고, 완성된 수프를 그릇에 담았다.

머리 모양을 칭찬받고, 부러워했던 일도 할 수 있었다. 오늘은 그것으로 만족하기로 했다.

11장

귀환

cheat kusushi no
isekai tabi

Tona Akayuki
illustration / kona

41 그리운 땅

오늘도 유지로는 마카벨과 함께 해자를 만들러 갔다. 하늘에는 구름 한 점 없어서 주의하지 않으면 더위를 먹을 수도 있었다.

작업을 시작하고 10분 정도가 지나자 멀리서 움직이는 것이 보였다. 저쪽도 유지로 일행을 눈치챘는지 이쪽으로 다가왔다.

"이쪽으로 오는 것 같은데."

자세히 살피려고 눈을 가늘게 떴다. 망원경이 있었다면 좋았겠지만 오늘은 유적 안에 두고 왔다.

"누굴까? 또 인간인 걸까?"

마카벨이 불안한 듯 유지로의 옷자락을 잡았다. 인간인지 마물인지 잘 알 수 없는 거리지만, 수는 많지 않으니 도망치는 건 간단할 거라며 안심시키듯 힘주어 마카벨의 어깨를 잡았다.

1분 정도 기다리자 서로 얼굴을 확인할 수 있는 거리까지 다가왔다.

언뜻 사람과 마물 집단으로 보였지만, 양쪽이 적대하는 일 없이 함께 있는 경우는 좀처럼 없는 만큼 인간형 마물이리라 추측했다. 뿔이 난 덩치 큰 인간형 마물 오거, 인간의 상반신에 말 몸통을 가진 켄타우로스. 머리가 둘인 대형견 알드 독, 하반신이 뱀인 여자 라미아, 여우 마물이기는 하지만 폭싱과는 다른 인간형 다미호 같은 다양한 마물의 모습이 보였다.

마물들의 선두에 선 16세 정도의 소년처럼 보이는 마물은 경계심 가득한 표정을 짓고 있었다. 동시에 신기해하는 표정도 슬쩍슬쩍 엿보였다. 흰빛이 도는 물색 피부 이외에도 한 가지 특징이 있었는데, 보통 마물들을 훌쩍 뛰어넘을 만큼 강한 기척을 갖고 있다는 점이었다. 종족은 알 수 없었다. 기척이 강하다고 해도 젊은 시절의 고제로 정도는 아닌지라 유지로가 겁먹는 일은 없었다.

"무슨 용건이지?"

얼굴을 마주한 채 시간만이 흘러갔고, 견디지 못하게 된 것은 유지로 쪽이었다.

소년은 무어라 말해야 할지 망설이며 입을 열었다 닫았다 했다.

"……인간이 이 숲을 공격했다고 들었다."

"한 달 전에 끝난 일인데?"

"너희가 여기 있다는 건, 인간이 이겼다는 말인가? 그렇다고 하기에는 수가 적은데?"

"군은 물러났어. 승패로 말하면, 어느 쪽이려나? 군대가 내빼서 숲 측이 승리?"

"숲 쪽이 이겼다면 어째서 너희 인간이 여기 있는 건가?"

소년은 거짓말하지 말라며 소리쳤다. 그 반응에 개의치 않고 유지로는 답했다.

"우리는 숲 측에 붙었거든."

마물들은 잠시 어이없어한 후, 당황한 듯한 표정으로 어찌 된 일이냐며 서로의 얼굴을 마주 보았다. 그런 와중에 오직 소년만이 분노를 계속해서 드러냈다.

"인간이 마물 편을 들었다고? 허튼소리!"

"아니, 진짜인데."

"인간이 마물을 도울 리 없다! 이건 함정이야. 이 녀석들을 때려눕혀서 정보를 뱉게 하겠어! 따끔한 맛을 보면 거짓말을 지껄일 여유도 없어지겠지!"

마물들은 소년의 목소리에 조금 당황했지만, 이내 두 사람을 공격하기 위해 투기와 적의를 높여갔다.

때려눕히겠다는 의사 표시에 유지로와 마카벨은 당황스러울 수밖에 없었다.

"끓는 점이 너무 낮잖아!"

유지로는 마카벨을 공주님 안기로 안아 들고, 바로 거리를 벌렸다. 마카벨은 유지로의 옷자락을 꽉 움켜쥐고서 어찌 된 일인지 의아하다는 표정을 짓고 있었다.

"우선…… 마카벨, 억제했던 힘을 약하게 날려줘. 되도록 상처 입히는 일 없이 얌전하게 만들고 싶어."

"으, 응."

마카벨은 움직이려 하는 마물들을 향해 손바닥을 내밀고 힘을 방출했다.

유지로는 힘을 견디며 돌격해 온 소년에게서 더욱 거리를 벌렸다. 움직이고 있는 것은 소년뿐이었고, 다른 마물들은 지면에 쓰러져 있었다.

"무슨 짓을 한 거냐?!"

"얌전히 이야기를 들어줬으면 해서 무력화시켰어. 그 정도의 힘을 받고도 견디다니, 대단한걸."

버티고 있다고는 해도 점점 안색이 나빠지고 있었지만.

뭔가 이해할 수 없는 공격을 받은 소년은 이대로는 아무것도 하지 못한 채 쓰러져버릴 거라며 초조해했다. 자신이 쓰러져버리면 모두의 숨통을 끊어버리고 말 것이 틀림없다고 믿고, 변신을 풀었다.

"수룡?!"

소년의 모습이 흐릿해지는가 싶더니, 지금은 잠들어 있는 수룡과 똑 닮은 모습이 나타났다. 사이즈는 소형 트럭 정도였다. 그리고 비늘이 벗겨져 피부가 드러난 곳이 두 곳 정도 있었다.

변신을 푸는 사이에도 계속해서 마카벨의 힘에 노출된 탓에 결국에는 아무것도 하지 못한 채 그대로 쓰러져버렸다. 하지만 눈만은 유지로와 마카벨을 힘껏 노려보고 있었다.

마카벨에게 힘 방출을 멈춰달라고 하고 그대로 품에 안은 채 수룡에게 다가갔다. 수룡은 몸에 힘을 주며 움직이려 했다.

"왜 그렇게 적의가 강한 거람? 일단 이야기를 들어줄래?"

인간이 마물을 경계하듯이, 마물도 인간을 경계하는 것은 당연한 일이다. 유지로 일행은 숲속에 살면서 그런 판단이 조금 마비되어 있었다.

"……."

대답이 없었으므로 일방적으로 자신들의 사정을 이야기하기로 했다.

수배서가 나와서 숲에 오게 되었다는 것, 이곳에 머무르기 시작한 후의 생활, 군과 맞선 일까지. 그중에는 소년과 같은 종족인 수룡에 관한 이야기도 있었다.

동족의 이야기를 들은 순간 젊은 수룡에게서 피어오르던 적의가 옅어졌고, 갈망 같은 것이 떠올랐다.

그 너무나도 알기 쉬운 마음을 간파한 유지로는 수룡은 지금 만날 수 없지만 수룡의 아이라면 만날 수 있다고 말했다.

"어떻게 할래? 만나고 싶다고 하면 여기로 데려올게."

"예속시킨 동족을 데려올 셈은 아니겠지?"

그런 무시무시한 짓은 못 한다는 말이 유지로의 마음속에서 바로 떠올랐다. 그러한 짓을 하면 약해져 있다고는 해도 수룡이 앙심을 품고 죽이러 오리라는 것이 간단히 상상되었다.

"의심이 깊다고 할까, 인간에게 강한 원한이라도 있는 거야?"

"있다. 유괴당해 어머니와 헤어져야 했으니까. 겨우 도망쳤지만, 고향도, 어머니가 계신 곳도 몰랐으니까!"

"응?"

유지로는 고개를 갸웃거렸다.

어쩌면 수룡의 아이가 아닐까 싶지만, 아무래도 의심스러웠다. 인간에게 유괴당하고도 살아남았을 것 같지도 않았고, 그냥 비슷한 경우일 뿐일지도 모른다고 생각됐기 때문이다.

이건 드라이어드를 데려오는 편이 좋겠다고 판단했다. 유괴되었던 수룡의 아이와도 면식은 있었을 터다. 드라이어드를 데려오기만 하면 상황이 개선될지도 모른다.

"여기서 좀 기다려. 데려올 테니까."

"조종당하는 동족을 보여준다면 그 목을 물어뜯어 버릴 테다!"

"예예. 그때는 이 목을 내어드릴게."

슈피니아와 드라이어드를 데려오면 조금은 차분해지리라며 적당히 대꾸하고 마을로 달려갔다.

드라이어드는 마을이나 본체 쪽에 있는 일이 많았고, 슈피니아도 마찬가지였다.

마을에 마카벨을 내려놓고 드라이어드를 찾았다. 운 좋게도 드라이어드는 마을에서 세리에와 이야기를 나누는 중이었다.

"아, 어서 와."

"다녀왔어. 바로 다시 나가야 하지만. 드라이어드와 슈피니아는 나랑 같이 가줄래?"

"무슨 일 있는 거야?"

무슨 일이냐며 드라이어드는 고개를 갸우뚱했다.

"숲 밖에 수룡이 있어. 아마도 유괴당했던 수룡의 아이가 아닐까 싶은데, 확신은 없지만."

"뭐? 그 아이가 돌아온 거야?!"

귀환을 기뻐하기에 앞서 깜짝 놀라는 드라이어드. 인간이 무슨 생각으로 수룡의 아이를 유괴해 갔는지는 알 수 없었지만, 생존은 어려우리라 생각하고 있었던 것이다.

"본인인지 확인해줬으면 하는데."

"갈게. 슈피니아, 오빠를 만날 수 있을지도 몰라."

드라이어드는 진지한 표정으로 서둘러 고개를 끄덕였다.

한편, 슈피니아는 드라이어드의 말을 잘 이해하지 못한 것인지 의아하다는 듯이 고개를 갸우뚱했다.

드라이어드와 슈피니아를 데리고서 다시 숲 밖으로 나갔다. 그곳에는 아직 이능의 영향에서 벗어나지 못한 마물들이 쓰러져 있었다.

"저 마물들은 어떻게 된 거야?"

"싸우려고 들길래 마카벨한테 쓰러뜨려달라고 했어."

"아, 그래서."

납득하면서 쓰러진 수룡에게 다가가 찬찬히 얼굴을 살폈다. 수룡도 드라이어드를 마주 바라보았다. 이내 반가움이 드라이어드의 얼굴에 떠올랐다.

"유괴되었던 아이야. 오랜만이구나, 류온. 나를 기억하니?"

"……어머니와 친했던 드라이어드?"

드라이어드와는 몇 번이나 만난 적이 있었고, 떠올리는 것은 간단했다. 그리고 이곳이 자신의 고향이라는 사실을 깨달았다.

"돌아온 건가?"

"그래, 어서 오렴. 슈피니아도 오빠에게 어서 오세요 하고 말해주면 어떨까?"

품속의 슈피니아를 류온을 향해 내밀었다. 슈피니아와 류온은 신기하다는 표정으로 서로를 바라보고 있었다.

"오빠? 내가 유괴된 후에 태어난 건가?"

"맞아. 아직 세 살이야."

"어머니는? 어머니는 어디 계시지?"

젊은 수룡은 애원하는 듯한 목소리로 물었다.

"무리한 탓에 잠들어 있어. 일어나는 건 1년 후쯤이야. 잠든 모습은 볼 수 있으니까, 같이 갈래?"

"가겠어. 그 전에 묻고 싶은 게 있다. 저기 있는 인간이 자신은 마물들 편이라고 했다. 그 말을 도무지 믿을 수가 없어."

"사실인데? 나도 수룡도 도움을 받았어. 다른 마물들의 상처와 병도 고쳐주고 있고."

아는 이의 말을 거짓이라고 단정할 마음은 없는지 그는 잠시 생각에 잠기는 표정을 짓더니 인간의 모습으로 변신했다.

유지로에 대한 적의는 줄지 않았지만, 투지는 사라졌다.

"일단, 거기 있는 마물들과 함께 숲으로 들어갈까?"

드라이어드의 물음에 류온은 고개를 가로저었다.

"기다리고 있는 자들이 있다. 그 녀석들도 함께 가도 괜찮은 건가?"

"가게 될 곳은 고블린과 폭싱이 만든 마을인데, 그곳은 난폭한 마물을 안 받거든. 불안하게 만들지 말아달라고 잘 알아듣게 말해줄 수 있을까?"

"……서로 다른 마물이 함께?"

류온 일행도 서로 다른 마물이 함께 있는 상태였지만, 제 영역을 갖지 못하고 무리에서 떨어져 나온 마물들이 모여 있는 상태라 예외적인 것이었다.

"얼마 전 있었던 전쟁으로 수가 줄었어. 함께 있는 편이 안전할 거 같았거든. 그리고 유지로 일행도 함께 지내기로 했고."

"더더욱 이상한 일이로군. 하지만 안전하게 지낼 수 있는 거라면, 모두에게 단단히 일러두지."

"몇 명이나 되는데?"

유지로가 말을 걸자 약간 기분 나쁜 듯 전부 해서 마흔다섯 명이라고 답했다.

"생각보다 많은걸. 아직 만드는 중인 집까지 개방하면 어떻게든 되려나?"

"나처럼 밖에서 비바람을 맞으며 사는 마물도 있을 테니 건물이 없어도 괜찮지 않을까 싶은데."

드라이어드가 그렇게 말하자, 류온은 비틀거리며 일어

섰다.

"그럼 불러 오겠다."

"그 상태로는 걱정을 끼칠 테니까, 이걸 마시도록 해."

유지로는 회복약을 내밀었다. 그러자 류온은 힐끔 회복약을 바라보더니 곧바로 외면해버렸다.

"인간이 베푸는 것은 받지 않는다."

"마시도록 해. 조금은 편해질 거야. 안 마시겠다고 하면 억지로라도 마시게 할 줄 알아."

드라이어드가 딱 하고 손가락을 울리자 지면에서 구불구불 식물 뿌리가 나타나 류온의 다리를 얽어맸다. 온몸을 구속해 입에 넣을 셈이었다. 약해진 지금이라면 충분히 가능하리라.

그 모습이 상상되었는지 류온은 잠자코 손을 내밀었다. 그리고는 손 위에 올려진 약이 굉장히 싫은 듯, 단숨에 삼켜버렸다. 완전히 회복되었다고는 할 수 없었지만, 가뿐해진 몸 상태에 놀랐다. 인간 상단을 습격해 약을 입수했던 적은 있었지만, 이렇게까지 효과 좋은 약은 처음이었다.

무심코 감탄해버린 자신에게 분노의 화살을 돌리며 류온은 동료들이 있는 방향으로 걸어갔다.

"나는 저 아이를 지켜보고 있을 테니까, 유지로는 마을로 가서 여러 마물들이 온다는 소식을 알려주는 게 어떨까? 갑자기 가면 놀랄 거야."

"아. 그러네."

알았다고 고개를 끄덕이고, 유지로는 마을로 돌아갔다. 그 도중에 밭에 들러서 류온의 귀환과 체재를 고제로에게 알렸다.

고제로는 밭일을 멈추고 유지로와 함께 마을로 돌아갔다. 날뛰지 않겠다고 약속했다지만, 과연 제대로 약속을 지킬지 알 수 없어 경계심은 풀지 않았다.

작업을 하고 있던 고블린과 폭싱들에게 여러 마물이 오게 되었다는 사실을 알리자 그들의 경계심도 높아졌다. 긴박한 분위기가 마을을 감쌌다. 언젠가 똑똑한 너구리가 마물을 데려올지도 모른다는 이야기는 들어서 알고 있었지만, 이번에는 예정에 없던 손님이다. 정해두었던 조건에 맞는 자들이 아니다. 불안이 샘솟는 것은 어쩔 수 없는 일이었다.

일하던 자들은 짓고 있던 건물에 들어가 류온 일행이 오기를 기다렸다. 세리에는 산에 간 폭싱들의 호위를 위해 마을을 나간 상태였다.

유지로와 고제로와 폭싱 촌장은 입구에 나란히 섰다. 촌장의 안색은 긴장 때문인지 약간 굳어 있었다. 30분 정도가 지났을 무렵 한 무리의 기척이 느껴졌다.

곧바로 드라이어드를 선두로 한 마물들이 모습을 드러냈다. 이미 만났던 마물들 외에 고블린과 푸른 알마네이드, 외눈 리저드맨, 이족 보행 고양이 스탠드 캣의 모습이 보였다. 신기하게도 픽시와 놈도 있었다.

픽시는 동족과 함께 있는 경우가 대부분이라, 인간이나

다른 마물과 행동을 함께하는 일은 매우 드물었다. 놈은 숲의 민족에게 숭상을 받는 드라이어드처럼, 산의 민족에게 숭상받는 존재였다.

마차도 두 대 있었다. 마차를 끌고 있는 것은 상단에게서 빼앗은 래그스머그들이었다.

"잘 왔다."

"큐옹."

고제로와 폭싱 촌장이 각기 류온 일행에게 인사를 했다. 목소리는 딱딱했다.

그 인사에 류온은 신세 지겠다며 고개를 숙였다.

뒤에 있던 류온의 동료들은 놀란 듯한 표정으로 마을을 보고 있었다. 마을이 있다는 설명은 들었지만, 인간처럼 제대로 된 방비까지 갖춘 마을일 거라고는 생각하지 않았던 것이다. 폭싱과 흡혈귀처럼 집을 짓고 담장을 세우는 마물은 드물었다.

"이 마을에서 농성하며 싸운 것인가?"

류온의 물음에 유지로 일행은 고개를 가로저었다.

"자리를 잡았던 건 산 쪽에 있는 폭싱의 집락이다. 여기는 싸움이 끝나고 새로 만들었다."

"그렇군. 들어가도 괜찮을까?"

고제로와 폭싱 촌장은 고개를 끄덕이고 선도하듯이 앞서 걷기 시작했다.

마을을 감싼 긴박한 분위기에 류온 일행의 긴장감도 더해졌다.

"미안하군. 강한 마물이 온다는 소식에 모두 긴장했다. 그도 그럴 것이 우리 고블린과 폭싱은 약한 마물이니까."

고제로가 그리 말한들 설득력이 없지만, 일반적으로는 그 인식이 옳았다.

금세 뼈대와 벽 일부, 지붕만 있는 집에 도착했다.

"아직 완성되지 않은 곳이지만, 여기를 써줬으면 한다. 미안하군."

"갑자기 밀고 들어왔으니, 이 정도야 어쩔 수 없는 일이지."

장년의 켄타우로스가 받아들여 준 것만으로도 감사하다며 고개를 숙였다.

류온은 모두에게 휴식을 취하라고 말하고 드라이어드를 보았다. 곧바로 수룡이 있는 곳으로 데려가 달라고 할 셈인 것이다. 그 시선에 드라이어드는 고개를 끄덕였고, 둘 플러스 한 마리는 마을을 나섰다. 남은 마물들은 제각기 시간을 보내기 시작했다.

다 지어지지 않은 집에 들어가는 자, 마을을 둘러보는 자, 마차에 오르는 자, 유지로와 고제로에게 흥미를 보이는 자 등등.

유지로 일행은 그 모습을 조금 떨어진 위치에서 바라보았다.

"저 마물들은 이제부터 어떡할 거라고 생각해?"

"쿠, 큐쿵, 쿠쿠, 큐웅."

"리더 격의 고향에 왔으니 여기 자리 잡을 가능성도 있지 않겠느냐고 이야기하고 있다. 나도 같은 생각이다."

"자리 잡는다라. 마을에? 숲에?"

"모른다. 수룡의 아이는 사람을 싫어하는 듯했다. 약사가 산다는 걸 알면 마을로 이주하는 걸 싫어할지도 모른다."

폭싱 촌장도 그 의견에 동의한다며 고개를 끄덕였다. 류온의 기분은 이해가 되었다. 인간에게 공격당한 게 얼마 전 일이다. 유지로 일행 이외의 인간이 이곳에 자리 잡고 살겠다고 한다면, 폭싱 촌장도 난색을 표할 것이다.

"마을 만들기와 채소 농사에 협력해준다면 큰 도움이 될 텐데."

"그러게 말이다. 일손이 늘면 마을의 방비도 탄탄해질 테지."

앞으로 어찌 될지 생각하면서, 유지로는 갑작스럽게 맞이하게 된 손님들을 바라보았다. 그들의 존재가 길이 될지 흉이 될지, 예언자도 아닌 몸으로서는 전혀 알 길이 없었다.

그날 밤, 수룡에게 다녀온 류온은 앞으로의 일에 관해 모두와 이야기를 나누었다. 건축 중인 건물 안에 빙 둘러앉았고, 다미호가 만들어낸 불꽃이 조명 대신에 천장 근처에 여럿 떠 있었다.

"나로서는 겨우 다시 찾아온 고향이야. 여기에 머물고 싶어. 이렇게 말하는 건 뭐하지만, 전쟁 덕분에 숲의 마물 수가 줄어서 넓은 것치고는 안전해. 우리가 찾고 있던 안주의

땅이 될 수 있지 않을까 생각해."

"그렇게 결단하는 건 너무 빠른 거 아닌가?"

켄타우로스가 반론했고, 몇 명인가 동의하는 자도 있었다. 그들은 다른 마물에게 고향을 빼앗긴 자들이었다. 다른 마물에 대한 경계심이 높았다.

류온은 자신도 인간에게 같은 감정을 갖고 있는 만큼, 그들의 의견을 무시하지 않고 다음을 재촉했다.

"마물의 기척이 강하지 않다는 건 나도 알아. 하지만 겉으로 드러나지 않았을 뿐, 위험이 숨어 있을 가능성은 있을 테지. 좀 더 자세히 조사한 다음에 결론을 내는 게 좋지 않을까 싶은데."

"조사는 필요하겠지. 고블린들에게 물어보거나, 자신의 눈과 발로 확인해보면 될까?"

류온은 일리 있다며 납득했다.

"그래. 절대로 여기가 싫다는 게 아니야. 나도 안심하고 살 수 있는 토지를 원하니까. 여기가 그랬으면 좋겠어."

그 말에는 모두가 동의했다. 목적지가 없는 여행 생활은 쉽지 않았다. 그것을 잘 알고 있는 만큼 그들의 그 마음에 거짓은 없었다.

"그럼 내일부터 움직이기로 하고, 이곳 마물들에게 난폭하게 구는 일이 없게 주의해줘. 날뛰는 게 본능에 새겨져 있는 녀석들도 있을 테지만, 그런 이들은 마을이 아니라 숲을 조사하러 나가도록 해."

"나랑 놈은 마을 안이야."

픽시가 손을 들어 입후보했다. 스탠드 캣도 그에 뒤따르듯이 "냐" 하고 손을 들었다. 그 외에도 겉모습이 험상궂지 않고 원만한 성격을 가진 이들이 마을 조사를 맡게 되었다. 몇 마리 있는 고블린도 동족인 만큼 마을 조사조에 들어갔다.

외출조는 류온을 비롯한 알드 독과 오거 같은 자들이었다.

다음 날 아침, 외출조는 밭일을 나가려고 준비하던 고제로에게 주의해야 할 장소를 묻고 마을을 나섰다.

"나무에 상처가 있고, 쓰러진 것도 많아. 뼈도 잔뜩 있어."

라미아가 나무를 만지며 말했고, 켄타우로스가 고개를 끄덕였다.

"그만큼 격렬한 전투가 있었다는 뜻인가. 거기서 살아남은 자들이니, 강한 자가 많겠군."

켄타우로스는 무심코 창을 쥔 손에 힘을 실었다. 곤도르와 투아 같은 호전적인 성질인 것이리라. 근처를 걷던 오거도 비슷한 미소를 짓고 있었다.

여행 중에는 이런 기질이 도움이 되었지만, 여기에 머무르게 된다면 날뛰어 폐를 끼치는 일이 없게 하라며 라미아가 못을 박아두었다.

"어쩌면 이곳을 습격했던 인간들은 우리가 그랬던 것처럼 그 작은 인간의 힘 때문에 움직일 수 없게 되었고, 그사이에 당한 건지도 모르겠는걸?"

327

"……그럴지도 모르겠군. 그건 뭐였을까?"

"이능이라고 하던데."

류온은 수룡에게 가는 도중에 드라이어드에게 들었던 이야기를 동료들에게 전했다.

자신들이 받았던 것 이상의 중거리 범위 공격으로, 일격에 의식을 잃게 하는 기술도 있다는 말에 모두는 마카벨을 요주의 인물로 기억했다.

"기절할 뿐 아니라, 한동안 몸 상태가 안 좋아진다더군."

"그건 당하고 싶지 않네."

라미아는 상상하고 진절머리가 난다는 듯한 표정을 지었다.

"좋아서 쓰는 건 아니라고 들었어. 우리가 쓸데없는 짓을 하지 않으면 그런 경험을 할 기회는 없을 거야."

이야기하던 류온 일행의 표정이 굳어졌다. 배고픈 마물이 덤불에서 나온 것이다. 모두는 전투태세를 취하고 바로 싸우기 시작했다.

정보 수집에는 사흘이 걸렸고, 외출조는 북서쪽에 있는 알마네이드와도 접촉하여 이야기를 들었다.

그리고 다시 다 함께 모여 이야기를 나누었다.

"정리해볼까. 우선 숲속. 위험하다고 들은 곳은 멀리서 바라봤을 뿐이지만, 우리가 돌아다녀도 살아남는 것은 가능했어. 거대종이 없다는 게 신경 쓰이지만, 여기는 안전한 편이다. 켄타우로스는 어떻게 생각하지?"

"여기 자리 잡는 것에 반론은 없어. 비교적 안전하다고 판단되는 곳에서 살면 문제는 없을 것 같아. 다만 짐승이 적어서 당분간 식량 문제로 고생할지도 모르겠어. 여기 사는 자들처럼 채소 군생지를 발견하면 편해지겠지만."

"아, 그건 틀려."

켄타우로스의 말에서 잘못된 부분을 발견한 픽시가 지적했다.

켄타우로스는 얼굴 앞으로 날아든 픽시에게 의문을 던졌다.

"뭐가 틀리다는 거지?"

"군생지를 발견한 게 아니라, 여기 사는 마물들은 채소를 밭에서 키우는 거야. 그것도 마법약을 써서 단기간에 수확하고 있어."

"밭을?"

잘못 들은 것인가 싶어 켄타우로스는 고개를 갸웃거렸다. 외출조는 모두 같은 반응이었다. 마을 조사조도 처음 그 이야기를 들었을 때는 귀를 의심했다. 채소를 재배하는 마물은 드물다. 게다가 그 일을 하는 것이 고블린이라고 하면, 말도 안 된다며 의심할 것이다. 거기에 더해 마법약도 사용한다니, 있을 수 없는 일이라고 단정하는 편이 당연하다.

"마법약을 만드는 건 폭싱인가?"

"아니야. 우리가 맨 처음에 접촉했던 인간 남자라네."

류온의 의문에 답한 것은 놈이었다.

"실력 좋은 약사인가 보더구먼. 여러 마물을 도와주고 있다지?"

"그건 드라이어드한테도 들었어."

"밭 만들기와 마을 만들기를 제안한 것도 그 인간이라고 하더구먼. 폭싱에게 무기 원안을 넘기고 강화시켰다고도 말했지. 근력이 없어도 어느 정도의 위력을 낼 수 있는 활이나, 여러 명이 함께 다뤄야하지만 강력한 화살을 쏠 수 있는 대형 활을 구경시켜주었다네. 그렇지, 마법도 가르쳐줬다고 했던가?"

놈은 턱수염을 쓰다듬으며 이야기했다.

"인간이 중심이 되어 움직이고 있는 것 같잖아."

류온이 기분 나쁜 듯이 말했다.

"그 말대로야. 이야기를 들은 바로는 고블린과 폭싱이 변한 건 그 인간과 만났기 때문이래. 그 변화는 좋은 거라고 받아들이고 있는가 봐."

"강해지는 데다가 식량도 정기적으로 손에 들어오는 게 아닌가. 그걸 기쁘게 여기는 건 당연하겠지."

픽시와 놈이 칭찬을 입에 담자 류온은 더욱 기분이 나빠졌다.

"이곳 녀석들에 대한 알마네이드의 평가는 안 좋았어."

기분을 풀어주려는 것은 아니었다. 그저 단순히 평가의 하나로서 켄타우로스는 들은 것을 이야기했다.

"어떤 식으로?"

"힘이 약한 녀석들이 허세를 부리고 있다고 하던데? 싸움에 진 개가 멀리서 짖어댄다는 느낌이기는 했어. 언제든 함락할 수 있다는 말도 했었지?"

"불온해 보이는데, 무슨 일이 있었던 걸까?"

픽시들은 알마네이드를 숨겨주었던 일이나, 전쟁 중 승부를 벌였던 이야기까지는 듣지 못했던 것이다.

"돌아오는 길에, 위험할 때 감싸줬다고 가르쳐준 아이도 있었어."

"타종족을 의지할 만큼 위험할 때라고 하면, 얼마 전에 있었던 전쟁 정도잖아?"

그때 무슨 일이 있었던 것이리라며 라미아가 추측했다.

"……이걸 바탕으로 해서, 선택지는 세 개 있어."

류온이 손가락 세 개를 세워 보였다.

"첫째, 이 숲을 나간다. 여기에 찬성하는 자는 손을 들어줘."

움직이는 기척은 전혀 없었다.

"아무도 없네. 뭐, 당연한가."

픽시가 류온의 머리에 착지하면서 말했다. 류온은 전혀 신경 쓰지 않고 말을 이었다.

"둘째, 숲에서 우리끼리 산다. 셋째, 이 마을에서 살 수 있도록 교섭한다."

"이 마을에서 살 경우에는 몇 가지 규칙이 있는 모양이니, 거기에 얽매이기 싫으면 숲에서 사는 편이 좋을 게야."

놈은 의미 없이 날뛰지 않는다, 함부로 으스대지 않는다,
등등의 주의점을 외출조에게 들려주었다.

이어서 라미아가 입을 열었다.

"마을에서 사는 이점은 간단해. 식량을 안정적으로 구할
수 있다. 어느 정도의 방비가 되어 있다. 부상과 병을 치료받
을 수 있다. 결점은 제멋대로 날뛰지 못해 스트레스가 쌓인
다. 앞으로 인간이 함께 산다고 정해져 있으니, 인간을 싫어
하면 살기 힘들다. 정도려나? 나는 아이들에게 불편한 생활
을 하게 하고 싶지 않으니까, 여기서 사는 게 좋을 것 같아."

"나도 비슷한 종족이 있는 여기가 좋은데."

다미호도 마을에 머무는 데 찬성했고, 고블린들도 동족이
있는 여기가 좋다는 의견이었다. 픽시와 놈은 식량이 적어
도 괜찮은 만큼, 어디서 지내든 상관없었다. 켄타우로스는
망설이고 있었고, 오가는 숲에서 사는 편이 자유로워서 좋
다는 의견이었다. 그 외에도 제각기 의견을 냈다.

이렇게 의견이 나뉜 경우는 다수결과 리더의 의견을 중시
하여 정해왔다. 모두의 시선이 류온에게로 향했다.

"……나는 마을에 정착하는 쪽을 추천하겠어."

"완전히 숲에서 사는 걸 추천할 거라고 생각했는데."

의외라는 표정을 지은 것은 켄타우로스만이 아니었다.

"분명 인간과 사는 건 싫어. 하지만 여기에서의 생활은 지
금까지 여행하며 보낸 생활보다 훨씬 좋고, 숲에서 사는 것
보다 나으리라는 것도 알고 있어. 내 고집 때문에 모두에게

안정된 생활을 버리게 할 마음은 없어."

지금까지 모두에게 리더로서 대우받아 왔던 것이다. 자신의 개인 사정을 우선하지 않을 정도의 책임감은 갖고 있었다.

류온의 결정으로 마을에 자리를 잡기 위한 교섭을 진행하게 되었다.

"이걸로 마을 측에 거절당하면, 지금까지 이야기한 게 다 쓸데없는 짓이 되겠네."

다미호의 말에 켄타우로스는 그런 일은 없을 거라며 고개를 가로저었다.

"방어를 위해서라도 전력이 필요할 거야. 교섭 때 그 점을 내세우면 잘 풀릴 테지. 그 작은 인간을 제외하면 제일 강한 건 류온일 테니까."

모두가 고개를 끄덕이는 중에 다미호만은 다른 반응을 보였다.

"하지만 비아시가 작은 인간은 물론이고, 고제로라는 영감님이랑 약사도 신경 쓰던데."

"비아시가?"

켄타우로스가 그 이름에 반응했다. 흘려들어도 될 만큼 가벼운 말이 아니었다.

비아시는 줄곧 마차 안에서 지내고 있는 동료다.

드라이어드와 비슷한 마물로, 꽃의 화신이다. 겉모습은 인간에 가깝고, 10대 초반의 소녀로 보인다. 옆머리에 장식처럼 피어 있는 꽃에서는 고가의 약 재료가 되는 꿀을 얻을 수 있다. 인간에게 난폭한 취급을 당한 것이 원인이 되어 몸이 약해졌고, 지금은 스스로 움직이는 것도 어려운 상태가 되었다. 동성에 나이도 비슷해서 다미호가 적극적으로 보살펴주고 있었다.

그녀와 만난 것은 물자를 얻기 위해 인간 상단을 습격했을 때였다. 잡혀 있던 비아시를 동료로서 받아들인 것이다.

무리 중에서 위기 감지 능력이 가장 뛰어났고, 몇 번이나 그 능력에 도움을 받아왔다.

"연관되면 위기에 빠질 만한 종류인 건가?"

"아니, 강한 마물에게서 전해지는 느낌이랬어. 그냥 만나기만 하는 거라면 괜찮지 않을까?"

다미호가 약간 자신 없다는 듯이 대답했다.

"비아시가 경계할 정도로 강하다는 건가. 교섭 때 물어봐야겠군."

"그리고 비아시에게 맞는 약을 만들어줄 수 있는지 물어봐 주지 않을래?"

"알았어."

다음 날 아침. 밭에 나가려던 고제로에게 이야기하고 싶은 것이 있다고 말하고, 유지로도 불러주길 바란다고 전했다.

이야기는 밭일이 끝난 오후에 나누기로 정해졌다.

점심 식사 후, 유지로 일행과 류온 일행은 광장에 모여서 이야기를 시작했다. 모인 것은 유지로, 고제로, 폭싱 촌장, 류온, 켄타우로스, 픽시였다.

"용건이 있는 모양이다만, 무슨 일인가?"

"이 마을에서 살고 싶다. 방위를 위한 전력이 필요하지 않은가? 우리가 도움이 될 거라고 본다."

류온이 대표로 자신들의 뜻을 전했다. 이미 이렇게 진행될 가능성이 있다고 이야기를 나눈 상태이기 때문에 유지로들은 특별히 놀라지 않았다.

"사는 건 상관없지만, 마을 만들기와 밭일에도 협력해줬으면 한다. 일손은 많을수록 좋다."

"전력이 되는 것만으로는 안 되는 건가?"

"그건 그것대로 도움이 된다. 하지만 없어도 어떻게든 된다."

"수가 늘어난다는 건 그만큼 필요한 식량도 늘어난다는 뜻이니까, 식량을 만드는 데 도움을 줬으면 한다는 게 우리 쪽 의견이야."

유지로의 말에 폭싱 촌장도 고개를 끄덕였다.

그러자 켄타우로스가 곤란한 듯 뺨을 긁적였다.

"밭일이라고 해도, 우리는 그런 경험이 없는데."

"우리도 밭을 일군 지 1년도 안 됐다. 하다 보면 익숙해진다."

마법약의 보조와 키트레제의 조언이 있었다고는 해도, 고블린들도 한 걸음 한 걸음 경험을 쌓아가며 익숙해졌다. 실제로 체험한 본인의 말인지라 무게가 느껴졌다.

"손재주가 좋으면 폭싱들이랑 함께 집 짓기나 도구 만들기를 하는 방법도 있어. 밭일도 도구 만들기도 내키지 않으면 동물의 가축화를 시험해보고 싶으니까 그쪽을 맡아줄래?"

닭도 돼지도 소도 없으니, 토끼라도 잡아서 수를 늘려볼까 생각하고 있었다. 똑똑한 너구리에게 부탁해서 닭과 염소를 가져와 달라고 하는 것도 괜찮겠다 싶었다. 달걀과 우유가 있으면 식생활에 다채로움이 늘어날 것이다.

"전력만으로는 필요치 않은 건가."

류온이 곤란한 표정으로 고개를 숙였다. 지금까지 싸움만 하며 살아왔다. 그것을 부정당하는 것은 곤란했다.

"물론 전력도 필요하지만, 지금은 그것만이 아니라 다른 것도 필요해. 나는 약사지만 해자 만들기도 하고 있거든."

"하지만 무슨 일이 있을지 알 수 없잖아? 갑자기 거대종이 마을에 나타날 가능성도 있으니까. 싸움에만 특화된 존재가 있는 편이 좋지 않겠어?"

켄타우로스의 말에 유지로와 고제로는 서로를 마주 보았다.

"낮에는 마카벨이 있고 밤에는 영감님이 있어. 폭싱은 상주하고 있고. 웬만한 거대종은 간단히 쫓아낼 수 있거든?"

"그렇다. 수룡이 힘을 잃은 지금 이 숲에서 제일 강한 건 마왕일 거다. 마왕이 있으면 대부분의 마물은 어떻게든 된다."

마왕이라는 말에 류온 일행은 고개를 갸웃거렸다. 평원의 민족에게 관여하지 않은 마물들 사이에서는 알려지지 않은 말이니 그런 반응을 보이는 것이 당연했다.

무척 강한 평원의 민족에게 주어지는 칭호라고 설명하고 고제로는 말을 이었다.

"마왕이 없어도 약사와 하프가 있으면 어떻게든 된다. 나도 약을 마시면 전력이 될 수 있고. 폭싱들도 열 마리 모이면 약한 거대종을 충분히 쓰러뜨릴 수 있다."

아무리 그래도 폭싱이 거대종을 쓰러뜨릴 수는 없을 거라 생각하며 켄타우로스가 입을 열었다.

"우리 동료가 약사와 당신이 강한 것 같다며 신경 쓰기는 했지만, 우리를 필요로 하지 않을 만큼 강한 건가? 시험해 보고 우리 쪽이 강하다면 전력으로만 있어도 괜찮을까?"

확인하는 것과 동시에 이곳의 전력에 대한 흥미도 채울 수 있을 것이다. 켄타우로스로서는 받아들여 준다면 기쁜 일이었다.

어떡할래? 라며 유지로가 고제로를 보았다. 긍정하듯이 고개를 끄덕이는 반응이 돌아왔다.

대부분의 마물은 실력지상주의다. 힘을 보여주고 나면 앞으로의 관계가 무난하게 풀릴지도 모른다고 생각했다.

"준비에 시간이 조금 걸리니까, 두 시간 후에 숲 밖에서 괜찮을까?"

"준비라니?"

"영감님용 약을 안 갖고 왔거든. 그걸 가져와야 해."

"그럼 그사이에 싸울 상대를 정해두지."

유지로는 류온의 말에 고개를 끄덕이고 유적으로 돌아갔다. 그 김에 만일의 경우도 생각해 회복약도 몇 개 가져올 셈이었다.

대전 상대는 고제로 대 켄타우로스, 유지로 대 류온으로 정해졌다. 마카벨에게 도전하려는 마물은 없었다. 아무래도 다시 이능에 당하고 싶지는 않은 것이리라.

수룡과 인간을 맞붙게 하는 것에 당황하려나 싶어 류온 일행은 고제로의 모습을 살폈지만 전혀 동요하지 않았고, 그 반응에 자신들을 얕잡아 보고 있는 것인가 생각했다.

유지로가 돌아올 때까지 고제로는 사용하던 무구를 가져와 점검을 시작했다.

대결 소식은 순식간에 마을에 퍼졌고, 오락 삼아 구경하려고 생각한 자들이 많았다.

호위를 마치고 돌아온 세리에도 대결 이야기를 들었고, 유적에서 돌아온 유지로에게 다가갔다.

"유지로."

"세리에, 돌아왔구나. 고생했어."

"응, 다녀왔어. 수룡과 대결한다고 들었는데, 괜찮겠어?"

누구와 대결하게 될지를 방금 전까지 몰랐던 유지로는 류온이 상대라는 말을 듣고도 초조한 기색을 보이지 않고 한번 고개를 끄덕였다.

"괜찮아. 어떻게든 될 거야."

단언하는 유지로에게 세리에는 정말이냐며 걱정하는 시

선을 보냈다.

"수룡의 아이니까 잠재 능력은 높을 테지. 장래에는 엄청 나게 강해질 거야. 하지만 지금은 영감님보다도 약해. 게다 가 서로를 죽일 생각으로 싸우는 게 아니잖아. 이렇게 말해 도 아직 걱정되나 보네?"

"맞아. 어리다고는 해도 수룡이니까."

"그럼, 키스라도 해주지 않을래? 그러면 기합이 들어가서 절대 지지 않을 거야."

여신의 축복이나 마찬가지라며 기대 가득한 미소를 지어 보였다.

단둘뿐이었다면 해줘도 좋았겠지만, 실외에서 하기는 부 끄러워서 세리에의 얼굴이 붉어졌다.

그러던 중에 마카벨이 다가왔다. 퐁과 바인과 함께 약 재 료를 모으러 갔다 돌아온 것이다.

"세리에 얼굴이 새빨개."

"어서 와. 키스해달라고 했더니 이렇게 됐지 뭐야."

"키스? 어째서?"

대결 이야기를 하자 마카벨은 유지로의 바로 옆으로 이동 했다.

"그럼 내가 대신 해줄게."

말하는 것과 동시에 마카벨은 유지로의 팔을 잡고 점프하 더니 주저 없이 뺨에 입술을 댔다. 그리고 얼굴을 떼며 기 쁜 듯한 미소를 지었다.

"응, 고마워."

답례라며 유지로는 마카벨의 이마에 가볍게 뽀뽀했다. 마카벨이 만면에 미소를 꽃피우더니, 유지로에게 안겨들었다.

그 모습을 바로 옆에서 지켜보고 있던 세리에는 유지로의 옷깃을 잡고 뺨에 힘껏 키스했다.

질투에 사로잡혀 무심코 한 행동이었지만, 모두가 보고 있다는 사실을 떠올리자 수치심이 커졌다. 세리에는 아으 아으 신음하며 달려가 버렸다.

"아, 세리에."

감사의 말을 할 틈도 없이 멀어져가는 세리에를 향해 손을 뻗었지만 닿지 않았고, 유지로는 힘없이 팔을 내렸다.

고제로가 그만 출발하자며 유지로를 불렀다. 감사 인사는 나중에 해야겠다고 생각하며 유지로는 모두와 함께 마을을 나섰다.

마을 사람이 구경을 나가 조용해진 마을에 접근하는 그림자가 다섯 있었다. 그 그림자들은 악의를 흩뿌리며 숲을 나아갔다.

42 따뜻한 눈물

숲을 나온 유지로 일행은 밭에서 조금 떨어진 위치에서 멈추었다. 견학하는 고블린들과 류온의 동료들이 대전자들 주변을 둘러쌌다.

"처음은 누가 먼저 해?"

"나부터인 모양이다."

유지로에게 답하고 무거워 보이는 무구를 장착한 고제로가 앞으로 나섰다.

대전 상대인 켄타우로스도 투박한 랜스와 라운드 실드를 들고, 모피로 만든 갑옷을 몸에 걸치고서 고제로를 내려다보았다.

실드는 금속제로, 갑옷은 어떤 마물의 가죽인 듯 덥수룩한 금색 털이 붙어 있었다.

기합 넘치는 모습이지만 켄타우로스는 고제로를 보며 고개를 갸웃거렸다.

"움직이기 힘들어 보이는데, 정말로 싸울 수 있는 건가?"

"괜찮다. 약사, 그걸 다오."

알았다며 유지로는 젊어지는 약을 던져주고 마카벨과 함께 물러났다.

고제로는 단숨에 약을 삼키고 병을 다시 유지로에게 던졌다.

"능력 상승약이라는 건가?"

341

"아니다. 내가 마신 건 젊어지는 약이다."

대답하는 사이, 고제로의 목소리에 생기가 돌아왔다. 근육이 솟아올라 몸집도 커졌고, 피부의 주름도 사라져갔다. 그 모습에 켄타우로스를 비롯한 류온 일행은 놀란 표정을 지었다.

약에 관해 잘 아는 동료가 없는 탓에 그러한 약이 있다는 사실을 몰랐던 것이다.

켄타우로스는 고제로에게서 느껴지는 위압감에 식은땀을 흘렸다.

"대, 대체?! 그런 약이?!"

"자, 시작하지."

조금 전까지 힘겹게 들고 있던 배틀 액스를 한 손으로 가볍게 다루며 켄타우로스를 향해 들이댔다. 도끼를 휘두르는 동작에 흔들림이 없는 것으로 보아, 아무런 부담도 느끼지 않는다는 것을 알 수 있었다.

전투 개시가 가까워지자 켄타우로스는 기합을 넣고 몸에 힘을 실었다.

"약사, 신호를 부탁한다."

"알았어."

발 아래에 있던 작은 돌을 주워서 그게 지면에 떨어지면 시합 개시라고 설명한 다음 공중으로 던졌다.

지면에 떨어진 순간, 켄타우로스는 반전하여 고제로에게서 거리를 벌렸다. 고제로는 뒤쫓지 않고 30미터 앞에서 자신을 바라보고 있는 켄타우로스의 거동을 지켜보았다.

"간다!"

켄타우로스는 힘을 실은 목소리를 발하고, 고제로를 향해서 기세 좋게 달려갔다. 다그닥다그닥 묵직한 발소리를 내면서 수백 킬로그램의 거체가 고제로를 향해 닥쳐들었다.

켄타우로스가 낼 수 있는 최대 위력의 공격으로, 지금까지 동료들과 함께 수많은 마물과 인간을 쓰러뜨려 온 일격이었다. 이 정도가 아니면 이길 수 없다고 판단한 것이다.

무장한 거체가 닥쳐드는 위압감은 상당한 것이리라. 그러나 고제로에게서 초조함이나 공포의 감정은 떠오르지 않았다. 고제로는 오른손에 든 도끼에 마력을 실었다.

양쪽의 거리가 10미터도 안 되게 줄었다. 켄타우로스가 창을 당겼고, 고제로가 왼쪽에서 오른쪽으로 후려치듯이 도끼를 들었다.

거리가 3미터까지 줄자, 켄타우로스가 랜스를 내찔렀다. 그 동작에 맞추듯이 고제로는 도끼를 옆으로 휘둘렀다. 랜스와 도끼가 맞부딪히는 소리가 주변에 울렸다.

상상 이상의 힘을 받은 켄타우로스는 랜스에서 손을 떼고 말았다. 하지만 이대로 몸통 박치기를 시도한다면 아직 승산이 있으리라 여기며 다리는 멈추지 않았다. 그 순간 한층 더 큰 충격이 내달렸다.

"이, 이 정도일 줄이야."

고제로가 비어 있던 왼손으로 켄타우로스를 멈춰 세운 것이다.

힘겨루기를 하듯 켄타우로스는 힘껏 버텼고, 고제로는 조금씩 밀려나면서도 지지 않겠다는 듯 왼손에 힘을 싣더니 오른손에 쥔 배틀 액스 날을 켄타우로스의 옆구리에 가져다 댔다. 힘껏 휘둘렀다면 켄타우로스의 몸을 상처 입혔으리라.

"더 할 텐가?"

"크웃…… 내가 졌다."

더욱 힘을 실어 보았지만 밀어내지 못했고, 힘을 뺀 켄타우로스는 고제로에게 패배를 인정했다. 구경꾼들 사이에서 환성이 터졌다. 평온한 삶을 살고 있다고는 하나 싸우는 것이 마물의 본성이다. 짧은 시간이었지만, 힘이 넘치는 싸움을 보고 다들 흥분한 목소리로 환호했다.

물러난 켄타우로스는 고제로에게 인사하며 경의를 보냈다.

"실력을 쌓아 다시 도전할 수 있게 허락해주시겠습니까?"

"그래, 기다리지. 약이 없으면 질 게 확실하지만."

"약을 썼어도 강자라는 점에 변함은 없으니, 도전하는 보람은 있습니다."

무구를 쓰는 시점에서 약 사용도 신경 쓰지 않는 것이리라. 서로 쓸 수 있는 것을 쓰고, 맞부딪혀서 진 것이다. 비겁하다고는 생각하지 않는다. 도전할 보람이 있는 목표가 생긴 켄타우로스는 앞으로의 생활이 기대되기 시작했다.

"다음은 내 차례인가?"

"힘내!"

응원하는 마카벨의 머리를 가볍게 톡 치고 "그래"라고 답한 후, 천의무봉을 마시고 앞으로 나섰다. 다른 약은 마카벨에게 맡겨두었다.

"고생했어."

돌아온 고제로에게 말을 걸었다.

"그래. 쓰는 건 그것뿐인가?"

"아마 이거면 괜찮을 거야. 마비독 같은 건 많은 양을 삼키게 하지 않는 한은 의미가 없으니까."

"그런가. 절대 방심은 하지 마라."

"천하무쌍 쪽을 썼다면 그럴 여유가 생기겠지만, 이걸로는 방심 못 하지."

어리다고는 해도 용 종이다. 그런 존재를 앞에 두고 방심할 수 있을 만큼 유지로는 교만하지 않았다.

앞으로 나온 류온은 용의 모습으로 돌아가 유지로를 보고 있었다. 적당히 상대할 마음이 전혀 없는 것이리라.

신호는 앞서와 마찬가지로 작은 돌을 던져서 하기로 했고, 고제로가 돌을 던졌다.

시작한다며 류온이 울부짖었고, 소프트볼 정도의 물 구슬이 유지로를 노리고 날아들었다.

"우오옷!"

유지로는 그것을 좌우로 가볍게 피해갔다. 표적을 놓친 물 구슬은 지면을 파내며 터졌다.

위력은 약으로 강화한 불의 화살과 동등하거나 조금 위인 듯했다. 연발하는 것만으로도 인간과 보통의 마물에게는 성가신 공격이 된다.

피하면서 접근해 오는 유지로를 보고 류온은 물 구슬 날리기를 멈추고 한 박자 사이를 두었다.

'다음은 워터제트 같은 공격이려나?'

다음 공격을 예상하고 얼굴 움직임에 주목했다. 전에 본 그 공격은 얼굴의 움직임에 맞춰서 발동된다는 것을 기억하고 있었던 것이다.

류온의 입가로 물이 모여들었고, 유지로는 예상대로였다며 자세를 잡았다.

류온이 입을 열자 물이 쏘아졌다. 그러나 그것은 예상한 공격이 아니었다.

"그런 게 있는 거야?"

크게 펼쳐진 물의 막이 유지로에게 닥쳐들었다. 예상이 빗나가 놀란 나머지 피할 타이밍을 놓치고 말았다.

위험하다고 생각하며 팔을 교차해 얼굴 앞으로 가져가 버티기 위한 자세를 취했다. 공격력은 전혀 없었고, 강하게 눌리는 정도였다. 하지만 움직임을 멈추고 자세를 무너뜨리기에는 딱 좋았다.

유지로가 방어하는 사이에 류온은 커다란 기술 준비에 들어갔고, 완전한 형태가 되기 전에 지름 1미터를 넘는 물 구술을 발사했다. 평소에는 켄타우로스를 비롯한 마물 동료들이 적을 붙들고 있어주기 때문에 훨씬 큰 물 구슬을 만들어 낼 수 있었지만, 지금 상황에서는 이게 고작이었다.

"이건 본 적 있지!"

날아드는 물 구술에 유지로는 오른 다리를 물리고 깨버리겠다는 의지와 마력을 집중시켰다. 물 구슬이 1미터 앞까지 다가왔을 때, 격투 마술인 쇄각(碎脚)을 사용했다.

기세 좋게 날린 하이킥에 의해 물 구슬은 파열하며 주변에 물보라를 흩뿌렸다.

그 모습에 놀람과 감탄의 소리가 터져 나왔다.

"으아, 홀딱 젖었잖아."

뚝뚝 떨어지는 물을 손으로 떨어낸 유지로는 아무런 상처도 없어 보였다. 부상은 오른쪽 다리가 빨갛게 부어오른 정도였다. 앞으로 세 번 정도 같은 공격을 반복해 온다면 뼈에 이상이 생기기 시작할 테지만.

"뭐, 다음은 피하면 되려나."

그렇게 말하며 날아드는 작은 물 구슬을 피하기 시작했다.

그 이외에 구사할 수 있는 공격은 물어뜯기와 꼬리로 후려치기뿐인지, 유지로가 공격을 받는 일은 없었다.

류온은 인간에게 휘둘리고 있는 상황에 흥분하기 시작했다. 그 결과, 공격이 점점 조잡해졌다. 그 조잡함은 유지로에게 반격의 틈을 주었다.

인간이 용에게 밀리기는커녕 호각 이상으로 싸우는 풍경을 보고 류온의 동료들이 놀란 표정을 지었다.

접근해서는 가볍게 차고 물러나는 공격이 반복되었고, 그 모습을 본 켄타우로스는 류온의 패배라고 생각했다. 커다란 물 구슬을 박살 낸 발차기를 유지로가 연속해서 사용했다면 류온은 지금쯤 바닥에 쓰러져 있었을 것이라고 모든 이들이 이해하고 있었다.

동료들이 심통 난 류온을 달래고 있었다. 그런 모습을 켄타우로스는 고제로의 옆에서 웃으며 바라보았다.

"그것참, 아직 어리다고는 해도 평원의 민족이 수룡을 압도할 줄이야."

켄타우로스의 시선에는 유지로를 높게 평가하는 기색이 어려 있었다. 정면으로 맞선 결과인 만큼, 켄타우로스는 유지로를 인정했다. 강함을 기반으로 여기는 다른 자들도 켄타우로스와 비슷한 반응이었다.

"약사는 규격 외다. 더 위의 힘이 있으니, 그걸 쓰면 나도 질 게 틀림없다."

"호오, 그것참."

언젠가 꼭 한번 보고 싶다며 중얼거렸다.

"마을의 강자 중에 하프도 있다고 했지요? 그자도 약사와 동등하게 강합니까?"

"하프는 약을 쓰면 너보다 위다. 하지만 수룡의 아이에게는 이길 수 없을 것 같다."

잘해 봐야 무승부이리라. 공격은 피할 수 있을 테지만, 결정타가 부족했다. 거듭된 대미지로 류온이 쓰러지기 전에 약효가 사라질 가능성이 높았다.

그러한 이야기를 하고 있으려니 마을 방향에서 커다란 소리가 들려왔다.

"무슨 일이냐?"

"영감님, 돌아가야 해!"

심상치 않다며 유지로가 말했고, 모두 서둘러 마을로 돌아갔다.

마을 중앙에 세리에와 쓰러진 폭싱들이 있었고, 서쪽 입구에 있는 담장이 크게 무너져 있었다.

"세리에! 어떻게 된 거야?!"

다가온 유지로를 보고 키스 건을 떠올린 세리에는 얼굴이 붉어졌지만 한 번 심호흡을 하고 진정했다.

"알마네이드가 복수라느니 하면서 날뛰려고 했어. 이쪽 수가 적은 데다 갑작스러운 일이라 발리스타 같은 걸 준비할 수도 없어서, 폭싱들에게 바람의 협력 마법을 써서 날려버려 달라고 했어."

전에는 한 명이 상대했기 때문에 진 것이라며 여럿이서 자신만만하게 기습을 해 온 것이다. 도구를 쓰지 못하게 한 것까지는 좋았지만, 협력 마법을 완성시킨 폭싱에게 방심한 알마네이드는 한 입 거리일 뿐이었다.

마을에 나타난 알마네이드는 여자들의 호위로 왔었던 남자들로, 다른 이들은 숨겨주었던 것에 감사하고 있어 함께 오려 하지 않았다. 그런 자들의 제지를 떨쳐내고 온 다섯 명은 돌풍에 날아가 나무에 부딪혀 정신을 잃은 상태였다.

"그래서 담장이 무너진 거야?"

"미안해. 모처럼 만든 건데."

세리에가 마을을 나가 있던 폭싱과 고블린에게 사과하자 신경 쓰지 말라는 답이 돌아왔다. 다시 고치면 될 일이다. 게다가 구경을 가느라 마을을 비운 자신들에게도 책임은 있었다.

"이게 이 마을이 가진 힘의 일부인가. 마왕도 있으니, 확실히 전력 면에서는 충실한 편인걸."

켄타우로스가 요란하게 무너진 담장을 보고서 차분하게 고개를 끄덕였다. 자신들도 비슷한 일은 가능하지만, 폭싱들이 이걸 해냈다는 말은 믿기 어려운 일이었다.

"류온, 약속대로 우리도 마을 만들기에 협력하기로 하자고."

"알아. 적성을 생각해서 어떻게 분담할지 이야기를 나눠야겠지."

인간에게 져 분했지만, 그 때문에 약속을 무를 마음은 없었다. 모두에게 그 사실을 전하기 위해 동료들을 모았다.

켄타우로스는 또 하나의 용건을 해결하기 위해 유지로에게 다가갔다.

"약사."

"왜?"

"부탁이 있어. 우리 동료 중에 비아시라는 몸이 약한 자가 있는데, 어떻게든 해주고 싶거든. 좋은 약이 없을까?"

"본인을 만나서 자세한 이야기를 들어보고 싶은데. 직접 이야기를 들어봐야 약을 만들 수 있어."

"만나지 않고는 안 되나? 인간에게 가혹한 짓을 많이 당해서 만나면 겁을 먹을 거야."

켄타우로스가 심각한 표정으로 말했다.

"가능하다면 직접 만나는 편이 좋지만, 그런 사정이 있다면 어렵겠네. 내가 질문하고 싶은 걸 그쪽에 전달할 테니까 대신 물어봐 주겠어? 그리고 잠들어 있을 때 상태를 보는 건 가능할까?"

"감각이 예민해서, 단순히 잠든 상태라면 깰지도 몰라."

"효과가 강한 수면제를 만들어서 복용하게 하는 건?"

"목숨에 지장이 있을 만한 약은 곤란해."

"그 부분은 걱정 안 해도 될 거라고 생각하는데. 그쪽에 넘기기 전에 내가 먹고 확인해볼까?"

켄타우로스는 만약을 위해 부탁한다며 고개를 숙였다.

"그리고 비아시를 진찰할 때 누군가 한 명 동석해도 괜찮을까? 실례라는 건 알지만."

"괜찮아. 처음부터 그럴 생각이었으니까."

"거듭 미안하군."

인간에게 심한 짓을 당한 동료를 인간과 단둘이 두는 것은 걱정되리라고 유지로도 이해했다. 신경 쓰지 말라며 손을 흔들었다.

몸 상태에 관해 묻고 싶은 내용을 전달받고, 모레 수면제를 건네받기로 정한 다음 켄타우로스는 동료들이 있는 곳으로 갔다. 그 켄타우로스에게 류온이 말을 걸었다.

"무슨 이야기를 한 거야?"

켄타우로스는 비아시의 약을 부탁했다며 이야기한 내용을 전달했다.

류온은 괜찮겠느냐며 자신과는 다른 의미로 인간을 어려워하는 비아시를 걱정했다. 그런 류온에게 불안을 줄일 수 있도록 이야기했다고 말하고 켄타우로스는 다미호 쪽으로 시선을 돌렸다.

"다미호, 나중에 비아시에게 몸 상태라든가 다시 한번 물어봐 주겠어?"

"알았어. 진찰할 때 내가 함께 있어도 괜찮을까?"

"괜찮을 거야."

켄타우로스가 고개를 끄덕이자 류온도 이론은 없다며 고개를 끄덕였다.

고제로에게 자신들이 할 만한 일이 있는지 물은 다음, 일에 관해 서로 이야기를 나누었고 차례차례 분담해나갔다.

처음부터 담당하게 되리라 생각했던 경비는 마을의 교대제 안에 포함되게 되었고, 힘을 쓰는 일이 특기인 자는 밭일과 사냥, 해자 만들기를 맡게 되었다. 손재주가 좋은 자는 폭싱의 일을 돕거나 아이들을 돌보는 일에 배치되었다. 폭싱의 일을 돕는 자들 중에는 본격적인 무기 정비가 가능한 자도 있어서 폭싱들 이상으로 능력을 발휘했다. 그 모습을 본 폭싱들은 기술을 배우고 더욱 실력을 쌓아갔다.

류온 일행이 본격적으로 마을에서 살게 된 지 이틀이 지났고, 유지로는 수면제를 완성해 실험까지 마쳤다. 유지로는 류온 일행이 일을 시작하기 전에 임시 숙소로 향했다.

집 앞에 있던 알드 독에게 말을 걸어 켄타우로스를 불러 달라고 부탁했다. 인간만큼은 아니지만 지능이 높은 편이라 알드 독은 유지로의 말을 이해하고 집을 향해 짖었다. 소리에 반응해 나온 고블린이 켄타우로스를 불렀다.

"안녕. 수면제가 완성됐어."

유지로는 작은 병을 흔들어 보였다. 유리병이 아니라 내용물은 보이지 않았지만, 액체가 담겨 있다는 것을 알려주듯 찰랑찰랑하는 소리가 들렸다.

"완성된 건가. 바로 마시게 하지. 효과는 얼마나 지나야 나타나지?"

"20분도 안 걸려."

"그렇군. 다미호!"

"왜 불러? 아, 약사님 안녕."

불쑥 나온 다미호에게 마주 인사를 하고, 수면제를 건넸다. 다미호는 받아 든 약을 보고 뭔가 주의할 점이 있는지 묻고서 마차에 올랐다. 살랑살랑 흔들리는 꼬리를 보고 유지로는 감촉이 좋을 것 같다고 생각했다.

"그래서, 상태는 물어봤어?"

"그래."

얼마나 움직일 수 있는지, 이동은 불가능해도 팔과 다리를 움직일 수 있는지, 움직일 때 통증을 느끼는지, 움직이지 않아도 피로한지, 지난번에 전달했던 질문을 다시 했고, 그 물음에 켄타우로스가 대답했다.

대답해준 것을 바탕으로 병에 걸린 것일지도 모른다고 생각했다. 어제 드라이어드에게 비아시라는 마물이 걸릴 법한 병에 관해 물어보았던 것이다.

드라이어드도 비아시도 식물계 마물인지라 광합성을 필요로 하는데, 빛을 받아도 그것이 의미 없게 되는 병이 있다고 했다. 그 병에 걸리면 신체 능력이 떨어지고 움직이는 것도 힘들어진다고 하는데, 비아시의 현재 상태에 가까워 보였다. 그 병에 맞는 연고가 있으니 오늘 직접 진찰한 다음에 판단해볼 생각이었다.

"어때?"

"잠들었어. 흔들어도 일어나지 않아."

"그럼, 뒷일을 부탁한다."

그렇게 말한 켄타우로스는 해자 작업을 하러 나섰다. 해자 만들기 담당은 그 외에도 둘 더 있었고, 경비 업무가 없을 때마다 조금씩 파나가고 있었다.

켄타우로스를 배웅하고 유지로는 다미호를 돌아보았다.

"마차에 들어가도 될까?"

"그럼."

다미호가 먼저 마차에 올랐다. 다미호는 옅은 노란색의 기모노풍 복장을 하고 있었다. 옷 길이는 짧아서 무릎 위 부근까지 왔다. 군데군데 붉은빛 잠자리 무늬가 있었고, 엉덩이 부분에 두 개의 꼬리를 내놓기 위한 구멍이 뚫려 있었다. 마차에 오르기 위해 발을 마차 가장자리에 올렸을 때 새하얀 허벅지가 보였다. 겉모습이 열두 살 정도로 보이는지라 섹시한 느낌은 전혀 없었고, 유지로도 신경 쓰지 않았다.

마차는 유지로 일행의 것보다 컸고, 어느 정도 물건을 내린 상태라 내부도 넓었다. 안에는 마른 풀로 된 침대가 있었는데, 그곳에는 다미호보다 두 살 정도 연상으로 보이는 소녀가 잠들어 있었다. 진찰을 위해 다미호가 치워둔 얇은 이불이 머리맡에 놓여 있었다. 허리까지 오는 긴 생머리는 탁한 연둣빛이었고, 피부는 베이지색이었다. 좌측 머리에 적동색 꽃이 있었다. 생김새와 크기가 하이비스커스와 비슷했다. 하얀 긴소매 원피스 너머로 호흡에 맞춰 가슴이 위아래로 움직이고 있었다.

사람의 기척이 가까이에서 느껴지자 비아시의 잠든 얼굴이 찡그려졌지만 깨어나는 일은 없었다.

무의식중에도 경계하고 있는 것인가 싶어, 인간이 저지른 가혹한 짓을 생각하며 유지로는 미간을 찌푸렸다.

"드라이어드에게 물어봤는데, 원래 머리카락 색은 훨씬 밝은 녹색이지?"

"응. 본인에게 그랬다고 들은 적이 있어."

"몸을 만져도 괜찮을까?"

다미호에게 허가를 받고 손과 팔과 다리를 살폈다. 다음으로 눈꺼풀을 열어서 안구와 눈꺼풀 뒤도 보았다. 움직이는 일이 적은 탓인지 팔다리는 가늘고 근육도 없었다. 피부는 약간 거칠었고, 머리카락도 윤기가 없었다. 그저 눈으로만 보아도 건강하다고는 말할 수 없는 상태였다.

팔다리를 원래 위치로 돌려놓고 이불을 다시 덮어주었다.

"어때? 치료할 수 있어?"

진찰 결과를 머릿속으로 정리하는 유지로에게 다미호는 참지 못하겠다는 듯이 물었다. 그 물음에 대답은 없었고, 다미호는 가슴을 졸이며 유지로가 입을 열기를 기다렸다.

"괜찮아 보이는 방법은 있지만, 반드시 나을 거라고는 장담할 수 없어. 그 점을 잘 기억해줘."

"응."

진지한 표정으로 고개를 끄덕인 다미호에게 이제부터 해야 할 일을 설명해주었다.

"우선은 병을 고치는 것부터. 이건 간단해."

"병에도 걸린 거야?"

다미호는 유지로의 말을 자르며 놀란 듯이 물었다.

"드라이어드의 이야기에 따르면 식물계 마물은 햇볕을 쬐면 건강해진대. 하지만 이 아이는 그렇지 않을 거야."

"아, 그것도 들은 적 있어."

"그런 병이 있대. 약도 있어. 연고를 준비해줄 테니까 얼굴을 포함해서 온몸에 매일 한 번씩 바르고 한 시간은 그대로 둬. 그걸 열흘 동안 계속할 거야. 그 다음은 밖으로 데리고 나와서 매일 햇볕을 쐬게 해줘. 이걸 반복해야 해. 그러면 상태가 꽤 개선될 거야."

"정말로?!"

다미호가 기쁜 듯이 얼굴을 빛내며 두 개의 꼬리를 살랑살랑 흔들면서 유지로의 손을 잡았다.

"응. 완전히 회복되지는 않겠지만. 그런 다음은 산의 민족의 비약과 근력 상승약을 준비할 테니까, 매일 한 시간 정도 몸을 움직이게 해야 해."

"비아시, 한 시간이나 움직이는 건 못 하는데? 체력도 근력도 없는걸."

"그건 알고 있어. 그래서 산의 민족의 비약으로 부담을 없애서 지치지 않도록 하고, 근력 상승약으로 조금이라도 근력을 강화하는 거야. 그렇게 해서 몸을 움직이는 데 익숙해지게 해서 쇠해진 근력을 다시 단련하는 거지. 이쪽은 얼마나 계속해야 할지 알 수 없어. 재활 방법 같은 건 배운 적이 없으니까."

준비할 비약은 질이 낮은 것이어도 괜찮으리라. 이전의 공방 때처럼 장시간 움직여야 할 필요는 없으니 능력 상승약의 효과가 다할 때까지만 유지되면 될 터였다.

이렇게 하면 일상생활이 조금 힘든 정도까지는 회복할 수 있지 않을까 예상하고 있었다. 혼자 힘으로는 행동할 수 없는 현재 상태와 비교하면 훨씬 나을 것이다.

"우리로서는 치료해줄 수 없었으니까, 그것만으로도 고마워."

"감사하기는 아직 일러. 산의 민족의 비약을 준비하겠다고 했지만, 재료가 충분할지 알 수 없거든."

"그럼 비아시 치료는 도중에 중단되는 거야?"

그럴 가능성도 있다고 긍정했다. 그러자 다미호의 표정이 어두워졌다.

"부족한 재료는 구할 수 없는 거야?"

"필요한 건 숙식(宿喰) 버섯이라는 건데, 이 근처에서는 찾을 수 없어. 내가 손에 넣었던 건 동쪽으로 마차를 달려서…… 약 8일 정도 걸리는 곳에 있는 숲. 거기에 버섯이 기생하는 마물과 동물이 있었어."

"구해 오면 치료는 계속할 수 있는 거지?"

"그렇지. 간다고 하면 기생 당하지 않게 해주는 약을 만들게."

부탁합니다라며 마음을 담아서 고개를 숙였다. 류온 일행에게 오늘 이야기를 반드시 전하고, 그 숲까지 전력을 보내 달라고 하자고 마음에 새겼다.

진찰을 마치고 두 사람은 마차에서 내렸다.

"모레까지는 약이 완성될 테니까, 그날 저녁쯤에 주러 올게."

"응. 이 숲에 와서 정말 다행이야. 뭔가 곤란한 일이 있으면 말해줘. 가능한 일이라면 꼭 도와줄게."

그때는 잘 부탁한다고 말한 다음 유지로는 퐁과 마카벨을 찾았다. 지금부터 연고 재료를 찾으러 가야 하는데, 둘을 데려갈 생각인 것이다.

마침 마을에서 쓸 약으로 만들고 싶은 것이 있었던 퐁은 동행하겠다고 했고, 마카벨도 노는 걸 중단하고 따라나섰다. 함께 있던 드라이어드와 슈피니아도 동행하게 되었다. 드라이어드는 슈피니아와 류온에 관한 일로 뭔가 이야기하고 싶은 것이 있는 모양이었다.

"류온이 슈피니아를 피하고 있어."

"그렇구나."

"어떻게 대하면 좋을지 모르기 때문일까?"

"어쩌려나."

"슈피니아가 수룡을 독점했던 셈이 되었으니, 뭔가 생각하는 바가 있는 걸까?"

"그럴지도."

"듣고 있어?"

풀을 뒤적이며 뒤돌아보지 않는 유지로에게 드라이어드는 의문이 담긴 목소리를 던졌다.

유지로는 손을 멈추고 돌아보았다.

"듣고 있어. 하지만 좋은 해결책이 떠오르질 않네. 그런 건 시간을 들여서 관계를 구축해나가야 하는 거 아닐까?"

"뭐, 그건 알지만. 좀 더 뭔가 어떻게든 해주고 싶어."

드라이어드는 좋은 방법이 없을까 하며 한 손을 뺨에 대고서 생각에 잠겼다.

　"1년만 지나면 수룡도 깨어날 테니까, 가족회의라도 열면 해결될 거라고 보는데."

　"오랜만의 재회인데, 서먹한 분위기를 느끼게 하고 싶지 않아."

　"억지스러운 방법이라도 괜찮다면, 호의를 갖게 하는 약을 만들게."

　"그건 안 돼."

　유지로는 그렇겠지 하고 고개를 끄덕이고 채취를 재개했다. 거절당하리라는 것을 전제로 제안했었다. 자신도 그런 방법으로 세리에게 호감을 받은들 기쁘지 않을 것이다.

　반응하며 손을 멈춘 것은 마카벨이었다.

　"그런 약이 있어?"

　"있지. 아, 찾았다."

　연고에 필요한 풀을 발견하고 주변의 흙을 파고 조심스럽게 뿌리까지 뽑았다. 그쪽에 집중하면서 호의를 올리는 약의 재료와 만드는 법을 이야기했다. 이 숲에 있는 재료로, 전부 드라이어드가 아는 것들이었다.

　다음 풀을 채취하는 데 집중하고 있는 유지로의 등 뒤에서 마카벨과 드라이어드가 두런두런 이야기를 나누었다.

　재료 모으기를 마친 유지로는 연고를 만들기 위해 유적으로 돌아갔다. 마카벨도 함께 돌아가겠느냐고 물었지만, 조금 더 마을에 있겠다고 하기에 혼자서 돌아갔다. 돌아올 때는 드라이어드가 유적까지 동행해주겠다고 했으므로 안심하고 돌아갈 수 있었다.

마카벨과 드라이어드는 바인을 찾아서 다시 한번 숲으로 향했다. 그리고 얼마 후 찾은 것을 들고 퐁에게로 걸음을 옮기는 두 사람이 보였다.

연고를 빠르게 완성해 다미호에게 건넨 후로 며칠이 지났다.

"안녕."

"좋은 아침."

거실에 들어간 유지로는 의자에 앉아서 종이에 무언가를 적고 있는 세리에에게 말을 걸었다.

퐁과 바인은 테이블 옆에서 다시 잠들어 있었다.

"응? 오늘 아침은 마카벨이 만드는 거야?"

"맞아. 만들어보고 싶다면서 나랑 비슷한 시간에 일어났어. 간단한 거지만 아침 식사 정도라면 준비할 수 있을 것 같아서 맡겨봤어."

빵은 어젯밤부터 반죽을 숙성시켜서 냉장고에 넣어두었기 때문에 굽는 시간에 주의하기만 하면 되었다. 오렌지는 자르기만 하면 된다. 실력이 필요한 것은 국물 요리뿐이었다.

세리에가 준비해둔 수프 건더기 재료는 베이컨과 당근과 양파였다.

주방에서 풍기는 냄새가 좋은 것을 보니 실패하지는 않은 모양이었다.

실력이 얼마나 늘었을까 이야기를 나누고 있으려니 마카벨이 음식을 들고서 다가왔다.

"좋은 아침. 마카벨이 만든 요리 기대하고 있어."

"응. 기대해도 좋아!"

테이블에 갓 구운 빵과 베리 잼이 놓였고, 그 소리에 퐁과 바인도 일어났다.

접시에 담긴 수프에서는 아주 살짝 비릿한 냄새가 났다. 조미료가 부족한 탓일까 싶었지만, 실패라고 할 정도는 아닐 듯했다.

"잘 먹겠습니다."

유지로와 세리에가 수프를 입에 넣자, 마카벨이 뭔가를 기대하는 듯한 시선으로 그 모습을 지켜보았다.

맛은 이상하지 않았다. 미숙한 부분은 있지만, 맛없어서 먹기 망설여질 정도는 아니었다.

"맛없지는 않지만, 더 잘할 수 있게 될 거야. 실력은 순조롭게 늘고 있으니까, 1년 후에는 더 맛있게 만들 수 있게 될 거라고 생각해."

"뭐, 지금은 이 정도겠지……."

유지로는 평소와 전혀 다르지 않았다. 하지만 세리에는 스푼을 내려두더니 무언가 생각에 잠겼다. 조금씩 눈이 촉촉해지고 뺨에 붉은빛이 감돌았다.

"……라고 생각했는데, 마카벨이 만든 음식인걸. 뭐든 다 맛있어."

"세리에?"

의견을 바꾼 세리에를 유지로는 이상하다는 듯이 바라보았다.

"그럼, 그렇고 말고. 용케도 여기까지 실력을 쌓았네. 칭찬해줄게."

의자에서 일어난 세리에는 마카벨을 끌어안으며 머리를 쓰다듬었다.

오늘은 훨씬 더 귀엽네, 같은 말을 하며 쓰다듬는 모습은 평소의 세리에와 전혀 달랐다. 마카벨은 기쁜 듯한 모습으로 몸을 틀어 유지로를 보았다.

"유지로는 칭찬 안 해줘?"

"그게, 감상은 아까 말했던 그대로인데."

"정말로?"

유지로가 고개를 끄덕여 답하자 마카벨은 퐁에게로 시선을 돌렸다. 퐁은 잠시 생각하는 모습을 보이더니 고개를 가로저었다.

"혹시 뭔가 했어?"

"더 좋아해줬으면 좋겠다고 생각해서, 약을."

"약? 그런 약을 용케 알았네."

"며칠 전에 유지로가 말했잖아?"

말했던가? 하며 고개를 갸웃거렸다. 작업을 하면서 이야기한지라 잘 기억하지 못했던 것이다.

어떤 상황에서 이야기했는지를 설명하고서야 유지로는 그때의 기억을 떠올렸다.

유지로는 약을 탔다는 사실에 화가 나지는 않았다. 어쩔 수 없다며 쓴웃음을 지을 뿐이었다. 하지만 그냥 넘어갈 수는 없는 일인지라 꿀밤을 한 대 때렸다. 사람의 마음을 농락하는 약이다. 소중한 사람들에게 함부로 써도 될 물건이 아니었다.

혼을 내면서, 세리에에게 안겨 있는 마카벨을 아주 조금 부럽게 여기기도 했다.

"유지로, 무슨 짓이야?! 아팠지?"

세리에는 마카벨의 머리를 천천히 쓰다듬었다.

"이렇게 걱정해주고 있지만, 약의 효과로 걱정해줄 뿐인지도 몰라. 겉보기만 그럴듯한 호의, 그건 싫지 않을까?"

시선을 똑바로 마주하며 타이르듯 말했다.

"……싫을지도."

"그렇지? 좋아해준다면, 진심으로 정말 좋아한다고 말해주는 게 기쁘겠지?"

"응."

"그걸 알면 됐어."

잘했다며 세리에가 쓰다듬고 있는 부분과는 다른 곳을 쓰다듬었다.

"마카벨은 아직 약을 만들지 못하니까, 만든 건 풍인가?"

시선을 퐁에게 돌리자, 퐁은 얼버무리지 않고 고개를 끄덕였다.

"응. 마카벨이랑 드라이어드에게 부탁받았어."

"드라이어드한테도? 혹시 류온과 슈피니아 문제를 어떻게든 해보려는 걸까?"

"그렇게 말했어."

"안 좋은 일이 벌어질 것 같은 느낌이 드는데."

소설이나 만화에서는 꼭 이런 걸 쓰면 예상했던 효과는 나오지 않았단 말이지, 그런 생각을 하면서 아침 식사를 계속했다.

"유지로는 어째서 약이 안 듣는 거야?"

세리에가 먹여주는 걸 받아먹으면서 마카벨은 고개를 갸웃거렸다.

"저항력이 강하기 때문이 아닐까? 퐁은 아직 실력이 부족한 편이라, 품질이 낮은 게 만들어졌다고 생각해."

"나도 그렇게 생각해."

퐁 자신도 완벽하게 완성되었으리라고는 생각하지 않았던 것이다. 그리고 애초에 품질이 낮은 걸 만들어달라고 부탁받기도 했다. 드라이어드도 억지로 사이를 좋게 만들 생각은 없었던 것이다. 약간의 계기를 원했을 뿐이었다.

"드라이어드한테도 이미 줬어?"

"아직. 오늘 줄 거야. 마을에 있어."

"어쩐지 안 좋은 예감이."

마을에 가면 이상한 일이 벌어져 있을 것만 같은 기분이
들었다.

해자 만들기에 쓸 도구를 가지러 갈 필요가 있으니, 그때
마을의 상황을 알게 되리라며 한숨을 내쉬고 자리에서 일어
났다.

"마을에 다녀올게."

아침 식사를 마친 퐁과 바인도 일어났다. 마카벨도 일어나
려고 했지만 세리에게 안겨 있기 때문에 움직이지 못했다.

"나랑 세리에는?"

"오늘은 일할 수 없을 테니까 그대로 있어. 내일이면 원래
대로 돌아가지 않을까?"

"움직이기 힘들어."

도와달라고 호소하는 시선을 고개를 가로저으며 거절해
버렸다.

"자업자득이야. 뭐, 싫어할 만한 짓을 하지는 않을 테니
까, 귀여움을 듬뿍 받는 것도 괜찮을지도. 부럽다."

마지막 부분은 강한 속마음이 비쳐 나왔다.

다녀올게 하고 인사한 다음 유적을 나섰다.

남겨진 마카벨은 조금 곤란한 얼굴을 하고서 세리에가 하
는 대로 가만히 있었다. 세리에게 안겨 있는 것은 싫지 않
았지만, 가능하면 유지로 쪽이 더 좋았다. 지금의 세리에
게 그런 마카벨의 생각은 관계없었고, 세리에는 마음껏 마
카벨을 귀여워했다.

유지로 일행이 마을에 도착하자 예상과 달리 아무런 일도 없는 평소와 같은 풍경이 펼쳐져 있었다.

"괜한 걱정이었나."

이변이 없다면 그걸로 됐다며 켄타우로스들과 해자 작업에 나섰다.

연 단위로 완성되리라 생각했던 해자는 추가 노동력이 늘어오면서 1년이 안 되어 완성될 것 같다며, 예정을 수정하게 했다. 이런 상태라면 지금처럼 흙을 팠을 뿐인 해자가 아니라, 해자를 따라서 본격적인 담장을 만들고 망루를 두는 것도 그리 멀지 않은 일이리라 생각되었다.

그렇게 오늘의 작업을 마치고, 유적으로 점심밥을 먹으러 가기 위해 마을 근처를 지나갈 때였다.

"뭔가 소리가 들리는데?"

많은 사람이 내는 소리였다. 무슨 일일까 하며 켄타우로스가 소란스러운 마을 쪽을 바라보았다. 조금 신경이 쓰인 유지로도 마을에 들러보기로 하고 함께 마을로 향했다.

그곳에서 벌어지고 있는 일에 유지로 일행은 놀라 어안이 벙벙해졌다.

『슈피니아 만세! 슈피니아 만세!』

고블린과 폭싱, 그리고 류온의 동료들이 슈피니아를 테이블에 태우고 가마처럼 위아래로 들었다 내렸다 하며 마을 중앙에서 법석을 피우고 있었다.

제각기 다른 종족의 말로 말하고 있는지라 유지로는 이해할 수 없었지만, 슈피니아가 대인기라는 것은 알 수 있었다.

이 소동에서 밀려난 듯한 드라이어드와 퐁과 바인과 류온이 가장자리에서 상황을 지켜보고 있었다. 앞의 세 명은 놀라고 있었지만, 류온은 복잡해 보이는 표정을 짓고 있었다.

"약을 쓴 거야?!"

"약?"

켄타우로스에게 어떤 약인지, 그리고 드라이어드가 약을 원했던 이유를 이야기했다.

"여동생과의 관계가 원만하지 않아서라는 건가. 확실히 그런 모습이었지."

둘이 이야기하는 사이, 류온이 소동에서 등을 돌리고 마을을 나갔다.

드라이어드가 허둥지둥 류온을 뒤쫓았고, 켄타우로스도 그쪽으로 향했다.

유지로는 퐁에게 다가가 사정을 듣기로 했다.

퐁이 약을 만들 때 쓰는 오두막에 가서 작업을 하고 있었는데, 점심 전에 드라이어드가 약을 받으러 왔다. 퐁은 쓰지 않는 편이 좋겠다고 말하려고 했지만, 미처 말을 꺼내기도 전에 드라이어드가 테이블 위에 있던 약을 재빠르게 들고 나가버렸다고 한다. 말리려고 밖으로 나와 보았지만, 이미 드라이어드가 점심밥이 담긴 솥에 약을 던져넣고 있었다. 말릴 틈도 없었다. 이미 넣어버린 건 어쩔 수 없다며 포기한 결과가 슈피니아 대인기라는 현재 상황이었다.

"퐁이 만든 약으로 이렇게까지 큰 소동이 벌어지나?"

소동을 보며 유지로는 의문을 느꼈고, 뭔가 다른 요인이 있지 않을까 생각했다.

'외부적인 요인. 외부인이 잠입해서 소동을 일으키기 위해 약에 뭔가를?'

그건 아니리라며 고개를 저었다. 마물에게는 이런 짓을 할 만한 지식이 없으니 무리다. 인간이 있다고 해도 숲에 숨어 지내는 것은 가능해도 마을 안에 들어와 이런 짓을 하기는 어려울 거라 생각되었다.

'퐁이 우연히 고품질의 약을 만들었나?'

이것도 아니리라 생각했다. 그랬다면 약을 먹은 세리에의 상태가 더욱 심각했을 터다.

'원래는 같은 약인데 다른 효과를 보이는 건 어째서지?'

역시 만든 후에 뭔가 요인이 될 만한 것이 있었으리라고 생각하며 가설을 떠올렸다.

그것은 약 만들기의 마지막 과정이다. 그 단계에서 누구에게 호의를 갖게 할지를 결정하기 위해, 약에 호의를 갖게 하고픈 대상의 신체 일부, 머리카락이나 손톱 등을 넣는다. 이 약은 보통 인간에게 쓰이는 것으로, 그런 것들을 넣어도 품질에는 변화가 없다. 하지만 이번에는 수룡이라는 고위 존재의 일부분을 쓴 것이다. 상위 용의 소재는 최고의 물건이다. 그런 소재를 넣었으니, 약의 품질이 향상되었다고 해도 이상하지 않았다.

'이 이유라면 두 개의 약에 차이가 생긴 것도 납득이 돼.'

이 상황은 드라이어드 이외의 누군가가 의도한 것이 아니리라고 추측했고, 유지로는 어떤 위험한 일이 벌어진 것은 아닐까 하는 생각을 멈추고 소동에 주의를 되돌렸다.

변함없이 모두의 애정을 받고 있는 슈피니아는 현재 상황에 겁을 먹고 움직이지 못하고 있었다.

유지로는 그 사실을 눈치채고 내려주라고 말하며 퐁을 데리고서 마물 무리 쪽으로 다가갔다.

마을에서 나온 류온은 무의식 중에 수룡이 잠들어 있는 호수를 향해 거칠고 빠른 걸음으로 나아갔다. 표정에서는 분노와 쓸쓸함이 함께 묻어나왔다. 가슴속에 소용돌이치는 감정을 스스로도 컨트롤할 수 없었다.

드라이어드는 그런 류온을 따라잡았다.

"류온, 어디 가는 거야?!"

"어디든 상관없잖아."

똑바로 앞을 바라본 채 드라이어드에게는 시선도 주지 않고 답했다.

"그 상황을 보고 뭔가 화가 난 거지? 우선은 사과할게. 미안해. 슈피니아를 조금이라도 좋아해줬으면 싶어서, 대상을 좋아하게 되는 약을 썼어."

하지만 류온 역시 어느 정도 약에 대한 저항력이 있어서 효과는 발휘되지 않았다. 슈피니아의 신체 일부를 사용하

여 효과가 상승되었다고 해도, 류온도 같은 용이라 의미가
없었던 것이리라.

"어째서 슈피니아를 피하는지 가르쳐줄래? 모처럼 재회
한 남매니까, 사이좋게 지냈으면 좋겠어."

"재회라고 해도 서로 면식이 없어."

"그건 그렇지만…… 사이좋게 지낼 마음은 없는 거야?"

"……."

있다고도 없다고도 답하지 않은 채 걸었다. 표정을 통해
서는 생각을 읽어낼 수가 없었다.

어머니만이 아니라 동료들도 빼앗기는 것인가, 류온은 그
광경을 보고 그리 생각하여 화가 난 것이었다. 그리고 자신
보다도, 지금 막 만났다고 해도 좋을 슈피니아를 선택한 것
처럼 보이는 동료들의 모습에 슬퍼진 것이었다.

이야기 나눌 계기가 되었으면 싶어 사용한 약이 안 좋은
방향으로 효과를 발휘해버리고 말았다.

류온은 드라이어드의 말을 무시한 채 계속 걸었고, 이윽
고 호수에 이르렀다.

외로움과 슬픔과 갈망을 담아서, 물속에 잠들어 있는 수
룡을 바라보았다. 일어나라고 말하고 싶다는 마음이 안에
서 넘쳐 나올 것만 같았다. 그러나 지금 깨우는 것은 부담
이 될 뿐이라는 이야기를 들었기 때문에 어떻게든 참을 수
있었다.

"……어머니는 나를 잊고 새 아이와 즐겁게 살았을까?"

"그렇지 않아! 언제나 너를 지켜주지 못한 걸 원통하게 여겼어!"

확실히 수룡에게 슈피니아라는 존재는 컸다. 하지만 류온의 존재가 슈피니아에게 밀리는 일은 없었다. 살아 있다면 건강하게 있어달라며 언제나 기도했다. 지켜주지 못한 것을 슬퍼했다.

"그럼 어째서 찾으러 오지 않았던 거야?"

"그건, 어디에 있는지 알지 못했으니까."

움직이지 않았던 것도 아니다. 수룡 자신이 움직이면 눈에 띌 테고, 그러면 류온을 숨기리라 생각해 똑똑한 너구리에게 정보 수집을 부탁했었다. 하지만 인간 쪽이 더 능란해서 자취를 쫓을 수 없었다.

류온에게는 말할 수 없지만, 시간이 흐르는 사이에 무사할 리 없다며 포기한 부분도 있기는 했다. 인간의 좋은 점만이 아니라 나쁜 점도 충분히 알고 있었기 때문이다.

"어디 있는지 몰랐어도, 찾아주길 바랐어……."

그 자리에 무릎을 꿇고, 호수를 들여다보았다. 수면에 퐁하고 한 방울의 물이 떨어졌다. 떨어지는 물방울은 늘어갔고, 수면을 작게 흔들었다. 류온의 오열이 한동안 조용히 울렸다.

눈물이 물에 섞여 호수에 퍼졌고, 수룡에게까지 닿았다.

잠들어 있는 수룡의 눈꺼풀이 희미하게 움직였다. 그리고 천천히 눈을 떴다.

수룡이 고개를 들고 움직이기 시작했다는 사실을 가장 먼저 눈치챈 것은 류온의 곁에 앉아 아무 말도 하지 못하고 있던 드라이어드였다.

"아직 일어나기는 이른데?!"

그 목소리에 류온도 수룡이 움직이고 있다는 사실을 깨달았다.

곧바로 물보라를 피우며 수룡이 얼굴을 내밀었다.

"어, 어머니?"

"류온."

수룡은 무척이나 자애로운 목소리로 부름에 답했다.

호숫가로 다가온 수룡은 류온에게 맞추듯 인간으로 모습을 바꾸고, 조심스럽게 류온을 끌어안았다. 눈앞의 아들이 꿈일까 싶어, 힘을 주면 사라져버릴 것만 같아서 힘을 줄 수 없었다.

따뜻한 체온에 환상이 아니라고 이해한 수룡의 감긴 눈에서 눈물이 떨어져 내렸다. 그 물방울은 류온의 뺨을 적셨다.

그리운 어머니의 온기에 류온 안에서 차갑게 굳어 있던 뭔가가 서서히 녹아내렸다. 이윽고 류온은 다시 울기 시작했다. 수룡은 사랑하는 자신의 아이의 머리를 쓰다듬으며 꼭 끌어안았다.

15분쯤 지나자, 커다란 안도와 따뜻함에 감싸인 채로 류온은 잠에 빠져들었다. 그 잠든 얼굴이 너무나도 행복해 보여서 깨우기를 주저하게 만들 정도였다.

"수룡."

"오랜만이라고 해야 하려나?"

"일어나도 괜찮은 거야? 몸은?"

걱정하는 드라이어드에게 미소를 보냈다. 그 미소는 보고 안심할 수 있는 것이 아니었다. 덧없이 느껴져 불안만이 커졌다.

"완전하다고는 말하기 어렵겠어."

잠들기 전보다는 다소 나아졌지만, 전성기와는 거리가 멀었다. 지금의 수룡은 중위 용에게도 고전하리라.

그렇다면 어째서 일어난 것이냐고 말하려다 멈추었다. 묻지 않아도 답은 알고 있었다.

사랑하는 아이가 울고 있었다. 옆에 가서 위로해주는 것이 어머니이고, 수룡은 틀림없는 어머니였다.

"수명은……."

"얌전히 지내도 50년을 넘기면 다행이라고 해야겠지. 하지만 그게 뭐 어떻다는 거야? 눈앞에서 울고 있는 내 아이를 내버려 두고, 자신을 우선하는 건 불가능해. 옆에 가서 안아줄 수 있다면 수명 따위 얼마든지 깎아도 상관없어."

"하지만 자신 탓에 수명이 줄었다는 걸 알면 류온은."

그 말에 수룡은 자그맣게 고개를 저었다.

"류온 탓이 아니야. 원인을 따지자면 다 내 힘이 부족해서 벌어진 일인걸. 이 아이가 책임을 느낄 필요는 전혀 없어. 드라이어드도 거기 있는 너도 수명에 관한 이야기는 전하지 말아주겠어?"

수룡의 시선 끝에는 나무 그림자 속에 숨어 있던 켄타우로스가 있었다. 말을 걸 타이밍을 놓쳐서 숨어 있는 형태가 되고 말았던 켄타우로스는 나무 그림자에서 나와 수룡에게 인사를 하고서 물러났다. 지금 보고 들은 것은 결코, 그야말로 죽을 때까지 말하지 않겠다고 결심했다.

"⋯⋯수룡은 지금부터 다시 자는 거야?"

"잠든다고 해도 회복 상태는 크게 변하지 않을 거야. 일어나서 아이들과 함께 있겠어. 지금까지 외롭게 만들었는걸. 싫다고 할 정도로 옆에서 함께 지낼 거야."

"⋯⋯싫어할 리 없어. 절대. 네 아이들은 너를 아주 많이 좋아하니까."

드라이어드는 쓴웃음을 지으며 말하고, 이 이상 부모와 자식의 재회에 찬물을 끼얹을 수는 없다며 자리에서 일어났다.

"저쪽 방향에 마물들이 마을을 만들고 있어. 슈피니아는 지금 거기 있으니까, 류온이 일어나면 함께 그쪽으로 와줘. 분명 슈피니아도 기뻐할 거야."

"마을이라. 인간이 벌인 일인가?"

"맞아. 고블린과 폭싱, 그 외에도 류온이 여행하며 모은 동료들도 있어."

"그거 기대되는군."

나중에 보자며 손을 들어 인사하고, 드라이어드는 자리에서 물러났다.

수룡은 잠든 류온의 머리를 다리에 얹고, 정성스럽게 머리를 쓰다듬었다. 무척이나 자애로운 표정으로, 언제까지고 언제까지고 이 광경이 계속될 것만 같은 그런 환상을 품게 될 듯한 한때였다.

류온은 해 질 무렵에 일어났고, 그리고 수룡과 이런저런 이야기를 나누었다.

류온이 유괴되어 슬프고 외로워서, 대신할 아이를 낳으려 한 것과 찾으러 가지 못했던 것을 사과했다. 처음에는 대신일 뿐이었던 슈피니아에게 금세 정을 주게 되었던 것. 지금은 둘 모두 똑같이 소중하고, 사랑한다는 것. 그리고 쭉 함께 살 수 있다는 것. 여동생과도 사이좋게 지내줬으면 좋겠다는 것. 그런 이야기를 해가 지는 것에 개의치 않고 계속해서 나누었다.

류온은 이야기를 듣고, 강하다고만 생각했던 수룡의 연약함을 알게 되었다. 시선과 말투에서 자신을 소중히 여기고 있다는 것도 알았다. 쭉 함께 살 수 있다는 사실에 기뻐했고, 아직 어색한 사이지만 더 이상 슈피니아를 피하지 않겠노라 생각했다.

이야기를 마친 두 사람은 마을로 돌아갔다. 그곳에서는 아직도 소동이 계속되고 있었고, 연회로까지 발전해 있었다.

마을로 온 둘을 마물들이 맞아주었고, 둘을 둘러싼 마물들이 법석을 부렸다. 이렇게 함께 소란을 피우면서, 기존의

주민과 새로운 주민들 사이에 있던 얇은 벽은 사라지게 되었다.

류온은 드라이어드에게 안긴 슈피니아에게 머뭇머뭇 다가가 손을 내밀었다. 그 모습을 이상하다는 듯한 표정으로 올려다보던 슈피니아는 드라이어드에게 재촉을 받아 팔을 타고 올라가 류온의 옆얼굴에 자신의 얼굴을 가져가더니 뺨을 부볐다.

지금껏 떨어져 살았던 남매의 관계가 시작된 순간이었다. 수룡은 기쁜 듯 눈을 가늘게 뜨고서 그 모습을 지켜보았다.

부록 **어느 모험가의 시점**

응? 나한테 묻고 싶은 게 있다고? 나는 지극히 평범한 모험가인데? 뭘 물으려고? 좋은 돈벌이 장소나 유적의 위치 같은 건 몰라. 안다고 해도 가르쳐줄 리도 없고 말이야. 오히려 어디 돈을 벌 만한 괜찮은 곳이 없는지 내가 묻고 싶을 지경이라고.

묻고 싶은 건 그런 게 아니라고? 그럼 뭔데?

심연의 숲에서 있었던 일? 분명 나라가 주도한 원정으로 나도 다녀오긴 했지. 떠올릴 때면 상처가 욱신거려서 별로 이야기하고 싶지 않은데.

답례는 하겠다고? 흐음…… 답례 내용에 따라 다르지. 여기서 마음껏 먹고 마시는 데 더해서 약간의 사례라. 뭐, 좋아. 그걸로 타협하지.

주인장, 전에 말했던 비장의 물건은 아직 있나? 있다고? 그럼 그걸 주게. 헤헷, 이야기를 들었을 때부터 한번은 마셔보고 싶었거든. 오오, 왔다 왔어. 그럼 꿀꺽…… 크하, 자랑할 만 하군그래! 맛있는걸.

으응? 마시지만 말고 이야기를 해달라고? 자자, 이 정도로는 곤드레만드레 취하진 않아. 게다가 조금 취하지 않으면 이야기가 안 나온다고. 거긴 그런 곳이었어.

기분도 좋아지기 시작했으니 이야기를 해볼까.

379

자네도 알고 있듯이 내가 갔던 곳은 심연의 숲이라는 곳이었지. 세 곳 존재한다고 하는 마역 중 하나야. 거기까지 가는 길에 지났던 무관리지대도 엄청났지만, 그곳은 훨씬 더 심해. 많은 인원이 움직인 덕에 오가는 게 편하기는 했어. 절대 적은 인원으로 갈 만한 곳은 아냐.

숲에 도착한 우리가 맨 처음에 한 일은 군영을 설치하는 거였지. 숲에서 떨어진 위치에 텐트를 치고, 자재를 챙기고, 인원이 워낙에 많아서 그것만으로도 큰일이었다니까.

처음 본 숲은 어땠냐고?

그렇군, 겉보기에는 보통 숲과 다를 게 없다, 그게 내 감상이었지. 터무니없이 넓기는 했지만, 무시무시하다거나 꺼림칙하지는 않았어. 거대종이 날뛰고 다니는 소란스러움도 없었지. 정말로 평범한 숲이었어. 그래서 다른 녀석들이랑 생각했던 것보다 쉽게 공략할 수 있겠다고 이야기했었다니까.

그런 예상은 그날 밤 바로 빗나가 버렸지만 말이지. 습격이 있었어. 군의 높으신 분들도 저쪽이 먼저 나설 줄은 생각도 못했는지, 훌륭하게 기습을 당했지. 그것도 두 사람이랑 한 마리뿐이었다니까. 그게 여기저기 뛰어다니면서 날뛰지 뭐야. 사람이 막아서도 정면에서 차 날려버리고, 뛰어넘어 버리더라고. 텐트 같은 건 그냥 쓰러져버렸고, 자재도 피해를 입었지.

마치 태풍이 지나간 것처럼 군영은 엉망이 됐어. 다행이었던 건 부상자는 많았어도 사망자는 적었다는 거려나?

　인간이 있었던 게 사실이냐고?

　사실이고말고. 수배된 약사가 한 명 있었지? 그 녀석이 거기 있었다니까. 왜 있었는지는 묻지 말라고. 내가 알 리 없잖아. 또 한 사람은 하프였지. 양쪽 다 말도 안 되게 강했어. 나를 저기 굴러다니는 돌멩이 차듯이 날려버리고 뛰어다니더라니까? 얼마나 단련하면 그렇게 강해지려나? 같이 있던 마물도 강했어. 고블린이었는데, 나보다 키가 크고 체격도 좋았지. 그거 한 마리면 작은 마을 정도는 여유롭게 부숴버릴걸? 그도 그럴 게 평소부터 훈련을 해온 정규 병사들이 전혀 상대가 안 됐다고. 그런 게 달리 또 있다고 한다면, 그건 정말 악몽일 거야.

　그래서, 습격이 끝나고 엉망이 된 군영을 다시 세우는 데 시간이 걸렸고, 숲에 들어가는 건 예정보다 늦어졌지.

　군영을 다시 세우는 데 하루를 통째로 다 쓰고 숲에 들어갔어. 이 나라가 그곳을 원하는 것도 무리는 아니더라고. 보물의 산이야. 대충 뽑은 풀이나 쉽게 잡을 수 있는 벌레가 하루 숙박비 정도의 가격에 거래됐으니까. 그런 게 당연하다는 듯이 여기저기에 있었어. 전날의 습격 같은 건 완전히 잊고 흥분해서 탐색을 시작했지. 마역이라는 걸 싹 잊었어. 그냥 보물의 산일 뿐이기만 했다면 훨씬 전에 사람 손에 들어갔을 테지. 하지만 그곳은 지금도 여전히 사람의 영역이 아니야. 그런 당연한 걸 잊어버렸으니, 우리가 얼마나 흥분했었는지 이해가 되나?

그런 우리에게 숲은 가차 없이 이빨을 드러냈지. 풀과 나무, 벌레, 마물, 전부 다 성가셨어. 작은 나뭇가지에 손끝을 살짝 스쳤을 뿐인데 바로 몸이 마비되고, 벌레에 물리면 술에 취한 것처럼 어질어질하고, 벌레가 몸에 알을 낳고, 피 냄새에 마물이 몰려들었어. 보물의 산인 동시에 위험의 창고이기도 했지. 마물도 인간의 영역에 있는 놈들 같은 것보다 훨씬 강해. 그림자 속에서 기습해 오는 건 당연하고, 여럿에서 사람 하나를 집중 공격하는 것도 당연. 도망치는 척하면서 독초 밀집지로 유도하기도 했다는 모양이야. 그중에는 마법이나 마술을 쓰는 마물도 있다지 뭐야? 상식이 통하지 않는 데도 정도가 있어야지.

그렇지 않아도 기본 능력이 위인 마물이 마법에 마술까지 쓰니 손쓸 도리가 없었다니까. 단련한 모험가라고 해도 지는 게 당연해.

나는 무슨 일을 당했냐고? 말하기 힘든 걸 묻는군.

아까 이야기했던 고블린, 그놈한테 당했어. 밤에 습격이 있었다고 했지? 그게 한 번이 아니었거든. 몇 번이나 있었어. 그때 고블린과 단창(斷槍)이 싸웠지.

그 싸움에서 우리는 고블린의 움직임을 막으려고 단창 뒤에서 방해를 했는데, 그게 짜증이 났는지 마술을 써서 지면을 도려내더니 이쪽으로 흙과 돌을 던져버리지 뭐야. 평범한 돌이라도 맞으면 아프잖아? 그런데 마술을 써서 돌을 던졌으니 말할 것도 없지. 나는 운 나쁘게도 그걸 잘못 맞는 바람에 팔과 갈빗대가 여럿 부러졌어. 그 외에도 찰과상이 났지만, 가장 큰 부상은 골절이었지. 가죽제라고는 해도 갑옷 위에 맞았는데 뼈가 부러지다니. 어떻게 되먹은 위력인지. 맨몸으로 맞았으면 죽었을 거야.

나는 거기서 기권했어. 자재에 피해를 입은 탓에 완전히는 치료할 수 없었거든. 거추장스러운 짐짝이 된 거지.

그래서 최종전에는 참가하지 않았어. 그 이야기는 다른 녀석한테 물으라고.

싸움에 관한 건 이 정도야. 숲에 있던 녀석? 어떤 녀석이 궁금한 건데? 위험한 녀석이라. 퍼뜩 떠오르는 건 다섯 명 정도려나. 마물도 있으니까 명이라고 세는 건 이상하지만.

우선은 수룡. 상위 용이니까 위험하다는 건 누구나 알지. 하지만 그걸 어떻게든 했다고 하니, 인간은 대단하다 싶었지. 그 장면을 봤으면 좋았을 텐데.

다음은 우락부락한 고블린. 그 커다란 몸으로 날리는 일격은 인간을 간단히 죽여버리지. 단창한테 이겼을 정도니 그 실력에는 의심의 여지도 없고. 게다가 마술까지 쓰니 싸우려 들지 않는 편이 좋아. 또, 대화가 가능할 정도의 지능도 있으니까 함정에 간단히 걸리지는 않을 거야.

다음은 하프. 그 녀석은 엄청나게 빨라. 그리고 지칠 줄 모르고 뛰어다니더군. 베었나 생각한 다음 순간에는 멀리서 다른 녀석을 베고 있었대. 용사의 동료 둘을 상대하면서 한 걸음도 물러서지 않았다고 들었어. 그 후에 잡혔으니까 어떻게든 상대할 방법은 있는 거겠지. 나로서는 어떻게도 못할 테지만.

　다음은 약사. 이 녀석은 이 녀석대로 이상해. 용사한테 이겼다잖아. 어째서 약사 같은 걸 하고 있는지 모르겠다니까. 그 정도의 실력이 있으면 모험가를 하라고. 성가신 건 높은 전투 능력만이 아니라, 약사로서의 실력도 대단하다는 점이야. 믿을 수 없는 이야기지만 회복약을 만들 수 있다지 뭐야? 그걸 하프나 고블린에게 주다니, 반칙도 적당히 하란 말이지. 큰 부상을 입혀본들 전혀 개의치 않고 전투 속행이라니, 좀 봐달라고. 그러고 보니 마력도 높다지? 대체 얼마나 인간의 범주를 벗어나야 속이 시원한 거야? 약사가 없었다면 원정도 훨씬 나은 결과를 냈을지도 몰라. 뭐, 그렇게 생각하는 건 아무 의미 없으려나?

　마지막으로 마왕. 나는 그 모습을 본 적이 없어. 하지만 첫날부터 그 힘은 우리를 힘들게 했지. 그건 뭐라고 해야 할까? 평범하게 서 있을 뿐인데 점점 체력이 줄어들더군. 부상이나 병, 독 같은 건 아냐. 당연하게 하던 일들조차 부담이 돼. 모습이 보이지 않는 만큼 더 무섭다니까. 존재하는 것만으로도 해가 되지. 인간으로서는 가늠할 수조차 없는 것. 그게 마왕이야. 강한 마물과 마주치면 목숨의 위기를 느끼지. 하지만 마왕은 마주치는 일이 없어도 목숨이 깎여. 이

건 무슨 수를 써서든 죽여야만 하는 존재다. 그런 느낌이야.

마왕의 강함? 글쎄, 어떠려나. 약하지는 않을 거라고 생각해. 체력을 깎아내는 것만으로도 위협적이니까. 또 다른 비장의 수가 있다고 한다면 위협이라는 한 마디로는 표현할 수 없을 거야. 용사들이 졌다는 말을 듣고 꼴사납다는 생각보다는 아아, 하고 납득부터 되더라니까?

응? 용사는 진 게 아니라고? 바로 한 발짝 앞까지 밀어붙였다고? 그랬던 건가…… 하지만 그 한 발짝이 한없이 멀지도 모르겠군.

원정 타이밍에 그런 녀석들이 한곳에 모여 있었던 건 헤프시밍에 있어서는 운이 나빴다고 해야겠지.

슬슬 얘기할 것도 다 떨어져가는데, 또 묻고 싶은 게 있나?

흐음, 원정이 또 계획되면 갈 거냐고? 나는 사양하겠어.

즉답인 게 이상하다고? 그야 즉답하는 게 당연하잖아. 그런 곳에 한 번 갔으면 충분하다고. 마물은 강한 데다 독도 무섭지, 그것들에 대한 대책이 많이 필요하니 돈은 돈대로 들지. 결국 대단한 돈벌이도 안 됐어. 예정되어 있던 수입보다 적다느니 하면서 나라에서 보수를 조금 줬거든. 치료비는 들지 않았지만, 보수의 대부분을 무구 수리에 다 써버렸다니까. 거의 패전이나 다름없으니까 보수가 나온 것만으로도 돈벌이가 되었다고 할 수 있을지도 모르지만. 그래도 목숨을 걸기에는 너무 적은 돈이야.

다음번에는 잘 풀릴지도 모른다고? 확실히 잘 풀릴지도 모르지만, 조금 전에 이야기했던 녀석들이 있는 한 과연 어찌 될는지.

나는 살아서 돌아올 수 있었지만, 함께 갔던 녀석들 중에는 죽은 녀석도 있고, 크게 다쳐서 모험가를 계속할 수 없게 된 녀석도 있고, 몸은 무사해도 마음에 상처를 입은 녀석도 있어. 그런 녀석들을 양산한 곳에는 가고 싶지 않다는 게 내 생각이야. 그런 곳에서 자리를 잡고 살다니, 약사 일행은 역시 이상해.

이야기는 이걸로 끝이지? 그럼 사양 않고 먹고 마시도록 하겠어. 이렇게 평화롭게 맛있는 음식을 먹을 수 있는 것이 기쁨이라는 걸 실감할 수 있게 되었으니, 이것 또한 원정을 다녀온 덕분에 얻을 수 있었던 보수의 하나라고 생각하네만?

CHEAT KUSUSHI NO ISEKAITABI 4
ⓒ Tona Akayuki 2015
All rights reserved.
Original Japanese edition published by SHUFUNOTOMO Infos CO., LTD.
Korean translation rights arranged with SHUFUNOTOMO Infos CO., LTD.
Korean translation rights ⓒ 2019 by Somy Media, Inc.

치트 약사의 이세계 여행 4

2019년 12월 07일 1판 1쇄 인쇄
2019년 12월 15일 1판 1쇄 발행

저　　　자 아카유키 토나
일 러 스 트 우에다 유메히토
옮 긴 이 이신
발 행 인 유재옥
본 부 장 조병권
담당편집 이성호
편집 1팀 정영길 김민지 이성호 조찬희
편집 2팀 김다솜 이본느
편집 3팀 박상섭 김효연 임미나
디 자 인 강혜린 박은정
라이츠담당 박선희 김슬비
디 지 털 박지혜
발 행 처 ㈜소미미디어
제 작 처 코리아피앤피
등　　　록 제2015-000008호
주　　　소 서울시 마포구 토정로 222, 403호(신수동, 한국출판콘텐츠센터)
판　　　매 ㈜소미미디어
마 케 팅 한민지 한주원
물　　　류 허석용 최태욱
전　　　화 편집부 (070)4164-3962, 3963 기획실 (02)567-3388
　　　　　　 판매 및 마케팅 (070)4165-6888, Fax (02)322-7665

ISBN 979-11-6507-111-0
　　　 979-11-5710-463-5 (세트)